항마신장

降魔神將

자우 신무협 장편소설

ORIENTAL FANTASYSTORY & ADVENTURE

10

dream
books
드림북스

항마신장 (降魔神將) 10

초판 1쇄 인쇄 / 2017년 3월 6일
초판 1쇄 발행 / 2017년 3월 16일

지은이 / 자우

발행인 / 오영배
책임편집 / 편집부
펴낸 곳 / (주)삼양출판사 · 드림북스

주소 / 서울시 강북구 도봉로 173
대표 전화 / 02-980-2112 팩스 / 02-983-0660
편집부 전화 / 02-980-2116 팩스 / 02-983-8201
블로그 / blog.naver.com/dreambookss

등록번호 / 제9-00046호
등록일자 / 1999년 3월 11일

ISBN 979-11-283-9078-4 (04810) / 978-89-542-4413-8 (세트)

이 도서의 국립중앙도서관 출판시도서목록(CIP)은 서지정보유통지원시스홈페이지(http://
seoji.nl.go.kr)와 국가자료공동목록시스템(http://www.nl.go.kr/kolisnet)에서 이용하실 수
있습니다. (CIP제어번호: 2017005505)

伏魔神將

10

항마신장

자우 신무협 장편소설

ORIENTAL FANTASYSTORY & ADVENTURE

dream books
드림북스

降魔神將

항마신장

목차

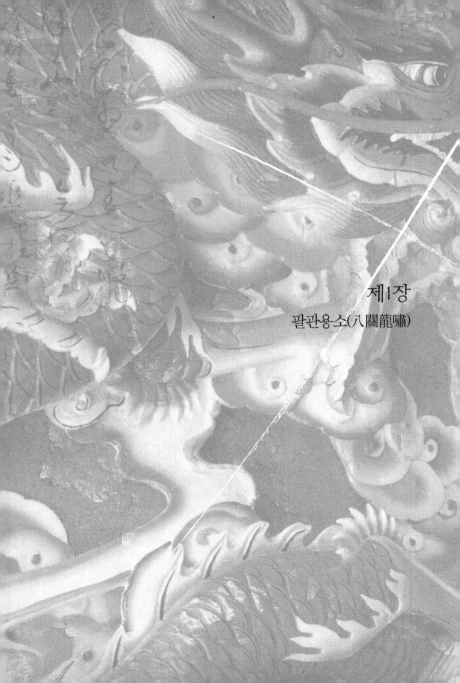

제1장
팔관용소(八關龍嘯)

이공천역(異空天域).

같은 하늘이나, 전혀 다른 공간. 그곳은 차라리 지옥이라고 하는 편이 더욱 어울렸다.

모두 여덟 관문으로, 일관부터 팔관까지 사람으로서는 촌각도 버틸 수가 없는 극한의 지역이었다.

처음으로 들어선 곳은 오로지 열기로만 가득했다. 음양의 이치가 무너져서, 열양지기만 가득하다. 붉고 마른 땅이 드넓게 펼쳐졌다.

천화(天火)의 열기가 이러할까.

불과 대여섯 걸음을 나서기가 무섭게, 온몸의 물기가 부글부글 끓어서 사라져버리는 듯했다.

몰아치는 바람에는 열독이 심하였다. 마른 땅에서 쓸려 나오는 열기를 머금은 붉은 모래먼지가 그것이었다.

여기를 돌파하는 데에 필요한 것은 고통을 감내하는 정신력, 그리고 천인합일에 가까운 보신경이었다. 열독으로 모공부터 타들어 가는 고통 속에서도 끝없는 붉은 길을 서둘러 돌파해야 했다.

정답은 없다. 관문을 돌파하는 것이 우선으로, 두 소천룡은 각자 지닌 무용을 조금도 아낌없이 발휘할 뿐이었다. 무극과 혼원, 양대무맥을 극성까지 연성한 두 사람이었다.

한 명은 일체의 모공을 폐하고, 몰아치는 열독이 짙은 열풍을 감내하면서 묵묵히 나아갔고, 다른 한 명은 전력으로 공력을 일으켜서 바람에 항거하면서 더욱 앞서 나아갔다.

둘은 조금도 뒤를 돌아볼 겨를이 없었다.

이공천역의 각 관문이 어느 정도인지 대략적으로는 알았지만, 그 순서는 실로 무작위. 무엇이 먼저 튀어나오고, 무엇이 나중에 나올지는 전혀 알 수가 없었다.

욕이 절로 나올 만한 상황이었다.

"후욱, 후욱!"

내뱉는 숨결에 역한 피비린내가 실렸다. 열독을 이겨내

는 것만으로 약간의 내상을 입고 말았다.

소천룡 회는 이미 창백한 얼굴로 뻗은 길목을 보았다. 끝이 보이지 않았다. 그렇다고 돌아갈 길이 따로 있는 것도 아니었다.

"팔괘팔로라 하였는데. 지금 길을 잘못 든 것은 아닐지……."

앞으로 내달린 과의 모습은 여기서 보이지 않았다. 회는 눈살을 잔뜩 찌푸렸다. 그런데 뒤에서 사뭇 태연한 목소리가 들렸다.

"그것은 아닌 것 같소만."

회는 저도 모르게 고개를 돌렸다. 그 자리에 소명이 우두커니 있었다. 소명은 잔뜩 얼굴을 찌푸리고서, 사정없이 쏟아지는 따가운 햇볕을 물끄러미 올려다보는 중이었다.

색 바랜 앞 머리카락이 가만히 흔들렸다.

언뜻 드러나는 눈매는 햇빛 때문인지 번뜩여서, 제대로 눈에 담을 수가 없었다.

회는 절레 고개를 흔들었다.

'생각하지 말자. 생각하지 말자.'

이공천역에 들기 직전에 이미 기겁하지 않았던가. 용문 제자가 어떤 모습을 보이고, 어떤 위용을 보인다고 한들 어디 더 놀랄 일이겠는가.

회는 차라리 과가 훌쩍 앞서 나간 것이 잘된 일이라고 생각했다. 저 모습마저 보았으면, 또 속이 어떠할지.

"후욱, 건천괘는 저기가 끝인 듯싶군요."

거친 숨을 억지로 밀어냈다. 회는 마치 신기루처럼 아른거리지만, 분명 보이는 붉은 문루를 보았다. 언제라도 사라질 것처럼 일렁였다.

아지랑이가 짙은 것인가.

소명은 그곳을 멀뚱히 보다가, 헛웃음을 흘렸다.

"관문이라고 하더니. 그냥 길만 지나면 끝이 아닌가 보오."

"그게 무슨?"

회는 소명이 하는 말이 의아하여서, 같이 고개를 돌렸다. 얼핏 보는 것이 아니라, 한껏 집중했다. 그러자 붉은 땅 위에서 바쁜 과의 모습을 볼 수가 있었다.

"저런!"

과의 신형은 당장 고꾸라질 듯하면서도, 어찌어찌 버티어내면서 물러서기에 급급했다. 붉은 모래가 좌우로 세차게 솟구쳤다.

과를 쫓는 자는, 붉게 빛나는 황동의 인형이었다. 무겁게 발을 구르면서 과에게 살수를 펼쳤다. 기계적으로 뚝뚝 끊어지는 움직임이었지만, 그 속도는 어지간한 일류 고수만큼이나 빠르고 신속했다.

터엉! 터엉!

황동인이 밟는 소리와 함께 쌍수를 번갈아 내질렀다. 그만 허를 찔린 모양으로, 과는 황동인의 공세를 어찌 받아낼 수가 없었다. 허공을 향해 내지른 황동의 두 주먹에, 전면이 크게 일렁였다.

혼원류 수비식 중 능히 으뜸으로, 전신으로 기막을 발하여서 일체를 방어해내는 혼원방신(混元防身)이다. 어지간한 위력이라면 오히려 반탄력으로 상대를 격살한다. 그러한 혼원방신이 크게 출렁이면서 과의 신형이 급하게 멀어졌다.

황동인이 발한 괴력이 상당하다는 뜻이었다.

회는 그 모습을 보고만 있지 않았다. 과의 낯빛이 찰나 창백해지는 것을 보기가 무섭게 땅을 박찼다. 솟구치는 신형 뒤로 붉은 모래가 후드득 쏟아졌다.

한 호흡 새에, 수 장의 거리를 바짝 파고들었다. 그야말로 득달같이 달려들어서 쌍장을 내질렀다.

쩌릉!

날카로운 소음이 울렸다. 쇠붙이가 쪼개지는 소리였다.

황동으로 번쩍거리던 인형이 그만 산산이 깨어져서 부스스 흩어졌다.

"후우……."

회는 숨결을 다잡으며 내지른 두 손을 천천히 내렸다. 손이 떨리는 것을 억지로 그러쥐어서 감추었다.

그러나 과는 그렇게 순순히 받아들일 수가 없었다.

"허억, 허억! 내가 할 수 있었소!"

주저앉을 뻔한 몸을 억지로 세우고서, 과가 버럭 외쳤다.

신경질적이었다. 창백한 얼굴에 타오르는 두 눈의 불길이 거세다. 회는 길게 말하지 않았다. 휘청거리는 과를 바라볼 뿐이다.

"그래, 할 수 있었겠지."

저 높은 자존심을 굳이 건드릴 것 없다. 회는 바로 몸을 돌렸다.

"이 지독한 곳을 서둘러 빠져나가고자 할 뿐이다. 딱히 너를 도운 건 아니니."

"……크으……."

과는 허리를 세웠다. 질끈 깨문 입술 사이로 신음이 흘렀다. 맺힌 말은 한 바가지였지만, 속내를 털어놓기도 전에 토혈을 먼저 할 듯했다. 치미는 선혈을 억지로 눌러 삼켰다.

혼원방신으로 보호하면서도, 보신경을 극도로 발휘한

탓에 미처 황동인의 암습을 맞받아내지 못했다. 덕분에 상당한 내상을 당하였다.

등 돌린 회에게 뭐라고 하기보다는 속을 다잡는 것이 먼저였다. 그것을 알지만, 좀체 쉬운 일은 아니었다.

과는 단단히 움켜쥔 두 주먹을 부르르 떨었다. 그러한 과의 속내야 어떻든, 회는 일단 자신을 다잡아야 했다.

꿀꺽.

목울대가 크게 움직였다. 치민 울혈을 간신히 삼켰다. 너무도 다급하게 절초를 펼친 탓이었다. 그만 기맥이 흔들렸다. 내상이라고 할 정도는 아니지만, 가벼운 손실은 아니다. 그래도 회는 내색지 않으려 과를 돌아보지 않았다.

한걸음 늦게, 소명이 닿았다. 일어나는 붉은 먼지바람을 휘휘 내저어서 밀어냈다.

"이곳이 일관의 끝인가?"

"그렇습니다."

"후우, 다음은 또 어떤 곳일지."

"무슨 괘가 나오든. 이보다 덜하지는 않겠지요."

"거참."

과의 차분한 말에 절로 한 소리가 나왔다. 주거니 받거니, 둘은 관문 앞에서 몇 마디를 나누었다. 서두름 없는 모습이었다. 그 사이에, 과는 눈을 질끈 감고서 전력으로 내상요결을 행했다.

혼원류의 내공은 깊고, 격렬하다.

단 한 호흡만에 전신의 기맥을 무려 다섯 차례를 왕복한다. 그만큼 거칠어서, 범인이라면 공력을 감당하지 못하고, 오히려 몸을 상하게 한다.

그렇기에 혼원류를 대성한다는 것은 타고나는 것도 중요했다.

소명은 조용한 과를 흘깃 보았다. 헝클어진 머리카락 사이로 드러난 눈가에는 비록 잠깐이지만, 감탄의 눈빛이 어렸다. 상당한 내상으로 보였는데, 빠르게 혈색을 되찾아가고 있었다.

가만히 서 있는 것도 힘겨운 뜨거운 열기 속에서 몸을 보호하고, 동시에 내부를 살핀다니. 어지간한 경지가 아니었고, 어지간한 공부가 아니었다.

그 사이, 회는 짐짓 태연한 기색으로 있다가, 간단한 요상단을 슬쩍 입에 물었다.

영단(靈丹)이라고 할 정도는 아니지만, 빠르게 효험을 볼 수 있는 물건이었다. 운공까지 할 수 있으면 좋겠지만, 그럴 상황은 아니다.

회는 사뭇 굳은 얼굴로 소명의 옆에 섰다.

둘은 붉은 모래 위에 덩그러니 놓여 있는 석문을 빤히 보았다.

좌우로 돌을 비스듬히 세워놓았을 뿐이지만, 그 사이로 는 또 다른 검은 공간이 보였다. 이곳에 들 때에 등장하였 던 흑문처럼 기이한 광경이었다.

저기를 넘으면 또 어떤 곳으로 이어질지.

분명 만전을 기한다고 하여도, 부족한 상황이다. 그런데 아무래도 여기 건천에서부터 호락호락 길을 내어줄 생각은 없는 모양이었다.

소명은 쯧, 혀를 찼다. 회의 안색도 그리 좋지 않았다. 과는 아직 상황을 눈치채지 못한 모양이었다.

우뚝 서서 요상에 집중하니, 당연한 일이다.

"소명 공."

"여기서는 거들지 않을 수가 없구려."

참관인이라지만, 두 소천룡 중 하나라도 화를 입는다면, 누군가를 볼 낯이 없다. 이래서 달갑지 않았는데. 소명은 들을세라, 싫은 소리는 꾹 눌러 삼켰다.

그리고 붉은 모래를 늘어뜨리면서 일어서는 몇의 황동인 을 마주했다.

"서두릅시다."

단호하게 손을 쓸 때였다. 소명은 회의 답을 기다리지

않고 바로 나섰다. 황동인이 미처 전열을 가다듬기도 전이었다. 소명은 빠르게 파고들었다.

내지른 손은 마치 무른 황토를 짓누르는 것처럼 황동인의 머리를 으깨어버렸다. 그것을 시작으로 호흡을 돌릴 것도 없이, 좌우로 손을 썼다. 무슨 대단한 권법을 발휘하는 것이 아니다.

상대보다 빠르게 거리를 좁혀서, 미처 반응하기도 전에 먼저 친다. 더욱이 소명의 두 손은 이미 완성경을 진즉 돌파하여서 또 다른 경지로 나아가는 곤음수였다.

황동이 아니라, 설사 금강불괴지신에 이르렀다고 한들, 조금도 부족함이 없는 두 손이다.

회는 다른 쪽에서 다가서는 황동인 다섯 구를 동시에 상대했다. 무극류, 다함이 없는 공력이 치밀었다. 회의 주변으로는 기이한 기류가 요동쳤다.

혼원류에는 혼원방신이 있다면, 무극류에는 무극천류(無極遷流)가 있었다.

격렬한 기류가 끝없이 맴돌면서 일체의 외력을 무산시킨다. 그리고 유려하게 파고드는 무극류의 손길.

콰아악!

휩쓸린 황동인은 처참하게 비틀렸다. 마치 빨래를 쥐어짜 버린 것처럼 처참한 모습이다. 그대로 후드득 널브러졌다. 회는 웅크린 두 손을 느릿하게 늘어뜨렸다.

낯빛이 잠시 흔들렸으나, 눈초리는 차분했다. 일거에 막대한 공력을 발휘한 사람이라고는 보이지 않았다.

그때였다.

회의 뒤로 붉은 모래가 왈칵 솟구쳤다. 숨은 것이 또 있었던가. 그만 어깨가 흔들렸다.

'이런!'

무극천류가 마침 흩어진 참이었다.

회는 바로 두 손에 억지로 공력을 밀어 넣었다. 덮쳐드는 그림자를 그대로 맞받을 작정이다. 그러나 머리 위에서 폭음이 터졌다.

뻥!

그림자가 일격에 튕겨 나갔다. 어찌나 세찬 힘이었는지, 참으로 멀리도 나가떨어졌다. 바닥에 부딪히면서 마구 튀어 오르는데, 황동의 부스러기가 길게 흩어졌다.

회는 나가떨어진 황동인을 흠칫 바라보다가 고개를 돌렸다. 과가 있었다. 한쪽 발을 힘껏 구르고, 일권을 내지른 모습이었다.

"흐어어어……."

탁한 숨을 길게 토해내며, 주먹을 거두었다.

혼원류, 일천붕격(一千崩擊)이다. 붕권일식에 천권을 담아낸다 한다. 그것은 붕권이라는 이름을 그대로, 산을 무너뜨릴 만한 권력을 뽑아낸다.

쉽게 펼칠 수 있는 것이 아니다.

과는 고개를 뒤로 젖혔다.

"빚은 갚았소!"

"그래, 그렇구나."

회는 미미하게 고개를 끄덕였다. 좋을 대로 생각하여라, 딱히 말을 꺼내지 않고, 짙은 쓴웃음만 머금었다.

소명은 붉은 흙 속으로 황동인을 죄 밀어 넣었다. 곤음수 앞에서 태반의 황동인은 형편없이 우그러져서, 그저 황동의 덩어리 쇠가 되었을 뿐이었다.

소명은 가볍게 손을 털었다. 과가 작정하고 펼친 일권을 잠시 감탄하는 눈으로 보았다. 저 정도면, 위력만 놓고 보았을 때에 백보신권과도 겨루어 볼 만하겠다.

'과연 천룡이란 말인가.'

감탄은 여기까지. 소명은 곧 소리를 높였다.

"거, 문 닫히기 전에 갑시다."

손을 휘휘 흔들었다. 두 소천룡이 또 저들끼리 눈싸움한다고 우두커니 서 있기만 했기 때문이었다.

소명의 재촉에 회는 바로 고개를 끄덕였다. 과도 마지못한 기색이 역력했지만, 일단 몸을 돌렸다.

분명 이공천역의 팔관이 들은 것보다 험난했고, 뭔가 다른 상태였다. 마냥 여유를 부리고 있을 때가 아니었다.

팔관이란 결국에는 팔괘였다.

건천(乾天), 태택(兌澤), 이화(離火), 진뇌(震雷), 손풍(巽風), 감수(坎水), 간산(艮山), 곤지(坤地).

다만, 팔괘의 극단이라, 어느 곳 하나 사람이 편히 있을 만한 곳이 아니었다.

건천에서는 말라붙은 공기에 작열하는 열기가 일었다. 태택에서는 반대로 젖은 습기가 진을 빠지게 하며, 끝도 없는 늪지를 파헤쳐야 했다.

이화, 진뇌, 손풍, 감수는 또 어떠할까.

그것을 알았다고 해서 도움 되는 것은 조금도 없었다. 그저 팔괘지지의 고약한 환경과 그에 따른 난관을 극복해 나아가는 것이 당면 과제인 셈이었다.

건천괘에서 황동인을 마주한 것처럼, 흡사한 습격이 때때로 이어졌다.

개중에는 집채만 한 덩치의 들개 떼가 달려들기도 했고, 땅이 푹 꺼지면서 칼날 같은 바위가 느닷없이 솟구쳐 오르기도 했다.

더구나 짐작할 수 없는 순간에 영역이 뒤바뀌는 일도 있었다. 오가는 뚜렷한 관문도 없이, 한 길을 지나기가 무섭게, 드넓은 땅이 습지로 사라졌다.

관문도 없었다.

그렇게 이공천역의 팔관을 다시 돌아야 하는 것이다.

무수한 어려움을 마주하면서 소명은 고개를 흔들었다. 대단한 일이다. 뜻밖의 상황이 거듭되기는 하였지만, 두 소천룡은 빠르게 적응해 나아갔다.

사람의 경지는 진즉 넘어섰다.

비록 천하의 고수를 가늠하는 경지인 비인의 경지라고까지는 할 수 없겠지만, 적어도 소명이 이제까지 중원에서 고수라고 칭하는 누구와도 상당한 우위를 차지할 듯했다.

심지어 소림 본산의 나한들 또한 마찬가지였다.

'흠, 나한진을 이룬다면 또 어떨지는⋯⋯.'

그때 소명은 문득 하늘과 땅의 경계가 크게 일그러지는 것을 볼 수 있었다.

이번에는 무슨 관문인가.

사방천지에 흐느끼는 소리가 마구 울려 퍼졌다.

"아이구, 이번에는 심령을 노리는가. 아주 골고루 못살게 구는구나."

소명은 고개를 흔들었다. 눈앞에 광대하게 펼쳐진 무수한 기암괴석의 암석군이 끝도 없이 펼쳐졌다. 바위 사이로 스치는 바람이 기이한 울음을 토해냈다.

여기는 손풍의 자리.

내공기력을 갉아먹는 거친 바람이 전부가 아니었다. 진정으로 위험한 것은 이지를 흔들어 놓는 바람 소리였다. 버티고 버티어내지만, 차차로 파고들어서 정신을 좀먹는다.

소명은 고개를 한 번 흔들었다.

집중하지 않더라도 절로 일어난 공전무용의 초진동이 전신을 에워싸면서 일체의 외력을 막아낸다. 그래도 귀를 찌르는 기이한 소음은 어쩔 수가 없었다.

소명은 고개를 흔들었다.

이렇게 어지러운 가운데에서 길을 찾는 것도 그렇지만, 지닌 무공을 흔들림 없이 펼쳐낸다는 것도 어지간한 일이 아니었다.

꼿꼿한 두 소천룡의 뒷모습을 보면서, 소명은 묵묵히 따라 나아갔다. 참관하는 데에 의미가 있다고 하니까 딱히 의문을 갖지 않았지만, 나아갈수록 소명은 언뜻 기이한 기분이었다.

"뭐지, 이 느낌은."

소명은 고개를 연신 갸웃거렸다. 입매를 힘주어 찌푸렸다. 나아가는 고난의 길이 힘겨워서가 아니었다.

알 듯, 모를 듯.

익숙한 느낌이 강렬하였다. 어디서 이와 같은 곳을 겪었다고. 한참을 고민하느라 잠시 걸음을 지체했다. 그 잠깐 사이에 땅이 흔들리더니, 곧 길목이 뚝 끊겼다. 급작스러운 산사태가 일어나는 것처럼, 좌우에서 막대한 토사가 밀려왔다.

우르르릉!

"억! 소명 공!"

"이봐, 용문 제자!"

두 소천룡은 기겁했다. 무심결에 고개를 돌렸다가, 쏟아지는 토사 한가운데에 멍청하게 서 있는 소명의 모습을 뒤늦게 보았다.

다급히 몸을 돌렸지만, 바로 움직일 수는 없었다. 두 형제가 딛고 선 자리마저 위아래로 격하게 요동치기 시작했기 때문이었다.

"크윽!"

틀어 문 잇새로 낭패감이 뚜렷한 신음이 새었다. 소명의 모습은 이내 가려져서 보이지 않았다.

이제는 육절로 손꼽히는 소명이다. 쉽게 당하지는 않겠지만, 안위를 걱정하지 않을 수가 없었다. 막대한 양의 토사가 내려앉았다.

저것은 사람의 능력으로는 어찌 극복할 수가.

발 디딘 자리가 곧 내려앉을 것처럼 위태하게 들썩거렸다. 그럼에도 비척거리며 물러설지언정, 적극적으로 몸을 뺄 수는 없었다.

차마 그리할 수가 없었다.

차마.

"소명 공……."

그 순간이었다. 잠시 맹한 소리가 새었다.

"어어? 어어어?"

소천룡 과였다. 무극진결로 전신을 에워싸고서, 이는 바람에 항거하던 차였다. 그런데 아직도 쏟아지는 토사에서 토해내는 먼지구름이 이상하게 요동치기 시작한 것을 보았다.

그리고 일어났다.

쫘릉! 꽝! 꽝!

천둥벼락이 하늘에서 떨어지는 것이 아니라, 땅에서 위로 솟구치는 듯하다.

쫘릉!

그리고 소명이 뒤집어쓴 먼지를 툭툭 털어대면서 모습을 드러냈다.

"휘유."

내뱉는 한숨은 가벼웠다.

떨쳐낸 백팔의 권력이 와류를 일으켜서는 토사를 비롯해서, 밀려오는 먼지까지 대번에 날려버렸다.

어느 정도의 기운인지, 눈으로 보았음에도 감히 헤아릴 수가 없었다.

서슬에 놀란 것인지.

끊임없이 괴롭히던 기괴한 바람 소리마저 멈췄다.

소명은 턱을 내려놓은 두 소천룡 앞까지 와서는 고개를 갸웃거렸다.

"왜 그러고 있소?"

"아닙니다. 새삼 깨달았을 뿐이지요."

"깨닫다니?"

느닷없이 무슨 흰소리인고. 소명은 고개를 뒤로 빼고서 멍한 기색의 소천룡 회를 빤히 보았다. 옆에 있는 과라고 크게 다른 얼굴이 아니었다.

"소명 공을 걱정하는 것이 참 쓸모없는 일이구나. 싶은 겁니다."

"원 별소리를…… 얼른 갑시다. 팔관도 이제 멀지 않은 듯한데."

소명은 손을 휘휘 내젓고서, 길을 재촉했다.

손풍관을 마지막으로 팔관 대부분을 돌파하였다.

하늘이 본래 색을 드러내고, 누런 땅이 드러났다. 여기 이곳이 하늘 아래에 어디인지는 몰라도, 이공천역이라는 기이한 공간을 넘어선 것은 분명했다.

지친 그들 앞에, 낮은 언덕이 하나가 있었다. 저곳을 넘으면 금광으로 번쩍거리는 문루가 하나 있을 터이다.

금문(金門), 저곳을 넘으면 비로소 가주의 위가 눈앞에 있는 것이다.

소명은 고개를 흔들고서, 흘깃 좌우의 기색을 살폈다. 소천룡 회와 과가 지친 얼굴로 서 있었다. 둘의 낯빛은 백지장처럼 창백했고, 옷차림도 엉망이었다. 그들의 악전고투를 보여주는 셈이었다.

여기까지 이르는 동안에 내외상이 중첩하여서, 평소의 모습이 아니었다.

지옥을 돌파한다고 하여서, 마로라고 불린다고 하더니, 괜한 이름이 아니었다.

소명도 어지간히 진땀을 흘렸다.

천지간에 힘겨운 것만 잔뜩 모아놓고서, 끊임없이 사람을 시험했다. 공력이 실린 수백의 발 구름을 이겨내는 것은 그저 장난에 지나지 않았다.

그러나 결국, 관문마다 요구하는 것은 흔들림 없는 정심이라.

소명은 피식 웃었다.

"이제 끝이기는 합니다."

"아직 모르겠습니다. 소명 공."

짐짓 홀가분하다는 목소리였다. 그러나 소천룡 회는 그리 마음이 편하지 않았다. 그는 힘 빠진 채, 먼눈으로 금문이 있을 언덕을 물끄러미 보았다.

소천룡 회뿐만 아니었다. 과 또한 처음처럼 자신 넘치는 모습이 아니었다.

팔관을 거치면서 자신의 부족함을 여실히 마주했기 때문이었다.

이럴 수가 있는가.

각자 혼원과 무극의 최고조에 이르렀다고 자신하였건만, 그것이 마냥 헛된 일이었다.

참관으로 동행한 소명에게 몇 번이나 도움을 받았던가. 전혀 드러내지 않고 뒤에서 손을 썼지만, 바보도 아니고, 그런 것을 눈치채지 못할 정도로 부족하지 않았다.

과는 형편없이 얼굴을 일그러뜨렸다. 회 또한 그리 편한 얼굴은 아니었다. 피로와 상당한 내력 손실로 창백한 낯빛도 그러하지만, 심상하여서 낯빛이 어두웠다.

"하, 정말이지."

문득 툭 내뱉은 한숨이 생각보다 크게 울렸다. 살벌할 정도로 오만상을 쓰고 있던 과가 흘깃 소명을 쏘아보았다. 곱지 않은 눈길이었다.

뭐라고 한 마디를 쏘아붙이려는 듯이 입술을 우물거렸지만, 결국 혀만 찼다.

"에잇."

소명은 의기소침한 두 소천룡에게는 크게 마음 쓰지 않았다. 자신 또한 그리 좋은 모습은 아니었다. 다만, 마음은 단단하였다.

언덕 위로 금색의 보광이 어릿하게 일어나고 있었다. 금문의 자취가 저렇게 드러나는 것이다.

세 사람은 느릿느릿 언덕을 걸었다. 올라가면서 금문의 자취는 더욱 뚜렷해졌다. 이제 높이 선 처마가 보였다. 참 화려하기도 하였다.

진짜 금이라면, 저기 기왓장 하나로 족히 수년은 놀고먹을 수 있을 터였다.

"헤에, 가까이서 보니 더 대단하구만."

소명은 절로 탄성을 흘렸다. 사천 아미산에도 금정이라 하여서, 금으로 지은 사찰이 있다고 들었는데, 여기 금문도 그에 못지않을 듯했다.

저기 걸려 있는 햇빛을 받아서, 금문 자체가 실로 보광을 발하는 듯했다.

문을 지켜보다가, 소명은 곧 고개를 돌렸다.

"자자, 두 분 소천룡. 어서 앞서시구려."

두 소천룡은 어찌 된 영문인지, 잔뜩 의기소침하였다. 엉망인 꼴이나, 내외상이 중첩한 것만이 이유는 아니었다.

소명의 재촉에도, 두 형제는 머뭇거릴 뿐이다. 그러다가 과가 후우, 입바람을 불어서 흘러내린 앞 머리카락을 넘겼다.

"소명 공, 당신은 누구 손을 들어줄 셈이시오."

"손을 들어주다니? 참관만 하면 그만이 아니었나? 내가 무슨 심사관도 아니고. 손을 들고 말고 할 것이 무어 있소?"

사뭇 공격적인 언사였다. 소명은 웬 뚱딴지같은 소리를 하냐는 듯 되물었다. 그러고는 곧 피식 웃었다.

"나 같은 외인이 무슨 상관이겠소. 어차피 가문의 일이라면 가문에서 해결 볼 일이지."

"그래도……."

회도, 과도 주저했다.

저기 금문을 넘으면, 이제 이공천역의 관을 돌파한 셈이고. 그렇다면 천룡가회를 통해서 천룡으로 인정받을 수가 있었다.

천룡이라는 이름은 곧 천룡세가의 주인이 된다는 것이다.

그 영향력이 강호무림을 떠나서, 이미 만천하에 뻗어 있는 천룡세가였다. 심지어 자신이 천룡의 아래에 있음을 알지 못하는 이도 부지기수였다.

세상이 아는 무가련 또한 일부에 지나지 않는다.

삼가, 또 다른 황실에 비견할 수도 있을 터이다.

말하건대, 천하를 경영하고, 가문의 대업은 곧 천하의 안녕이라고까지 한다.

천룡의 일은 단지 한 가문의 일이라고 할 수가 없었다. 그러한 곳을 이끄는 자리가 곧 당대의 천룡이다.

그러거나 말거나. 소명은 마냥 심드렁했다.

그럴 리야 있겠는가만, 언뜻 귀찮아하는 듯이 보이기도 한다.

"크흠, 천룡세가의 위명이 그리 드높구려. 그래, 천하의 안녕이라, 참 대단하네."

금문을 앞에 두고서, 새삼 말하는 천룡의 자리였다. 단지 한 가문의 일이 아니라고 항변하는 셈이었다. 하지만 소명은 의례적으로 고개를 끄덕였다. 조금도 와닿지 않는다.

"공께서는 탐나지 않으십니까?"

"엥?"

진지하게 묻는 목소리에 소명은 고개를 돌렸다. 이게 무슨 소리인지.

소명은 입술을 말아 물고는 묻는 이를 한참이고 지켜보았다. 다른 사람도 아니고, 소천룡 과였다.

천룡의 자리에 누구보다 열의를 보인 그가 이리 묻다니.

소명은 선뜻 답하지 못하고서, 머리를 긁적거렸다. 묻는 말의 저의가 무엇인지 잠시 고민하는 기색이었다.

"무슨 답을 바라시는 게요?"

"솔직한 답을 바랍니다."

"솔직한 답이라. 그럼 어려울 것 없지. 탐나지 않소."

"어찌하여서요."

"그럼, 내가 묻지. 왜 탐을 내야 하오? 꼭 그래야 할 이유가 있나?"

"천하를 실질적으로 내 뜻대로 할 수 있는 자리입니다. 그 정도라면."

"천하를 내 뜻대로 하면, 한 끼 먹을 것이 어디 백 끼로 늘어난답니까? 하루 편히 쉴 일을 어디 백 일을 쉰답니까? 사람 사는 것, 그 본령에서 크게 벗어난답니까?"

"소명 공, 그리 단순하게 말씀하실 일이."

"단순하게 살면, 단순한 것이지요."

"그런."

소명은 단순했다. 그는 욕심이 없는 사람이 아니다. 그저 바라보는 눈이 전혀 다를 뿐이었다. 소명은 지친 와중에도 얼굴을 굳히는 과를 보면서 쓴웃음을 지었다.

"천룡의 위가 가치 없다고 하는 말씀이 아니오. 대단한 이름이 아니겠소이까. 천하의 이면을 경영하는 가문이라니. 그런 가문의 수장이라니. 그러나 나는 한 사람의 범부에 불과하오."

"하, 천하의 용문제자가 범부라니요."

"범부입니다. 하늘을 머리에 이고, 땅을 두 발로 서 있을 뿐인 범부이지요."

소명은 슬쩍 반장을 취하면서 고개를 숙였다.

더 말할 것이 없다는 뜻이다. 그리고 높이 선 금문을 지그시 바라보았다.

그러다가 이내 낯빛이 어두워졌다.

"이런……."

"어찌 그러십니까. 소명 공."

"가시오."

"네?"

"가시오, 두 분."

소명은 앞뒤 없이 말했다. 단호한 어조였다. 두 소천룡은 움찔하여서 저도 모르게 물렀다.

고개 숙인 소명의 얼굴은 한없이 심각했다.

고즈넉한 미소는 간데없다. 지그시 깨문 입술 끝으로 붉게 핏물이 맺혔다.

회는 퍼뜩 고개를 치켜들었다. 그 또한 무언가를 감지한 모양이었다. 단정한 얼굴이 크게 흔들렸다. 그는 홱 고개를 돌려서 소명을 바라보았다.

"소명 공! 이건 설마……."

소명은 느리게 고개를 끄덕였다. 그는 몸을 돌려서 지나온 길목을 보고 있었다.

낙조 어린 하늘에서 바람이 불어 들고, 수풀이 가만히 흔들렸다.

과는 둘을 번갈아 보았다.

왜 이러느냐는 눈빛이었다. 회는 으득 이를 악물었다. 언제고 일점의 여유를 잃지 않았던 회였다. 이런 모습은 과로서도 천만뜻밖이었다.

낙양 안가에서 외문팔가의 정영이 수를 썼을 때에도 분노한 바 없는 회였다.

"금문을 넘으면, 그제야 정당한 천룡좌에 앉을 수 있다 하였지요. 그러니 가시오. 뒤는 내가 맡겠소."

"무슨 소리를……."

"과, 네가 가거라. 나는 여기서 소명 공과 길을 막겠다."

"회 형! 대체 무슨 소리를!"

"들리지 않느냐?"

과는 오만상을 쓴 채, 고개를 들었다. 대관절 이 두 사람이 무슨 허튼소리를 하는 것인지 모르겠다는 얼굴이었다. 그런데 과의 안색이 점점 굳어갔다.

멀리서 땅이 서서히 울리고 있었다. 그 울림은 이쪽으로 빠르게 가까워지고 있었다.

"그럴 리가. 이곳은 본가의 절대금역. 외인이 들어올 수가 없는 곳인데……."

"뚫린 모양이지요."

소명은 좌우로 목을 돌리면서 대구했다. 그보다는 다른 이유가 더욱 현실적이겠지만, 굳이 그것을 입 밖으로 내지는 않았다.

차근차근 몸을 풀었다. 손목을 돌리고, 발목을 돌린다. 그리고는 헛차! 소리와 함께 한껏 허리를 비틀었다.

소천룡 회는 잠시 쓴웃음 짓고는 조심스럽게 어깨를 빙글빙글 돌렸다. 그도 몸을 풀었다.

이공천역, 지옥과도 같은 관문을 뚫어내느라, 기력을 많이 소진했다. 평소와 비교하면 채 육 할, 칠 할이나 될까. 몸도 사뭇 묵직하였다.

그럼에도 나서야 할 일이다.

과는 우두커니 서서, 두 사람을 번갈아 보았다.

멍한 얼굴이었다.

"과는 무엇을 멍청히 서 있느냐. 금문을 넘는다는 것이 얼마나 어려운 일이지 잘 알지 않느냐."

"그렇다고, 지금 나보고 도망이라도 가라 하는 거요?"

"도망이라니!"

회는 바로 정색했다. 다그친 일성이 무겁다. 저도 모르게 짓눌려서 과는 입을 다물었다.

먼지투성이 얼굴에 피어오른 파란 안광이 사뭇 매서웠다.

"항상, 항상 이런 식이지! 그렇게 잘난 척을 하면 내가 고마워할 줄 아시오!"

"응? 그게 무슨."

"젠장, 언제까지고 어린 꼬맹이인 줄 아느냔 말이오!"

과는 벌컥 성질을 터뜨렸다.

더는 참을 수가 없었다. 내상을 입은 와중에도 치밀어 오른 열기가 머리꼭지까지 솟구쳤다.

자신 또한 소천룡이다. 가장 젊은 나이에 혼원류를 완성하였고, 외문팔가의 젊은이들이 모두 자신을 지지한다.

뛰어난 천룡이 될 자질이 충분하다고 자신하였고, 그만

큼의 웅지를 품었다.

그런데 회 앞에서는 어려질 뿐이었다. 무슨 말을 하여도, 투정처럼 비추어진다. 무슨 행동을 하여도 회는 웃음 지으면서 양보한다. 마치 당연한 일이라는 듯이.

심지어 천룡이라는 자리마저.

어찌 그럴 수가 있단 말인가.

"과야, 나는 따르는 자가 따로 없지 않으냐. 너는 천룡의 과업을……."

"없는 것이 아니라, 마다한 것이지 않소!"

"이런……."

회는 그만 말문이 막혔다. 이글이글 타오르는 과의 두 눈이 심상치 않았다.

과는 불복하였다. 다른 때라면 모르겠지만, 이공천역의 관문을 같이 통과하였고, 금문 하나만 남겨놓은 참이었다.

여기서 등 떠미는 식으로 금문을 넘을 마음은 조금도 없었다. 그것은 일견 자존심의 문제였다.

"이럴 거면! 차라리 낙양에서 끝장을 볼 일이었소!"

"이런, 그 일을 왜 지금에."

"흥!"

두 형제는 한껏 눈싸움을 벌였다. 서로 입을 굳게 닫아걸었다. 이대로 가주가 된다고 한들, 누가 인정해 줄까. 스스로 인정할 수가 없을 터인데.

회는 그 심정을 알면서도 답답했다.

가주의 자리, 욕심은커녕 부담스럽기만 하다. 무극류의 전인으로서 속 편한 것이 제일이라, 그 때문에 따르는 이들조차 마다치 않았던가.

공노를 통하여서 부친대인의 안위가 걸린 일이 아니었다면, 그마저도 나서지 않았을 것이다. 그 또한 어느 정도 성과를 보인 마당.

소천룡 회에게는 과의 고집을 이해하면서도 그대로 받아줄 수도 없었다.

그런데 에휴, 한숨 소리가 들렸다.

둘의 고개가 절로 돌아갔다.

소명이다. 그는 이를 드러낸 채, 둘을 빤히 보았다. 헝클어진 머리카락으로 절반쯤 가린 얼굴이지만, 감정은 솔직하게도 드러냈다.

짜증이다.

소명은 노려보다가 머리를 벅벅 긁었다. 개방 거지인양, 잔뜩 먼지를 뒤집어쓴 마당이다. 흙먼지가 사납게 일었다. 이전에는 소림사의 용문제자이나, 지금은 서천전설 권야로서의 모습이다.

"그냥, 둘 다 가시오. 정신만 사납소."

"그럴 수야."

"그럴이고, 저럴이고. 알아서 하시구려."

소명은 휘휘 손을 내젓고는 성큼 걸음을 옮겼다. 방금 지나온 길목, 그 아래로 검은 물결이 빠르게 몰려오고 있었다.

그들 보는 소명의 눈초리는 차갑다.

"뭐가 뭔지…… 일단 잡아놓고 생각할 일이겠지."

소명은 보았다.

뚜렷한 적의를.

저기 솟구치는 마장의 기운은 한데 뭉쳐서 소명 한 사람을, 아니 전면을 향해서 화살처럼 쏘았다. 소명은 한껏 숨을 들이쉰다.

뭘 위한 자들인지는 몰라도.

여기서 이 마당에 가만히 마주할 수는 없는 노릇이다. 이내 서로 확인할 수 있을 만큼 거리가 좁혀졌다.

소명은 금문으로 이르는 길목 한가운데에 버티고 섰다. 그가 서 있는 것을 보았지만, 기마는 더욱 박차를 가할 뿐이었다.

밀려드는 기마는 소명의 존재를 크게 생각하지 않았다. 단숨에 짓밟고서 소천룡에게까지 이를 수 있다고 여기는 것이다.

당연한 생각이다.

누가 있어 질주하는 일천 기병 앞을 혼자 막아서리라고 생각할까. 그러나 당연한 것이 당연하지 않은 것 또한 세상이 아니던가.

소명은 두 어깨를 가볍게 들썩거렸다. 땀에 젖은 머리카락 사이로 두 눈초리가 한껏 가늘어졌다. 정체야 어떻든, 질주를 멈추게 하고 볼 일.

그는 발을 굴러 흙바닥을 차분하게 다졌다. 흙먼지가 잘게 일었다. 두 손을 앞으로 뻗어서는 천천히 손가락을 말아 쥐었다.

소지에서 엄지까지.

차분하게 쥔 주먹은 신중하다. 그만큼 공력을 들였다.

후, 하, 후, 하.

호흡을 뚝뚝 끊어내며, 두 주먹을 허리로 끌어당겼다. 그 사이, 거리는 빠르게 좁혀졌다. 질주하는 기마가 땅을 뒤흔들었다.

소명은 뒤에 긴장하는 두 소천룡에 대해서는 더 신경 쓰지 않았다. 하기로 한 것, 그대로 행할 뿐이다.

그리고 소명은 두 주먹을 느릿느릿 앞으로 뻗어 갔다. 처음에는 무슨 의미가 있는가 싶을 정도로 헛심만 들어간 주먹질이었다.

서로 떠나네, 마네 하던 두 형제도 잠시 의아한 눈으로 소명의 뒷모습을 보았다.

"지금 저게 뭐하는……?"

"신권……은 아닌가?"

상황도 잠시 잊었다. 그 순간, 소명은 숨을 삼켰다. 느리게 뻗어 가는 주먹에 힘이 실렸다. 그리고 화포가 연이어 터지는 것처럼 맹렬한 폭음이 연이어 터졌다.

꽈과과광!

꽈과과광!

질주하는 기마의 진열이 삽시간에 무너졌다. 사방에서 폭발이 일었다. 권경을 짧게 내지르는데, 그 위력은 가히 권강지경에 비할 만하지 않는가.

격공이니, 벽공이니 말하는 일체의 경지를 구분할 수가 없었다.

한 주먹, 한 주먹의 위력은 제대로 뻗은 신권에 비할 바가 아니었지만, 연이어 쏟아내는 주먹질의 경력이 이루어 낸 결과는 그 이상이라 할 만했다.

우박처럼 쏟아지는 권경이 길목 전부를 뒤집어엎는 통에 제대로 말 위에 올라 있는 자들이 없었다.

말이 울었고, 사람은 신음했다.

혼원류, 일천붕격도 저만한 위력을 보일 수 있겠지만,

저렇게 연이어서 위력을 유지할 수 있겠는가. 답은 뻔한 일이었다.

과는 입술을 말아 물고서, 눈만 끔뻑거렸다. 머릿속으로는 혼원류의 무결이 복잡하게 뒤엉켰다. 어떻게든 할 수 있다고 하면 좋겠지만, 자신을 속일 수는 없는 일.

과는 고개를 툭 떨구었다.

"에라이, 썩을……."

부쩍 험한 소리가 늘었다.

소명은 긴 숨을 토하면서 공력을 거두었다. 두 주먹을 간단히 휘저어 떨치고서, 허리를 세웠다. 낯빛이 일순 밀랍처럼 창백했고, 두 손에 잔 떨림이 일었다.

두 소천룡은 그 잠깐의 떨림을 놓치지 않았다. 과는 지그시 입술을 깨물고 쓴웃음을 드러냈다.

"아무리 용문제자라 하여도, 사람은 사람이군요."

기가 막힌 광경을 두 눈으로 보았음에도, 여파에 흔들리는 소명의 모습을 보니 안도라 해야 할지 가슴 한편이 놓였다.

"그리 보이느냐."

"예?"

회는 담담했다. 그는 과와는 달리 보았다. 두 손에 이는 떨림은 힘에 부쳐서가 아니다. 권법의 여력이 아직 남은 탓이다.

'저만한 수를 펼치고도 힘이 남았다는 말인가. 소림의 무공이 대단한 것인지, 소명 공이 대단한 것인지. 도저히 알 수가 없다.'

회는 말을 삼켰다.

그 사이, 소명은 고개를 한 번 흔들고는 정신 차리는 난적들을 향해서 신중하게 걸어갔다.

상한 이는 많지가 않다. 그러나 기마의 질주가 멈춰버렸다는 것은 그들로서는 큰 손실이었다.

"크윽! 크악!"

아등거리면서 몸을 일으킨 자들은 당장 분노를 터뜨렸다.

소명은 거리를 두고 멈춰 섰다. 언뜻 지친 기색이었지만, 딱히 흔들리는 모습은 아니었다. 폭발의 여파로 거세게 일었던 먼지 구름이 발치를 스치고 지나쳤다.

태세를 정비했다고는 할 수 없지만, 겨우 정신 차린 몇이 발작적으로 고개를 치켜들었다. 그들은 앞에 선 소명을 향해서 악다구니를 써댔다.

"웬 놈이냐! 무가련에 너 같은 자가 있다는 소리는 듣지 못했다!"

주춤한 살기가 다시금 만장한다. 일어난 먼지 구름이 쪼개지듯이 갈라졌다.

마주한 소명은 가슴 앞에 손 하나를 세운 채, 침묵했다. 시커먼 자들이 다급하게 전열을 다시 이루는 모습을 보는 눈초리는 고요할 따름이다.

말이 고꾸라지는 통에 어디가 긁힌 모양인지, 흙먼지와 피가 엉겨 붙어서, 누구랄 것 없이 지저분한 모습이다. 그러나 모두가 기죽지 않고 빳빳이 고개를 치켜들었다.

기마의 질주는 멈췄어도, 이들이 품은 살기는 여전하다.

수백이 말과 함께 나동그라졌음에도, 크게 상한 사람은 단 하나도 없었다.

그들은 삭과 창을 들고서 분주하게 좌우로 날개를 펼치듯이 늘어섰다.

소명은 그들의 발 빠른 진열을 묵묵히 지켜보다가, 가슴에 올린 손을 천천히 내렸다.

"또 당신들이군. 또 당신들이야."

소명은 고개를 흔들었다. 그는 마치 색모래를 흩뿌리듯이 모습을 달리하는 자들을 보며 중얼거렸다.

마도의 뿌리는 과연 길고 깊었다.

천룡에서도 금지라고 하는 곳까지 들이칠 정도라니. 무엇을 노리느냐는 것은 둘째치고서라도, 어디까지 손을 대고 있었는지. 참으로 놀라울 지경이었다.

한탄 섞인 소명의 한마디야 어떻든.

그들은 소명을 향해서 독아(毒牙)를 드러냈다. 독사처럼 마름모꼴로 조여진 눈초리가 황동으로 노랗게 번들거렸다.

"금혈족이라면, 성마 아래 오혈족 중에도 으뜸이라고 할 자들인데. 어인 연유로 먼 중원까지 들어오시었는가."

"우, 우리를 알아?"

금혈족이라는 이름에 그들은 드러내 놓고 당황하였다. 기껏 일으킨 살기가 한순간에 요동쳤다.

천산 성마를 보위하는 오혈성사(五血聖使). 그 한 주축을 이루는 자들. 그러나 서천 밖으로는 이름을 알린 적이 없다.

그것을 아는 이자는 누구란 말인가.

당황한 자들을 마주하면서 소명은 주먹을 그러쥐었다. 윙윙, 울어대는 소리가 점차 드높아졌다.

"으음, 우리를 알 정도라면 서천의 동도인가?"

"동도? 동도라…… 하하하."

소명은 낮게 웃었다. 동도라는 말이 이렇게까지 무의미하고 우스울 수가 있을까. 소명은 이를 드러냈다.

"우습다. 너희 성마의 잔당들이 언제부터 서천 무림을 동도라고 여겼더냐?"

"……."

싸늘한 한 마디는 마치 칼을 품은 것처럼 날카롭다. 소명은 두 손을 활짝 펼쳐 보였다.

"이, 이익!"

조금도 물러서지 않겠다는 뜻이다. 금혈족은 일제히 마기를 드러내면서 맞섰지만, 섣불리 뛰어들지는 못했다.

기마의 돌진을 단 두 주먹으로 멈춰 세운 자가 아니던가.

비록 마도에 몸을 던졌다지만, 상대를 조심하지 않을 정도로 머리가 비어 있지는 않다.

긴장 속에서 이를 드러냈다.

슬슬 풀어내는 금혈족의 노랗고, 붉은 마기가 머리 위로 불길하게 일렁였다. 그 사이, 한 걸음 늦게 달려온 두 소천룡이 소명의 좌우에 섰다.

"권야 공, 그리 홀로 가기가 어디 있습니까."

"그러게나 말이야. 그렇게 혼자 튀고 싶소?"

"아, 정말 사람 피곤하게 하는 형제들이네. 그냥 가라지 않소."

"하, 하하하! 그냥 갈 수야 없지. 다른 곳도 아니고, 여기는 천룡의 땅이란 말이오! 낙양에서처럼 들러리나 설 줄 아시오!"

소천룡 과는 힘껏 외쳤다. 그때의 일을 내내 마음에 두고 있었던 모양이다. 소명은 잠시 입매를 찌푸렸지만, 그냥 고개를 흔들었다.

"회 공자도 그러하오?"

"뭐, 딱히 욕심도 없는 길이라서. 이쪽이 훨씬 마음이 편하군요."

"나 원…… 참……."

소명은 혀를 찼다. 저곳만 넘으면 가주의 자리가 코앞일 터인데, 뭘 또 굳이.

"이, 이것들이 우리 금혈일족을 뭘로 보고!"

"뭐긴 뭐야! 그냥 마도에 미친 잡것들이지!"

과가 냅다 뛰쳐나갔다. 더는 두고 볼 수가 없었다. 여러 관문을 거치면서 만전의 태세는 아니었지만, 마도의 무리가 가문의 땅을 밟고 있다는 것을 참고 넘길 수가 없었다.

그 뒤로 회가 따랐다.

혼원과 무극, 두 무맥의 최고 경지가 한순간에 빛을 발했다.

"오오, 저것 참."

탄성이 잠시 흘렀다. 여덟의 관문을 헤쳐 오는 동안에도 목격하기는 했지만, 천룡세가에서 전하는 저 두 무맥의 경지는 실로 놀라웠다.

극과 극에 이르지만, 뒤에서 잠시 지켜보니 통하는 바가 따로 있지 않은가. 소명은 잠시 고개를 갸웃거렸다. 뭔가 잡힐 듯이 잡히지가 않는다.

"아니. 이럴 때가 아니지."

소명은 그리고 앞으로 나섰다.

백보신권으로 예봉을 꺾었고, 좌우로 두 소천룡이 무용을 뽐내는바, 소명은 그 한가운데로 나아갔다.

따로 자세를 갖출 것도 없었다. 앞만 바라보면서 묵묵히 나아갔다. 그러나 그의 거리에는 전후좌우를 가릴 것 없이 모조리 피떡이 되어서 널브러졌다.

무상(無想), 무심(無心), 그리고 무정(無停)의 무형결(無形結)이다.

소명이 뒤에서 밀어붙이자, 좌우로 나선 두 소천룡 또한 더욱 힘을 받았다. 뒤를 걱정할 것 없었고, 힘이 부족한 것도 아쉬울 바가 없었다.

셋은 거리낌 없이 나아가, 금혈이라고 하는 일체의 마인들을 짓밟았다.

조금의 사정을 둘 것도 없었고, 힘을 아낄 것도 없었다.

"와라! 와봐라!"

소천룡 과는 더욱 흥분하여서 온 힘을 다하였다. 혼원류의 완성경이라고 하는 절정만상(絕情萬狀)의 어지러운 그림자가 전방 일대를 휩쓸었다.

창운대전.

천룡세가의 좌측에 위치한 거대한 대전이다. 하늘에 닿을 듯이 뾰족하게 솟은 지붕은 은빛으로 반짝거렸다. 그 아래로는 굵은 기둥이 줄지어 지붕을 받쳤다.

그 자리는 천룡의 장로 여럿이 각자의 자리에서 조용히 대화를 나누고 있었다.

기둥 하나에 한 명이 자리했다. 거대한 규모만큼이나, 거리가 상당했고, 장로들은 마치 소곤거리는 듯했다. 그래도 대화는 어렵지 않게 이어졌다.

지금의 천룡세가를 이끄는 천룡가회의 현장이었다.

장로가 아닌 자는 안과 밖을 지키는 호위장(護衛將), 한 사람뿐이었다. 금광 번쩍이는 미늘 갑주를 보기 좋게 갖추었고, 붉은 전포를 등 뒤로 늘어뜨렸다. 한없이 엄숙한 모습으로 팔짱을 끼고서 자리를 지켰다.

대전 밖은 호위장을 따른 삼십육천강의 호위병이 철통같이 에워싸고 있었다.

"두 소천룡이 어찌 되었을까요?"

"슬슬 막바지에 이르렀겠지요."

"허허, 둘 중 누가 나올지."

"혹시 압니까. 둘 다…… 하하하."

누군가 슬며시 속내를 드러내고는 멋쩍게 웃었다. 그를 탓하는 사람은 없었다.

장로라고 하는 자들은 하나같이 선풍도골의 풍모를 지녔지만, 수염을 가만히 쓸어내리면서도 번뜩이는 안광이 사뭇 탁하게 번들거렸다.

"달리 마로라고 불리는 것이 아니지요."

"전대의 가주조차 빈사지경으로 간신히 돌파해 낸 관문이니만큼."

"그래도 뜻밖이기는 합디다. 둘이 한 사람을 호성사로 삼을 줄이야."

"음, 젊은 나이에 이미 천하의 고수라 인정을 받았다고 하니."

그들은 자연스럽게 소명의 일을 입에 올렸다. 진면목을 파악하기에는 워낙에 일을 급히 추진하여서 약간의 거리낌은 있었지만, 크게 마음을 쓰지는 않았다.

일은 차근차근 준비하였고, 마지막에 남은 한 수 또한 있기 때문이었다.

준비한 이공천역의 팔관은 더는 과거의 관문이 아니었다.

관문에서 금지한 것을 거침없이 풀어놓았다. 설사 전대 가주가 살아 돌아온다 하여도, 그리 쉽게 파훼할 수 없을 것이다. 은연중에 자신하는 바였다.

"이것으로 시간은 번 셈이겠지요."

"대부인이 어찌 나올지 모르겠습니다만."

"하하, 별걱정을 다 하십니다."

대부인의 이름을 넌지시 꺼내자, 좌우에서 헛웃음이 터졌다. 그들은 그러면서 슬쩍 한쪽으로 눈길을 던졌다. 천룡가회에서도 가장 상좌라 할 자리였다.

내내 조용하였던 장로 한 사람이다. 운요 대장로. 바로 그였다.

그는 자신을 향한 몇몇의 눈길에 감은 눈꺼풀을 슬쩍 치켜들었다.

"……."

노인은 다른 말을 하지 않았다. 입매를 잠시 들썩였을 뿐이었다.

"하하하. 그것참. 그렇지요. 그렇지요."

지금의 대부인이 누구의 여식이던가. 짧은 반응으로 충분한 일이다. 장로들은 다시금 가만한 웃음을 흘렸다. 그때였다.

"흐흐, 흐하하하하!"

돌연 젊은 웃음이 크게 터졌다. 여기 있는 그 누구보다도 젊고 힘찬 웃음이다. 장로들은 그만 입을 다물고서 홱 고개를 돌렸다.

웃음이 바깥에서 가까이 들려왔다. 그리고 이내 대전 바닥으로 누군가의 긴 그림자가 드리워졌다. 그림자는 껄껄 웃으면서 성큼성큼 대전 안으로 들어섰다.

워낙에 당황한 까닭이었을까.

그 앞을 감히 막으려고 드는 자는 없었다. 빤히 바라보는 눈길을 고스란히 맞받으면서, 그림자는 대전 끝에 멈춰서서 이를 드러냈다.

"하하, 여기들 다 모여 계셨구려."

입가에 뚜렷하게 맺힌 웃음은 분명 조소였다.

천룡가회의 장로는 그만 낯빛을 딱딱하게 굳혔다. 뻣뻣한 얼굴로 대전 끝에 멈춰선 자의 긴 그림자를 노려보았다.

비록 엉망인 꼴이라지만, 두 발로 우뚝 서 있는 소명이다.

"허어, 권야, 권야 공이시로군."

당혹감이 크게 일었다. 침묵이 버거워서 누군가 입을 열었지만, 괜히 나섰다.

목소리 끝이 저도 모르게 흔들렸다.

이공천역의 관문이 얼마나 혹독한가. 누대에 이르도록 이렇게까지 험하게 준비한 적이 없었다. 설사 그것을 다 이겨내었다고 해도, 따로 준비한 한 수가 있었다.

죽거나, 폐인이 되어야 마땅할 것이다.

그러나 어느 쪽도 아니었다. 옷자락의 여기저기가 갈라졌고 혈흔마저 내비쳤지만, 다만 그뿐이다. 사지가 모두 멀쩡하여서, 두 다리로 성큼성큼 들어섰다.

헌데, 기이한 것은 가히 중지라고 할 수 있는 대전으로 들어서는데, 아무런 소란도 없었다는 점이었다. 여기 늙은 이들은 미처 그것을 깨닫지 못했다.

낯빛을 수습하기에 바빴다.

그들은 새삼 위엄을 갖추고서는 여전히 실소 흘리는 소명을 찍어 누르듯이 노려보았다.

"권야, 무엇이 그리 우습소?"

공력이 실린 목소리가 우렁우렁 울렸다.

"무엇이 우습냐. 무엇이겠소. 당신 늙은이들의 행태가 우습다오."

"행태라? 허어, 그것참."

운요 장로는 헛웃음을 흘리며, 사뭇 난처한 얼굴로 수염을 가만히 쓸어내렸다. 마치 어린아이의 투정을 보기라도 한 것 같은 모습이었다.

하얀 수염 위로는 흐릿한 미소가 맺혔다.

"이놈! 기껏 알량한 위명 하나 얻었다고 눈에 뵈는 게 없는 모양이구나. 여기가 어디라고 감히!"

대전을 지키는 호위장 중 하나가 벌컥 성을 냈다. 그는 권야 운운하면서 두 소천룡이 귀히 여기는 것부터가 마음에 차지 않던 차, 장로께 무례를 저지르는 모습에 옳다구나 하고 바로 나섰다.

여러 장로가 보는 앞에서 혼쭐을 낼 작정이다. 그러나 채 말을 맺기도 전에 눈앞을 가득 채운 것은 가볍게 쥔 주먹 하나였다.

빠악!

호탕한 소리가 터졌다. 호위장의 몸이 자리에서 빙글, 한 바퀴를 힘껏 맴돌더니 그대로 바닥으로 처박혔다. 사지가 바들바들 떨었다.

침묵이 새삼 앉았다.

호위장은 그렇다 쳐도, 장로들조차 섣불리 움직이지 못했다. 너무 한순간에 벌어진 일이었다.

주먹질 한 번에 천룡세가의 호위장이 저런 꼴이 될 줄이야.

육절의 권야라는 것이 과연 허명이 아니라는 건가.

소명은 가볍게 손목을 흔들었다. 그는 자빠진 호위장은 거들떠보지도 않고, 대전 안으로 더욱 걸어들어 왔다.

"으음⋯⋯."

운요 장로의 눈썹이 가늘게 떨렸다. 그의 눈길이 지친 기색 없이 걸어들어 오는 소명의 발치에 머물렀다.

울리는 발소리가 윙윙 울렸다.

관문에서 예상치 못한 일이 벌어진 것은 분명하다. 그렇다고 한들, 저 모습을 마냥 지켜보고 있을 수도 없는 노릇이다.

운요 장로는 입술을 가만히 달싹거렸다. 뜻은 분명했다. 혼란하던 가회의 여러 장로는 바로 신색을 다스렸다. 그들 또한 한때에 천하를 뒤흔들었던 노고수들이다.

장로들은 곧 여유를 되찾았다. 소명이 대전 한복판까지 걸어들어 왔기 때문이었다. 그렇다면 그들이 굳이 나서서 손을 쓸 필요도 없었다.

소명은 대전 복판에서, 딱 한 걸음을 남겨두고 멈춰 섰다. 그리고 정면에 있는 단상을 올려다보았다. 그 자리에는 무엇보다 굵은 기둥이 세워져 있었다. 천룡이 타고 오르는 기둥이라는 뜻으로, 승천주(昇天柱)라 하는 기둥이었다.

운요 장로가 기둥 앞에 잔잔한 미소를 머금고서 서 있었다. 노인은 단 아래 소명을 지그시 내려다보면서 고개를 갸웃거렸다.

"권야께서 이리 관문을 이겨내고 돌아왔으니. 참으로 홍복이로군. 그래, 우리의 소천룡은 어디에 계신고?"

"두 소천룡이 어디 있는지 알면. 알면 어쩌시려고?"

"허허, 그게 무슨 소리인고. 이보시오, 권야. 다음 천룡이 될 분인데. 당연히 우리가 알아야지 않겠는가."

"허튼소리는 그쯤 해 두고, 준비한 패가 있으면, 마저 내보이기나 하시구려. 노괴."

소명은 딱딱 끊어지는 말투로 힘주어 내뱉었다. 그러자 잠시 정적이 어렸다. 뭔가 있다는 것을 알면서도 들어섰다는 것이다.

"허어, 젊다는 것인가."

"그러나 젊은 치기는 패망의 지름길이지."

"쯧쯧, 안되었군."

운요 장로의 좌우에서, 삼공의 다른 둘이 혀를 찼다.

천하육절, 권야의 이름을 생각하면 참으로 당당한 행보이다. 그러나 여기에 무엇이 있는 줄 안다면 그렇게 할 수 없을 것이다.

"자네 뜻이 정 그렇다면야. 아니 보일 수도 없는 일이지."

운요 장로는 어쩔 수 없다는 듯이 고개를 끄덕였다. 그러고는 등 뒤의 기둥에 손을 올렸다.

"한번 받아보게, 천룡박명진(天龍搏冥陣)이라 하네."

번쩍!

둥글게 세운 기둥으로 불빛이 빠르게 번쩍거렸다. 수장의 뇌전이 서로 이어지면서 번쩍거리는 듯했다. 가회의 모든 장로가 기둥 위에 손을 올린 채, 공력을 발했다.

끝도 없이 이어지는 공력이 무시무시한 위력을 발하기 시작했다.

두웅!

어디선가 북소리가 울리는 듯하다. 그것은 소명의 발아래에서 일었다. 느닷없다 할 정도로 갑작스럽게 짓누르는 수만 근의 거력이었다.

이어서 막강한 공력을 품은 기파가 연이어서 소명을 에워쌌다. 버티고 선 두 발 아래가 움푹 내려앉았다.

강철만큼이나 견고하다는 운명의 곤석이 둥그렇게 내려앉을 정도라니.

그 복판에서 소명은 허리를 세웠다.

맞물린 잇새로 힘이 잔뜩 들어갔다. 헝클어진 머리카락이 마구 요동쳤다. 그런 채로, 소명은 주변의 장로를 살벌하게 노려보았다.

둥그렇게 에워싼 천주의 기둥을 하나씩 맡고서, 그들 가회의 여러 장로는 사뭇 음산한 미소를 머금었다.

그럼 그렇지.

소명의 모습은 그야말로 풍전등화나 다름없었다. 언제까지 버티고 서 있을 수 있겠는가.

천룡박명의 지극한 진세.

짓누르는 무게는 점점 더해졌고, 발목을 붙잡는 기파는 여기저기서 파고들었다. 그리고 검은 먹장구름이 서서히 고여 갔다.

우릉, 우르릉.

진세로서 뇌운까지 불러내는가.

소명은 후우, 숨을 다스렸다.

이미 이공천역의 팔관을 돌파하였고, 쉴 틈도 없이 금혈족의 여러 기마를 상대하기도 했다. 평소의 몸이라고 할 수 없는 처지.

그러나 소명은 비틀린 미소를 조금도 지우지 않았다.

"어허, 저놈이."

"웃어?"

운요 장로의 좌우에서, 다른 삼공이 눈살을 모았다. 불쾌한 일이다. 아직 천룡박명진의 진체는 드러나지도 않았거늘.

와중에 여기 가회의 장로들은 미처 깨닫지 못했다. 상황이 이 지경이 되었음에도 바깥이 한참 고요하다. 창운대전은 천룡이 부재인 지금에, 천룡세가의 제일 중지나 다름없었다.

용문제자가 홀로 들어선 것에 그만 눈을 빼앗겨서, 이제껏 다른 무인들이 움직이지 않고 있다는 것에 의문을 품지 못했다.

소명은 잠시 입술을 깨물었다. 파란 전광이 자신을 에워싸고서 무작위로 번쩍거렸다. 머리 위로 맴도는 뇌운만장(雷雲滿場)의 검은 먹구름은 더욱 짙어갔다.

"이건 좀 위험하겠네."

소명은 자신을 얽어맨 수만 근의 거력을 이겨내면서 어깨를 잠시 흔들었다. 자신이 위험한 것이 아니다.

공전무용의 지극함이 흐트러지는 순간, 더는 손을 멈출 수가 없기 때문이다. 그 결과의 끔찍함은 천산에서 보았고, 서천에서도 보았다.

천룡박명진이라는 진세는 끝없이 소명을 짓눌렀다. 그러다가 소명은 이를 드러내며 짜증스럽게 소리쳤다.

"언제까지 보고만 있을 겁니까! 이만큼 시간을 벌어줬으면 됐지!"

"하, 하하하하!"

불퉁한 한 마디에, 누군가 호응하였다. 창노한 웃음이

길게 일었다. 그 웃음은 그저 울리기만 한 것이 아니었다.

기이한 공력을 품은 채, 꿈틀거렸다. 사방으로 윙윙 맴돌면서 창운각의 진세를 그대로 꿰뚫었다. 단지 한 번의 웃음이 불러온 결과였다.

"흐억!"

"허윽!"

장로들은 덥석 가슴을 움켜쥐면서 몸을 흔들었다. 그대로 주저앉는 이도 있었다. 이것은 무슨 영문인가. 그들은 경악에 치뜬 눈으로 급하게 사방을 두리번거렸다.

박명진의 뇌운은 이미 흐트러졌다.

번쩍이는 전광은 애석하게도 한 번을 내리치지 못하고 흩어졌고, 소명을 짓누르던 만 근의 거력도 거짓말처럼 사라졌다.

소명은 조금도 휘청거리지 않았다. 깊숙하게 파고든 두 다리를 빼내면서 툴툴거렸다.

"어차피 나설 거. 좀 진즉 나오면 좀 좋아. 이게 뭐냐고, 젠장."

충분히 엉망인 옷이 더욱 엉망진창이다. 소명은 옷을 툭툭 털어내면서 고개를 돌렸다.

창운대전으로 누군가 느긋한 모습으로 걸어들어 왔다. 그림자가 길게 드리워졌다.

"그, 그럴 리가 없다. 그럴 리가 없어!"

"누구, 누구냐!"

장로들은 몸서리치면서 크게 외쳤다. 그러나 그들은 그림자의 윤곽을 보는 것과 동시에 알았다. 다만, 믿고 싶지 않을 뿐이었다.

죽은 자가 다시 돌아올 수는 없지 않은가.

하지만 한 줄기 웃음으로 천룡박명진을 파진(破陣)할 수 있는 사람은 고금을 통틀어도 오직 한 사람뿐이었다.

시조 때부터 내려오는 천룡포천의 진세를 박명진으로 개량해 낸 사람. 그리고 그만큼 무공이 하늘에 닿은 한 사람.

조금의 힘겨운 기색도 없이, 당년의 모습 그대로 나타난 그는 천룡대야, 바로 그였다.

탐스러운 은빛 수염을 쓸어내리며, 천룡대야는 방긋 웃었다.

"이거야 원, 실로 오랜만이오. 여러분."

차분하기 이를 데 없는 목소리였다. 그렇기에, 장내 모두는 그만 압도되고 말았다.

있을 수 없는 일.

그래, 있을 수 없는 일이 지금 일어났다.

"허……."

일체의 정적 속에서 누군가 불신 깊은 한숨을 흘렸다.

그것은 여기에 있는 모두와 같은 속내일 것이다.

운요 장로는 가슴이 쿵하고 내려앉아, 느릿느릿 고개를 돌렸다.

노인의 눈길이 이제 남의 일인 양, 멀찍이 떨어져 있는 소명에게로 향했다. 아예 팔짱을 끼고서 훌쩍 물러나 있었다. 요란할 정도로 발하였던 기세가 거짓말처럼 사그라졌다.

운요 장로를 제외하고, 여기의 누구도 용문제자에 대해서 크게 마음 쓰지 않고 있었다. 하기야 그럴 수 있는 상황이 전혀 아니기는 하다.

죽은 줄 알았던 사람이 살아 돌아온 마당이다. 용문제자이니, 소천룡이니 무슨 상관이겠는가. 그러나 운요 장로는 그렇게 넘길 수가 없었다.

이것 또한 용문제자가 무언가 수작을 부린 것이 틀림이 없다.

운요 장로는 마른침을 삼켰다.

'용문제자, 무어냐, 대체 무슨 수작을 부린 게냐……'

차마 입 밖으로 낼 수 없었지만, 깊고 깊은 물음이 혀 아래에서 강렬하게 맴돌았다.

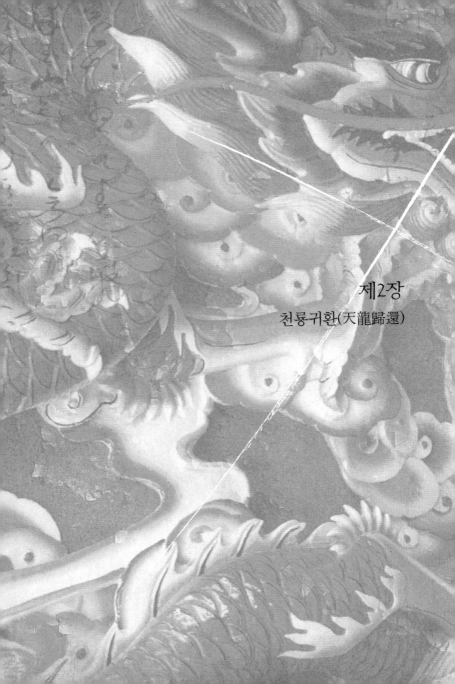

제2장

천룡귀환(天龍歸還)

갑작스럽게 먹구름이 몰려왔다.

저 너머에서 어둠이 내렸다.

"음, 뭔지 모르지만. 일어나기는 한 모양이네."

위지백은 활짝 열어놓은 창틀 위에 턱을 괴고서는 물끄러미 어둑한 하늘을 보았다.

사방의 하늘에서 오직 한 점을 향해 구름이 빠르게 밀려갔다. 그곳에서 회오리치는 모습을 하염없이 지켜보았다.

땅을 흔들 정도의 기진이 발동한 것이다.

위지백은 고개를 까딱거리다가, 문득 창밖으로 고개를

길게 내빼었다. 천룡 가문에 있어서 참으로 중요한 일이라고 하니, 다른 인적은 조금도 보이지 않았다.

가문의 이목은 지금 일이 벌어지고 있는 저곳에 집중되고 있을 터였다.

위지백은 어째 시큰둥한 얼굴로, 턱을 삐죽 내밀었다.

"가만 보자. 이제 소식이 올 법도 한데."

말 끝나기가 무섭다. 위지백은 흘깃 고개를 돌렸다. 문가로 작은 그림자가 어른거렸다. 딴에는 잔뜩 숨을 죽이고서 조심히 다가왔다지만, 위지백의 기감에는 뻔하게 보였다.

"그래, 들어와라. 그렇게 조심할 것 없다."

툭 던지는 한 마디에 문창으로 비치는 그림자가 흠칫 놀랐지만, 곧 문을 살짝 열고서 고개를 들이밀었다.

귀여운 얼굴의 어린 시동이었다. 아이는 안으로 들어서지는 못하고, 고개만 내밀고서 눈을 깜빡거렸다.

"흠, 그래. 무슨 일이냐?"

"창고의 노인께서 움직여 달라고 전하라 하시었습니다."

"그래? 벌써 움직이란 말이야? 거 노인네, 성질도 어지간히 급하네."

위지백은 심드렁하게 중얼거렸다. 그래도 곧 자리를 털

고 일어섰다. 그 서슬에 장관풍과 도기영이 놀란 얼굴로 고개를 치켜들었다.

"그만 움직여 볼까."

"장주, 어인 말씀을?"

장관풍이 조심스러운 얼굴로 물었다. 의아한 기색이 역력했다. 지금 일어나는 위지백은 어디 느긋한 산책이라도 하려는 사람의 모습이 아니었다.

빙글거리는 여유는 조금도 바래지 않았다. 그러면서도 칼을 챙기고, 옷매무시를 단단히 다잡았다. 마치 일전을 맞이하려고 준비라도 하는 듯한 모습이었다.

그런데 여기는 다른 곳도 아닌, 천룡세가의 본가였다.

가히 천궁에 버금갈 정도의 위용을 이미 목격하지 않았던가. 여기서 함부로 움직이는 것만도 부담이 큰데, 움직인다는 위지백의 모습이 사뭇 호전적이었다.

보는 장관풍은 그만 가슴이 옥죄여 왔다.

'또, 또 무슨 일이……'

그러나 장관풍에 앞서서, 도기영도 진즉 채비를 다 갖추었다.

"아니, 이보게 도 소협."

"헤헤, 장 검객님. 위지 선생께서 칼을 잡으신 마당인데, 뭘 따지겠어요."

웃음에 맥이 없었다. 여기서 떠든다고 해서, 나서는 위지백을 잡을 수도 없는 노릇이라. 그냥 체념해 버린 것이다.

차라리 조용히 나서면 부담이라도 덜하겠지만, 위지백은 참 보무도 당당하게 앞으로 걸어 나갔다. 어깨에 걸친 무광도가 잘게 몸을 떨었다.

위지백은 환히 웃었다. 하얀 이를 드러내면서까지. 그리고 홱 고개를 돌렸다. 방구석에 턱을 괴고서 잔뜩 뿔난 아함을 향해서였다.

"아함."

"가! 간다고!"

"잘 부탁하마."

"핏!"

위지백은 사뭇 진지했다. 부탁한다는 말이 괜한 것이 아니었다. 그러나 아함은 짜증을 드러내면서 콧방귀를 뀌었다. 그러다 별안간 자리에서 벌떡 일어나더니, 쿵쿵거리면서 밖으로 뛰쳐나갔다.

"녀석하고는."

위지백은 잠시 쓴웃음을 지었다. 하지만 곧 솔직하게 기대감을 잔뜩 드러냈다.

"자자, 어디 천룡 본가의 무인들은 어느 정도인지 한번 어울려 볼까나."

혀를 삐죽 내밀어서 입가를 핥았다. 아함이 박차고 나서는 통에 활짝 열린 문밖을 보는 눈빛이 참 해맑게도 반짝거렸다.

그 모습을 옆에서 보면서, 마지못해 도검을 챙긴 장관풍과 도기영은 마른침을 겨우 삼켰다.

"아이고, 부처님, 세존님, 상제님……."

아함은 방을 나서기가 무섭게 뒤로 향했다. 천룡세가에서 마련해 준 쪽빛의 치맛자락이 가볍게 팔락거렸다.

상질의 비단을 곱게 물들였고, 주름 잡은 치마단 끝에는 구름 문양을 은빛 수실로 세심하게 수놓았다. 걸을 때마다, 은빛이 반짝거렸다.

치마 아래로, 아함은 여전히 맨발이었다. 하얀 발끝이 사뿐사뿐 웅장한 주랑(柱廊)을 가볍게 걸었다.

주변에 오가는 사람은 달리 없었지만, 그렇다고 보는 눈이 없는 것은 또 아니었다. 지켜보는 눈초리를 모를 아함이 아니다. 그러나 눈이 있다고 한들, 아함은 전혀 개의치 않았다.

위지백도 그러하지만, 서천은 본시 하늘이 가까운 것이다. 추호도 하늘에 숨기는 짓을 하지 않는다.

그것이 서천 사람이었고, 서천의 무인이다.

아함은 성마와 더불어 서천 일대의 큰 전설이었다. 설사 이곳이 천룡이 아니라, 더한 곳이라 할지라도, 아함의 걸음을 머뭇거리게 할 수는 없었다.

원체 당당하다. 그러니 지켜보는 천룡의 무인들도 얼결에 빤히 보고만 있었다.

대체 어디를 가려는 것인지, 뭘 하려고 하는 것인지조차 헤아릴 수가 없었다.

'조, 조장…… 어찌하면……'

'그게, 그게.'

떠듬거리기나 할 뿐이다. 그러다가 결국 입을 다물어버렸다. 여하간에 가문의 귀빈인 것은 분명하다. 그들이 맡은 일도 어디까지나 귀빈의 호위였지, 감시하고 통제하는 것은 아니었다.

또한, 귀빈이 전각을 벗어나는 것도 아니었다. 전각 안에서 편히 다니는 일인데, 그것까지 단속할 수는 없는 노릇이었다.

눈짓이나 몇 번 주고받기만 했다.

그들의 신중함은 참으로 칭찬받을 만했다. 행여 나서서, 아함을 훼방하였다면, 서로 좋지 않은 꼴을 보았을 터였다.

아함은 딱히 마땅치 않은 표정으로 후원을 돌았다. 향한 곳은 따로 마련한 창고였다.

낙양 안가에서부터 몰아온 천룡의 마차는 물론이고, 일체의 짐을 쌓아둔 곳이다. 걸음 뒤를 지켜보는 이들은 다시금 침묵을 지키면서 자리를 지켰다.

잠시 긴장을 늦추었다. 안도일지도 몰랐다.

비록 갑작스럽기는 해도, 귀빈이 아주 엉뚱한 곳으로 향한 것은 아니다.

"흠, 괜히 긴장한 모양입니다."

낮게 소곤거렸다. 그래도 조장은 얼굴을 편하게 풀지 않았다.

"그렇다 한들, 허투루 마음 풀고 있어서는 안 된다."

"예, 조장."

귀빈을 지키는 수신조는 고개를 끄덕이면서 아함이 들어선 창고 문을 잠시 지켜보았다. 듣기로 상당한 내력을 지니고 있어서, 일정 거리 이상으로 다가가지 말라는 당부를 들은 참이었다.

곧 침묵이 앉았다.

그때였다.

쿠릉, 쿠르르릉.

어디 먼 하늘에서 뇌운(雷雲)이 몰려오기라도 하는가.

머리 위로 심상치 않은 울림이 일었다. 그들은 아연하여서 고개를 치켜들었다.

"뭐, 뭐냐?"

은신하였다는 것도 잊고 말았다. 너무도 당황하여서 그만 육성이 불쑥 튀어나왔다.

소란은 아함이 들어간 창고에서 시작했다.

창고라고 하지만, 어설프게 지어 올린 건물이 아니었다. 어지간한 전각만큼 높고, 튼튼했다. 그런 곳이 폭삭 내려앉을 것처럼 요동쳤다. 그것도 잠시 붉은빛, 푸른빛이 마구 뒤섞이면서 사방으로 퍼져 나왔다.

"크, 크윽!"

수신조장은 벌떡 일어났다. 뭐가 되었든, 내부 상황을 파악하고 볼 일이다. 그런데 무언가 싸늘한 것이 목덜미에 닿았다. 몸이 뻣뻣하게 굳었다.

"쉿! 움직이지 마시오."

"이, 이건."

수신조장은 눈을 치떴다. 차마 고개를 돌리지는 못했다. 곁눈질로 주변을 살피니, 자신뿐만이 아니었다. 수신조 전원의 뒤에 다른 이들의 그림자가 드리워져 있었다.

은신이 진즉 발각되었다는 것이다.

'크윽!'

지독한 낭패감에 수신조장은 침음했다. 그런 와중에도 창고에서 일어나는 변화는 갈수록 격렬해졌다.

　창고 안에 들어서자, 아함은 공노와 마주했다. 노괴는 아함의 눈치를 살피면서 은근슬쩍 다가섰다.

　"크, 크흠. 화염산주를 뵙소이다."

　"쯧……."

　머리 하얀 노인이 먼저 고개를 숙였지만, 아함은 새삼 상황이 못마땅하여서 눈을 하얗게 떴다. 그 눈치가 사뭇 따가워라.

　괜한 말이 아니었다.

　아함은 정말 눈빛 하나로, 얼마든지 불태울 수 있는 존재였다. 공노도 한가락 한다고 하지만, 아함의 신화 앞에서는 큰 도리가 없다.

　그것을 알기도 하였고, 지금의 큰일에 무엇보다 아함의 도움이 절실하였다.

　"그럼, 산주. 잘 부탁하겠소."

　"정말, 우리 소명 상공 얼굴 봐서 해 주는 거야."

　"아이고, 아무렴. 아무렴. 어디 이를 말이겠소."

　공노는 거듭 고개를 조아렸다.

　속으로는야 불만이 꿈틀대지만, 굳이 드러낼 만큼 생각

없지는 않다.

공노는 굳은 얼굴에 어색한 웃음을 억지로 그렸다.

"커허, 커허허허."

아함은 홱 고개를 돌렸다. 방구석에 발을 따로 두었고, 복잡하게 제단을 갖추었다. 그것이 무언고 하니. 이제껏 천룡대야의 야윈 육신을 지키고 있는 영령을 부르는 단이었다.

함부로 술법을 거둘 수도 없는 노릇이고. 그것을 압도하면서 천룡대야의 굳은 몸을 일깨우기 위해서는 그만한 신격이 필요했다.

그때에 하늘의 불을 다루는 화염산주만 한 이도 없는지라, 노인은 이렇게 저자세였다.

아함은 대충 둘러보는 것으로 바로 상황을 알았다. 그것은 오래 두고 연마한다고 해서 할 수 있는 것이 아니었다.

그야말로 신격의 문제이니.

공노가 궁리하고 갖춘 음풍도대제의 초혼과 빙결법은 천고에 다시없을 정도로 뛰어났지만, 화염산주의 눈에는 그 결이 눈에 밟힐 듯하였다.

아함은 퍼뜩 손을 치켜들었다.

다섯 손가락을 활짝 펼치고서, 입술을 질끈 물었다.

그러자 찬바람이 고여 가는 허름한 창고가 당장에라도

무너질 것처럼 부들부들 요동치기 시작했다.

"흐으음! 노인! 법술을 거두어!"

"그러지요!"

공노는 바로 옆으로 나서서는 빠르게 두 손을 맞잡았다. 손가락을 꼬았다가, 다시 잡고, 이른바 수인을 맺어가면서, 입속으로는 진결을 빠르게 웅얼거렸다.

"거기 노인! 노인도 힘 좀 쓰지!"

"허, 허허허!"

죽은 듯이 조용히 있던 천룡대야의 마른 입술이 열렸다. 그는 너털웃음을 흘렸다. 그래, 자신 또한 힘을 써야 할 상황이다.

지금 막 길이 열렸다.

천룡대야는 바로 입을 닫았다. 몰아치던 찬바람이 날카롭게 요동쳤다. 그것을 밀어내는 강렬한 열풍이 뜨거웠다. 단을 꾸리면서 늘어놓은 법문의 주련이 까맣게 물들면서 연기를 피우기 시작했다.

지금이다.

천룡대야는 이를 드러냈다.

건곤기가 처음으로 세상에 나타나는 순간이었다.

으득, 으드드득!

노인을 에워싸고 있던 하얀 운무가 흐려지고, 그 아래에서는 뼈마디가 다시 맞춰지는 것처럼 기괴한 소리가 연이어서 터졌다.

"흐으음……."

천룡대야는 부르르 몸을 떨었다. 전신이 급격하게 들썩거렸고, 사지가 마구 뒤틀렸다가 다시 자리를 잡았다. 그 하나만으로도 머릿속에 벼락이 치는 것처럼 끔찍한 격통이 치솟았다.

그조차 또렷한 정신으로 감당하고 버티어냈다.

자칫 실신하였다가는 돌이킬 수가 없다. 그때에는 음풍도대제의 술수가 아니라, 대제 본신(本身)이 등장한다고 한들 도리가 없다.

이때에 건곤기가 무엇보다 바삐 용솟음쳤다. 건양과 곤음, 양대기운이 서로 꼬리를 물면서 맴돌았다. 붉고, 푸른 기운이 세차게 돌았다.

아함은 그 모습을 물끄러미 보면서 손을 거두었다.

"어떻소, 산주."

"밖에서 할 수 있는 것은 다한 셈이지. 이제는 기다릴 뿐."

아함은 아무런 감정도 없이 대꾸했다. 그리고 팔짱을 끼고 삐딱하게 고개를 기울였다.

'칫! 우리 상공도 아니고. 또 저만한 인간이 있을 줄은.'

타인의 눈앞에 처음으로 드러내는 건곤기, 그것의 숨은 위력을 헤아리면서, 아함은 아무래도 못마땅하여 혀를 찼다.

속내는 그러하다. 그래도 손을 털고서 뛰쳐나가지는 않았다. 혹시 있을지 모를 일을 대비하여서, 아함은 자리를 지켰다.

창고에서 일어난 변고는 그렇게 단순한 일이 아니었다.

땅이 들썩거리고, 우릉우릉 천장이 울릴 정도의 진동이 일었다. 그뿐이랴, 붉고 푸른 빛이 번쩍번쩍하더니, 사방으로 마구 뻗었다.

내부 체계를 갖춘 천룡궁에서 이것을 대충 넘길 리가 없는 일이었다.

위지백은 정문 앞에 우뚝 섰다. 자리를 지키고 얼마 되지 않아서, 전각이 무너질 것처럼 요동쳤다. 예상하였던 일이라서 달리 놀라거나 당황하지 않았다.

그저 앞에 세운 무광도에 기대어서 삐딱하게 섰다.

변화는 계속해서 일어나고 있었다. 딱 이곳의 하늘만 구름이 짙어서, 어둑한 가운데에 불빛이 번쩍 번쩍거렸다. 그리고 사방에서 급하게 몰려오는 자들이 하나, 둘이 아니었다.

주변에 있는 천룡 무인들이 대번에 땅을 박찼다.

전각의 좌우로, 또 정면으로 줄지어 달려오는데, 머릿수만도 족히 일백은 헤아릴 듯했다. 위지백은 그들 모습을 물끄러미 보았다.

"아니지. 이렇게 멍청히 보고 있을 때가 아니지. 뭣들 하냐?"

위지백은 한 걸음 뒤에 나란히 서 있는 둘을 돌아보았다.

"네?"

"내가 막으리?"

"아, 아닙니다."

둘은 당황했다가, 바로 울상 지었다. 그러나 어쩌랴. 저기 달려오는 천룡의 무인들보다야, 위지백이 더욱 두려운 것을.

입술이 터져라 질끈 물고서, 성큼성큼 큰 걸음으로 나섰다. 그리고 앞뒤 없이 도, 검을 뽑아들었다. 도기영은 뱃전에 한껏 숨을 밀어 넣고는 바락 외쳤다.

"멈! 춰! 라아악!"

얼굴이 터져나갈 것처럼 잔뜩 붉었다. 호기는 참으로 대단하다. 그러나 달려오는 천룡의 무인들의 안색에는 조금의 변화도 없었다.

무거운 얼굴로 다급하게 달려올 뿐이다.

별다른 기세를 드러내는 것도 아니지만, 정연한 모습은 흡사 철산이 밀려오는 듯했다. 애초에 멈추리라고 생각하지도 않았다.

"후으, 후으, 흐아아압!"

힘껏 소리를 내지른 도기영은, 거칠게 숨을 들썩거리다가 두 손으로 다잡은 칼자루를 머리 위로 치켜들었다. 거친 숨소리가 차차 잦아들었다.

그럴수록 달려오는 천룡 무인들과의 거리는 빠르게 좁혀졌다.

이번에는 아무 소리도 내지 않았다.

도기영은 숨을 딱 끊어내는 것과 동시에 앞으로 크게 나서면서 칼을 휘둘렀다.

대원도법, 일도직천(一刀直天).

수직으로 떨구는 일도, 헛되이 허공을 베는 듯했지만, 그 여파는 끝도 없이 뻗어갔다.

도경의 굳세고 날카로운 기운이 수장 거리를 격했다.

쩌저저적!

단단한 포장돌이 그대로 갈라졌다. 그 여파에 천룡 무인들이 빠르게 좌우로 튀어 올랐다. 당황하는 자는 없었다. 상대를 조금도 경시하지 않았기 때문이다.

즉각 반응하였을 뿐.

그런 그들을 장관풍이 기다리고 있었다.

장관풍은 크게 휘저어 일도를 떨친, 도기영의 어깨를 밟고서 힘껏 신형을 뽑아 올렸다. 차앙! 맑은소리와 함께 허공에서 발검이 이루어졌다.

천산의 깊은 계곡 속에서 휘몰아치는 거친 칼바람을 타고 연마하는 천산검법이 지금 펼쳐졌다. 어느 곳이든, 장관풍의 신형이 이르렀고, 검광이 번쩍거렸다.

위에서는 장관풍이, 아래에서는 도기영이.

위지백은 처음 그 자리에 우두커니 서서는 그 모습을 빤히 보았다.

"오호, 이것들 봐라. 생각보다 제법이네. 이야, 그냥 칼 뽑기가 무섭게 당할 줄 알았더니. 흐헤헤헤."

위지백은 어깨를 다 들썩거리면서 기괴하게 웃었다.

둘을 너무 가볍게 생각하였던 것일지도 몰랐다. 위지백은 혼자 키득거렸다.

확실히 둘이서는 훌륭할 정도로 선전하고 있었다. 그러나 천룡 무인들의 목적은 두 사람을 제압하는 데에 있지 않았다.

천룡 무인들은 갑작스럽게 일어난, 진동의 여파를 확인하고, 처리하는 것이 먼저였다.

막힌 자들은 도리 없이 어울렸지만, 다른 자들은 좌우로 크게 맴돌아서, 위지백이 서 있는 정문을 향해서 날아들었다. 개중 몇은 아예 담을 향해서 몸을 날리기도 했다.

위지백은 혼자 킬킬거리다가, 불현듯 무광도를 덥석 움켜쥐었다.

"이것들이, 어디 날치기를 하려 들어!"

삑 소리치는 것과 동시에 좌우를 간단히 베었다. 휘적휘적 장난처럼 내지른 칼질이다. 그러나 결과는 그렇게 장난처럼 일어나지 않았다.

"크헉!"

"카윽!"

묵직한 도세에 짓눌려서, 누구랄 것 없이 바닥으로 뚝뚝 떨어졌다. 피를 토하는 이도 있었다. 그러나 마냥 뻗어 있는 자는 아무도 없었다.

즉각 몸을 세우고서, 위지백을 향해 적의를 돌렸다.

하얗게 뜬 눈가에서 파르스름한 전광이 맺혔다. 누구도 먼저 입을 여는 사람은 없었다. 묵묵히 검을 뽑을 뿐이었다. 허리 뒤에서 자연스럽게 발검하는 모습이 물 흐르듯 자연스러웠다.

천룡 무인들의 무기는 팔뚝만 한 길이의 중검(中劍)이었다. 특이한 점이라면, 검병에 길고 긴 수실을 달고 있다는 점이었다.

"어이, 어이. 그렇게 서두를 것 없어. 나랑 천천히 어울려 보자고."

"……."

위지백은 무광도의 도배로 어깨를 툭툭 두드리면서 가볍게 말했다. 입가에는 웃음이 또렷하게 맺혀 있었다.

"더도 덜도 말고. 딱 하루만 같이 자리를 지키자고. 딱 하루면 되니까."

"그것은 참으로 가당치 않은 말씀이시오. 귀빈."

"응? 이 마당에도 귀빈 대접을 해 주는가?"

다들 아무 소리도 않기에, 말 못 하는 자들인가 싶더니 한 사내가 나서서 입을 열었다. 그의 눈빛은 여전히 살벌했지만, 목소리나 취하는 태도는 사뭇 공손했다.

"의도야 어떻든, 본가에서 귀빈으로 청한 분이시니."

상대가 어찌 나오든 그들은 귀빈으로 대하며, 다만 막아선 그를 뚫고 지나가는 것에 집중하겠다는 것이다. 일견, 예를 지키는 것처럼 슬쩍 고개를 숙였다. 그러면서도 예리한 눈초리는 위지백의 허실을 계속해서 살폈다.

'서장의 제일도. 허명 따위가 아니다.'

나선 천룡 무인은 숨을 차분하게 했다.

여기 있는 자들은 천룡 내원을 지키는 상승의 무인들로,

강호의 경험이 절대 부족하지 않았다.

뚜렷하게 이름을 날리지 않았으면서도, 천하의 각지에서 나름의 경험을 쌓고, 무위를 다지고서야 다시 세가로 돌아온 자들이었다.

천룡세가는 그런 식으로 가문의 정예를 끊임없이 단련하고, 또 단련했다.

비록 서천 무림까지 나아간 사람은 없었지만, 그래도 가까운 감숙, 사천 등지에서 활동한 자들은 있었다.

서장제일도 위지백의 뚜렷한 위명은 그곳에서도 가히 전설에 가까울 정도였다.

비록 천하의 오대고수, 아니 이제는 천하육절. 그만한 반열에는 오르지 않았지만, 그 또한 세월의 문제라는 것을 변방 무림에서는 모두가 인정하는 바였다.

그렇기에, 위지백이 저리 방만한 모습을 보인다고 하나. 감히 가볍게 여기는 사람은 아무도 없었다. 다만, 지금의 목적을 알 수가 없다는 게 의아하고, 또 의아할 뿐이었다.

전각이 무너질 것처럼 요동치는 판국이건만, 그것을 막아서고 있다니.

"대체……."

부지불식간, 의문이 앞섰다. 그러나 앞뒤를 따질 만한 상황은 아니다. 의문을 눌러놓고서 중검을 곧게 세웠다.

검신을 타고서, 아지랑이를 닮은 기운이 서서히 일렁이기 시작했다.

위지백은 여전히 여유가 엿보이는 얼굴로 싱글거렸다. 그러나 눈매만큼은 착 가라앉아 있었다. 눈앞에 늘어선 천룡 무인을 조금도 가벼이 여기지 않았다.

"어차피, 나야 이 자리만 지키면 그만이니."

"그게 무슨 말씀이시오."

"히, 히히히. 그런 게 있다네. 그래도 나중에는 당신들이 나한테 고개 숙여 고맙다고 할걸."

위지백은 고개를 뒤로 젖혔다. 턱을 세우고는 비릿한 조소를 남겼다. 점점 더 모를 소리였다. 그저 헛소리로 치부하면 좋으련만, 천룡 무인은 그리할 수가 없었다.

더욱이 마주하고 있는 사내는 감숙 무림에서 활동한 바가 있었다.

서장제일도, 그리고 생사판관의 무명이 중원 무림의 어느 곳보다 선명한 곳이었다. 저리 가벼운 태도로 말하지만, 도무지 그 무게를 무시할 수가 없었다.

'괜히 저런 소리를 할 리가 없을 터인데…… 대체, 무슨……'

따져 묻기도 어려운 일.

"조장!"

"음……."

뒤에서 다른 무인이 낮은 목소리로 채근했다. 계속 넋을 놓고 있다가는 귀한 전각이 그만 무너져 내릴 듯했다.

앞으로 중검을 세우고서 예리한 눈초리를 번뜩였다.

"아무래도 더 주저하고 있을 때가 아닌 듯합니다."

"마음껏, 재주껏."

위지백은 방긋 대꾸했다.

천룡무인, 삼 개 조가 득달같이 달려들었다. 장관풍과 도기영은 실로 악전고투였다. 그래도 둘의 손발이 맞는 편이라서 어찌어찌 버티어내고 있지만, 에워싼 천룡 무인의 합격진을 파훼하지는 못했다.

그저 버티어 낼 뿐.

갈수록 기진하였고, 상처가 연이어 쌓여 갔다.

천룡 무인들이 손님이라, 사정을 둔 덕분에 치명은 면하였지만, 그렇다고 위험하지 않은 것은 아니었다. 애당초, 도검을 들었다는 것 자체가 목숨을 걸었다는 뜻이 아니겠는가.

상대의 압도적인 무위에 눈앞이 아득했지만, 둘은 점점 말을 잊고서, 초점을 잃고서, 검과 도를 힘껏 부렸다.

"후우, 후우……."

가만히 내뱉는 숨소리에 맞춰서, 도영(刀影)이 날렵하

다. 뒤따르는 검광(劍光)은 또 어떠한가.

펄럭이는 옷자락 소리가 머리 위에서 울리면 어김없이 번뜩이는 검광이 내리꽂혔다.

천산의 보신경과 검법은 과연 날래기 그지없었다. 허공을 노니는 듯한 날랜 보신경도 그렇지만, 허공에서도 충실한 검력을 발휘한다는 것이 놀라운 일이었다.

무엇보다 둘의 합벽이 있어서 가능했다.

도기영이 장관풍이 도약할 지점을 만들어주고, 장관풍은 도약하면서 도기영의 사각을 지켜냈다.

그런 식으로 한참.

이제는 기력이든, 체력이든 전혀 알 바가 아니었다. 실로 무아지경에 빠져들었다. 뒤엉키는 천룡 무인들 얼굴에 이제야 난처한 기색이 솔직하게 드러났다.

"이, 이런!"

"이게 무슨 낭패란 말이야…… 크윽!"

되레 자신들이 지치기 시작했다.

처음에는 천산파의 검객이 상대하기가 조금 까다로운 정도였고, 소림 속가로 보이는 젊은 도객은 언제든 제압할 수 있다고 여겼다.

그런데 시간이 흐를수록 상대하기가 갈수록 어려워졌다.

일성의 공력이 이내 십성에까지 이르렀고, 절초를 아낄 틈이 없었다. 자칫 마음을 놓았다가는 이쪽의 진세가 무너질 판이었다.

이만큼 버티어내는 것도 놀랍건만, 여기서 무공이 무섭도록 발전해 나아가고 있었다. 그 성취가 눈에 띌 정도였다. 멍한 눈초리는 천룡 무인의 중검이 뻗어내는 검경 일체를 파악해내고 있었다.

그저 운이라고 할 수가 없었다.

'흐름을 끊어야 한다. 이대로는 안 돼!'

천룡의 무인들, 누구랄 것도 없이 모두가 공감했다. 그들에게는 아직 미숙하게 보이던 자들이다. 그런데 그 미숙함이 눈에 보일 정도로 달라지고 있지 않은가.

그런데 뾰족한 방책이 보이지 않았다.

차라리 죽여 없애는 것이라면 당장에라도 손을 쓰겠지만, 여하간에 가문의 귀한 손님이라. 제압은 하되, 함부로 상하게 하지 말라는 당부를 챙겨 들은 참이었다.

쉬운 일이라고 생각했건만.

더욱 어렵고, 난감하다.

여기 천룡 무인, 중천이조를 맡은 조장은 이를 악물었다.

"어쩔 수 없다. 내가 책임지지. 어디 한 곳 부러뜨리는 것은 감수한다!"

"허, 허나, 조장!"

"마냥 버티다가는 오히려 우리가 당하겠다."

그렇게까지야 되겠느냐, 하는 말이 혀끝까지 올라왔다가 바로 삼켜졌다. 애초에 반나절에 가까운 동안까지 버티어 내리라고 생각이나 했던가.

"알겠습니다."

천룡 무인은 눈을 가늘게 떴다. 조장이 이렇게까지 말하면 마다할 수가 없다. 그러자 천룡 무인들 사이에 흐르는 기류가 일변했다.

삼엄한 것은 처음과 다르지 않으나 보다 농도가 짙었다.

끈적한 기운이 올올이 일어서 서서히 에워싸기 시작했다. 잠깐의 공백, 장관풍과 도천기는 헐떡거리면서 검과 도를 늘어뜨렸다.

아직도 멍한 눈초리는 여전했다.

그렇지만, 상황이 판이해졌다는 것은 둘도 어느 정도 감지하였다. 호흡은 신중하고, 늘어뜨린 두 자루의 검과 도가 낮게 떨렸다.

아직 검명, 도명을 일으킬 정도는 아니지만, 두 사람의 공력이 수월하게 상통하고 있다는 뜻이었다. 그것은 곧 절정이라는 경지에 한 발을 걸쳤다는 것이다.

조장은 중검을 들어서, 둘을 향해 똑바로 겨누었다. 옆에서 아직도 치열하게 도검이 싸우는 소리가 들렸지만, 그쪽에 눈을 돌릴 겨를은 없었다.

"중천이조, 이제……."

조장은 말을 다 뱉지 못했다. 그들 뒤로 큰 변화가 솟구쳤기 때문이다.

불빛이 번쩍하더니, 삽시간에 땅이 무너질 것처럼 들썩거렸다.

우르르릉!

하늘을 향해 솟구치는 붉은 불길은 흡사 용이 승천하는 것처럼 드높았다. 저것이 무슨 변고인가.

누구랄 것 없이, 당혹감에 전원의 손발이 멈췄다.

그런데 위지백은 한 방울 땀을 탁, 튕겨내면서 시큰둥한 기색으로 고개를 비틀었다.

"햐, 이제야 끝났구만."

"이제야 끝나다니. 그것이 대체?"

"자자, 내 할 일은 여기까지. 이제는 알아서들 일 보시라고. 천룡의 무인."

위지백은 턱짓을 해 보이고는 언제 앞을 막았느냐는 듯이 태평하게 옆으로 물러섰다.

위지백이 물러나니, 장관풍과 도기영도 여전히 얼떨떨

한 얼굴로 있다가, 따라서 종종걸음으로 물러났다.

시간이 얼마나 흘렀는지 아직 두 사람은 미처 깨닫지 못했다. 팔다리가 천근 추가 매달린 것처럼 무겁고, 온몸이 축축 늘어졌지만, 어쨌든 두 다리로 버티고 서 있었다. 그것이면 충분했다.

천룡 무인들은 낭패가 솔직한 기색이었다.

이러지도 저러지도 못한다. 그런데 굳게 닫혀 있던 문이 천천히 열렸다. 모두의 눈길이 그곳으로 돌아갔다. 그 자리에는 한 사람의 절세미인이 딱 서 있었다.

검은 머리카락은 마구 산발하였고, 맨발 차림에 고운 옷자락이 마구 구겨져 있었다. 언뜻, 언뜻 불길에 그슬리기도 했다. 그런 꼴이라도, 여인이 지닌 미모는 인외의 것이라, 조금도 바래지 않았다.

화염산주 아함이다.

"아함, 일은 어째? 잘 되었냐?"

"나야 할 만큼 했지."

"그게, 그게 무슨 말씀이시오!"

이 자리에 있는 천룡 무인의 우두머리, 중천일조장은 당혹감에 크게 외쳤다.

아함의 눈동자가 문득 조장을 향해서 돌아갔다. 미처 몰랐다. 정면으로 마주하는 순간, 하얀 백안이 따갑게 눈을 찔렀다.

"으, 으으으……."

손발이 벌벌 떨렸다.

저 하얀 눈동자는 감히 헤아릴 수 없는 백열의 기운이다. 이대로라면 눈이 타버릴 듯했다. 그런데 조금도 대항할 수가 없었다.

떨림이 더욱 격해졌다. 이대로 정신이 아득해졌다. 이게 끝일 수도 있다. 그런데 한 줄기의 중후한 음성이 울렸다.

"허허, 그쯤 해두시게. 소중한 가문의 아이일세."

"쯧!"

목소리는 흡사 달래듯 했지만, 일거에 주변을 장악하기도 하였다.

아함은 못마땅하다는 듯이 혀를 찼지만, 백열안을 계속하지는 않았다. 큰 눈동자를 데굴 굴렸다. 그러자 바로 검은 눈동자로 돌아왔다.

아함은 자신이 지나온 자리로 고개를 돌렸다. 그곳에서 비록 오래되어서 색이 흐려졌다고는 하지만, 창천을 담은 푸른 청포를 펄럭이면서 청수한 인상의 노인이 걸어나왔다.

노인은 문지방을 넘어서, 새삼스러운 눈으로 주변을 둘러보았다.

"하하, 역시 직접 보는 것이 제일이로군. 이 얼마 만인가."

노인은 곧 고개를 돌렸다. 불퉁함이 그득한 채 문간에 서 있는 아함을 돌아보았다.

"고맙구려, 산주."

"흥! 상공께서 말씀 주지 않으셨다면 절대 하지 않았을 거야."

"하하하."

아함이 잔뜩 골 나선 하는 말이었다. 여기에 불편해하기는커녕 노인은 오히려 기꺼움에 웃었다. 소리 내어 웃는 웃음에는 힘이 충분했다.

"너는 그래, 아는 얼굴이구나."

"서, 설마. 설마."

"나를 알아보지 못하느냐."

"그럴 리가 있겠습니까!"

털썩 무릎이 떨어졌다. 격동이 크게 일었다. 지난 세월이 수년이라지만, 천룡을 기억하는 사람이 어찌 없을까. 이곳을 가득 메우고 있던 천룡의 무인이 일제히 무릎을 꿇고 고개를 조아렸다.

천룡대야, 그는 고개를 들었다.

구름이 고요하게 흐르고 있었다. 동남풍이 불어왔다.

소명과 두 소천룡이 이공천역에 들고서 반나절이 겨우 지난 다음이었다.

＊　　　＊　　　＊

　천룡이 돌아왔다.

　그는 비록 야위었고, 머리에는 서리가 앉았지만, 당년의 모습과 큰 차이가 없었다.

　아니, 자연스럽게 일어나는 기운은 한층 농밀하여서 감히 경지를 헤아릴 수가 없다.

　천룡가회, 여러 장로는 아무런 말도 할 수가 없었다.

　천룡세가는 본시, 유일천룡(唯一天龍)이라고 하는 가주 한 사람에 의해서 좌지우지되는 곳이다. 그런 구조였고, 그것을 감당할 수 있는 인룡만이 가주가 되어서, 천룡이라 하는 것이다.

　당년의 천룡가주는 어떠하였던가.

　무공으로는 천하를 논하는 고수의 반열에 오르지는 않았지만, 누구라도 천하제일이라는 이름을 말할 적에 제일 근접한 사람이었다.

　뛰어난 경영 능력은 가히 독보적이었다.

　무가련 외에도 천룡세가는 홀로 섰다. 종국에는 무가련

이 그저 천룡의 무수한 가업 중 하나가 되어 버릴 정도였다.

보이지 않는 모든 일을 처리했다.

본래에서 성세에 다함이 없는 천룡세가가, 그의 대에 이르러서는 더욱 융성하였다. 그런 천룡대야가 주화입마에 **빠졌을** 적에, 얼마나 큰 요동이 있었던가.

비록 의결의 권한은 있었으나, 천룡에게 약간의 조언을 해주는 데에 지나지 않았던 천룡가회가 자연스럽게 전면에 나서게 된 것이다.

때마침이랄까.

천룡이 무가련을 비롯한 세가의 외부 사업 일체를 자제하던 차였기에, 큰 탈은 없었다. 그런데 처음 의도야 어떻든, 천룡가회는 서서히 천룡세가라는 막강한 힘 앞에서 서서히 취해 갔다.

천룡세가를 좌지우지한다는 것은 마약처럼 달콤하고도 위험한 유혹이었다. 비록 천룡이 직접 이끌 때에 비하면 채 절반에도 미치지 못한다지만, 그것만으로도 능히 강호 제일이라고 할 수 있었다.

그러나 다음 천룡을 선정하는 것을 두고서, 천룡가회는 막강한 영향력을 발휘할 수 있었고, 그것을 영구화하려고 머리를 쓰던 차였다.

이 판국에 그만 천룡대야가 멀쩡히 돌아왔다.

천룡대야가, 죽은 줄 알았던 그들의 주인이, 마치 거짓말처럼 돌아왔다.

눈으로 보았음에도 쉽사리 믿을 수가 없었다.

욕심이 있고 없고를 떠나서, 세가의 중진은 물론이고 모든 장로는 아무 소리도 할 수가 없었다. 그것은 삼성, 특히 대성이라는 운요 장로도 마찬가지였다.

그는 야윈 손을 꼭 움켜쥐고서, 천룡대야를 바라보았다.

천룡대야는 내내 텅 비어 있던 천룡좌, 그곳에 느긋한 모습으로 앉아서 단 아래를 내려다보고 있었다. 그는 처음의 인사하는 말 한마디 이후로 어느 말도 없었다.

수년 세월 동안 비어 있었던 천룡대전, 그곳에 여러 인사가 줄지어 서 있었다. 그들의 면면은 들뜬 얼굴, 어두운 얼굴, 그야말로 각양각색이었다.

각자의 처지가 다 다른 것이니.

그러나 요지부동, 조금도 안색에 변화가 없는 한 사람이 있었다. 운요 장로였다. 그는 평소의 자리가 아닌, 가장 낮은 자리에 우두커니 서서, 인자한 미소를 머금고만 있었다.

숨 막힐 듯한 긴장감이 눈에 잡힐 것만 같은 상황에서, 운요 장로는 평소의 신색을 유지하고 있었다. 참 대단한 늙은이였다.

그리고 여기에 천룡과는 아무래도 무관한 사람도 있었다.

용문제자, 소명이었다.

소명은 자신이 여기 대전에 끼어 있는 것이 아무래도 고약했다.

"아니, 내가 뭘 상관이라고."

입가를 잔뜩 찌푸리고는 불만을 짓씹었다. 그런 한편으로 곁눈질로 문가를 살폈다. 그 자리는 따로 가문의 귀빈을 모시는 자리라 하였다.

그곳에 위지백과 아함이 졸린 표정으로 앉아 있었고, 한 걸음 뒤에서 장관풍과 도기영은 바짝 오그라들어서 연신 주변을 두리번거렸다.

이곳 분위기에 전혀 적응하지 못하는 것이다.

천룡대전은 그만한 공간이었다. 더구나 둘은 몸 상태도 온전하지 않았다. 다시 일어난 천룡이 몸을 수습할 때까지 버티어낸다고 반나절 동안 치열하게 싸우지 않았던가.

허리를 세우고 앉아 있기조차 쉽지 않았다.

"으아아……."

도기영은 힘든 와중에도, 그만 질린 소리를 흘렸다. 곁눈질로 좌우를 살피는 눈초리가 분주했다. 하늘에 닿을 듯한 천장하며, 좌우로 웅장한 기둥이 수십이다.

진정 하늘 밖의 천궁이 있다면, 이러할지도 모르겠다.

바깥에서 보는 것과는 또 달랐다. 도기영은 마른침을 겨우 삼키고서 장관풍을 돌아보았다. 장관풍도 새삼 두리번거리기는 마찬가지였다.

천산파 역시 나름 규모를 지닌 일문이었다.

당대에 들어서 크게 부흥하였지만, 역사는 수백 년에 이르렀다. 그러나 이곳에 비할 바는 아닌지라.

"허, 허어."

장관풍은 허탈하여, 한숨이 한가득 섞인 헛웃음이 불쑥 튀어나왔다. 막막할 정도였다.

천산파의 가장 큰 곳도 이곳에 비하면 고작 헛간에 지나지 않을 듯했다. 아니, 규모는 굳이 말할 것도 없다.

"아따. 거 고만 좀 두리번거려라."

위지백이 마냥 앞을 보면서 나직이 속삭였다. 덩달아서 같이 이상하게 보이겠다.

"크흠, 크흠."

장관풍과 도기영은 바로 고개를 숙였다.

"쯧……."

위지백은 짧게 혀를 차고서, 한 번 고개를 꺾었다. 그 또한 천룡대야가 드러내는 막강한 위세를 마주하면서 사뭇 긴장하고 있었다.

'무광을 들고 오지 않아서 다행이지…….'

무광도는 아마도 징징, 엄청나게도 울어댈 것이었다.

"그래서."

긴 침묵 끝에 겨우 내뱉은 한마디였다. 차분하여서 다른 감정은 전혀 실려 있지 않았다.

천룡대야의 눈길이 단 아래를 찬찬히 훑어갔다. 눈길이 닿을 때마다, 당당한 천룡의 인사들이 죄 어깨를 움츠렸다. 그럴 수밖에 없었다.

눈길이 한 번 스칠 때마다 절로 가슴이 흔들렸다.

단지 감정의 동요가 아니었다. 눈길이 이를 때마다 기파가 침습했다. 본신의 내공에까지 영향력을 미칠 정도였다.

석년의 천룡대야, 그에 대한 경외와 공포가 새삼 되살아났다.

'과거에 비하여도 전혀 부족함이 없다. 오히려 신공을 연마하고 나왔다는 것인가.'

알 수가 없는 일. 그러나 나서서 물음을 던질 만한 간담을 지닌 자 또한 없었다.

가주의 부재 중에 있었던 오만의 일이 발목을 잡았기 때문이었다. 어느 것 하나 가주의 심기를 건드리지 않았을까, 전전긍긍이었다.

그리고 그런 것을 신경 쓸 정도로, 상황은 점점 살벌하게 돌아가고 있었다.

천룡대야.

그 위명이 본격적으로 드러나는 참이다. 소명은 그 현장의 구석에서 입을 꾹 다물었다. 잠시 긴장한 기색이다. 맞잡은 두 손에 힘이 잔뜩 들어갔다.

'흐으으읍…… 으음……'

소명은 부르르 몸을 떨었다가, 바로 고개를 흔들었다.

'아이고야, 하품 나와 죽겠네.'

상황이 상황인지라, 나오는 하품을 참겠다고 꽤 애쓰는 참이다.

퍼득 천룡의 장중한 일성이 대전 위로 울렸다.

"여기 장로들은 다른 할 말이 없으신가?"

"허허, 어인 말씀이신지요. 가주."

천룡대야는 눈을 가늘게 떴다. 조용히 있던 삼장로가 뜻을 몰라서 고개를 들었다.

천룡대야의 눈길이 여럿을 거쳐, 이제 세 노인에게서 멈췄다. 다른 감정이라고는 전혀 없었다. 그저 지켜보는 눈이다.

소명은 조용히 상황을 지켜보았다.

눈으로 추궁하는 천룡대야, 그러나 마주하는 세 노인도 참 대단도 하였다. 끝내 모른다는 얼굴로 태연자약, 천룡의 눈길을 마주하고 있다.

소명은 문득 고개를 돌렸다.

어느 틈에 날이 이리 흐려졌던가. 잿빛 구름이 몰려와서 태양을 가린 모양이었다. 대전 내부가 한층 흐려졌다. 그늘이 짙었다.

힐끔, 대전 밖을 살폈던 눈길이 다시 상좌로 돌아갔다.

높은 곳에서 천룡대야가 천천히 몸을 일으켰다. 일어나면서 드리우는 그림자는 기이할 정도로 짙고, 거대했다. 천룡대야의 그림자가 다가올수록, 가까이 있는 가인들은 더욱 움츠러들었다.

어깨도, 무릎도.

지은 죄가 있든, 없든. 어떤 것도 상관이 없었다.

대전의 그늘에 서 있는 모두가 압도되어 가고 있었다. 천룡대야가 딱히 무엇을 한 것도 아니건만, 드리운 그림자 하나 앞에서 일체가 무용했다.

다만, 소명은 심드렁한 기색이었다.

'성격도 참 꼬였어.'

소명은 천룡대야의 그림자에 달리 영향을 받지 않았다. 뒤로 고개를 빼면서 좌우를 은밀히 살폈다. 장로 이하의 인물들은 진땀을 뻘뻘 흘려대면서 드리우는 존재감 앞에서 버티느라 온 힘을 다하고 있었다.

장로들이라고 해서 그렇게 태연자약한 것은 아니었다.

비록 허리를 세우고 고개는 들었지만, 긴 소매 아래로 움켜쥔 두 주먹은 바르르 떨렸다. 누구는 미처 속내를 감추지 못하여 입술을 살짝 깨물고 으음, 짤막한 신음을 흘리기도 하였다.

그러나 정작 당사자라고 할 수 있는 세 노인, 삼성은 과연 대단했다.

비록 억지로라고 할 수 있었지만, 그래도 대전 안에 있는 천룡의 가인 중에서도 수월하게 버티어 냈다.

'버티어 낼 수밖에 없겠지.'

소명은 한숨을 삼켰다. 이제부터는 일이 어찌 돌아가든지 간에, 자신과는 무관하다.

소명은 진심으로 그렇게 생각하였다. 그러나 세상일이라는 것이 왕왕 그러하듯, 어디 뜻대로 흘러간다든가.

"본가의 후계는 내 따로 정한 바가 있으니. 가회의 여러 장로는 이제 따로 신경 쓸 것 없소이다."

"아니, 가주."

"천룡이시여. 그게 무슨."

일제히 술렁거리기 시작했다. 천룡의 압박에 짓눌린 상태였지만, 마냥 눌려 있기에 지금의 한 마디는 결코 가벼운 것이 아니었다.

운요 장로 또한 눈썹을 바짝 치켜들었다.

"가문의 법도란 것이 있습니다. 천룡이시여. 법도를 지키셔야 할 천룡께서 어찌 그런……."

"법도에 우선하는 것이야말로, 본 천룡이 아닌가? 아니오, 운요 장로?"

천룡대야는 운요 장로의 창노한 일성을 뚝 끊어버렸다. 그리 크지 않은 목소리였지만, 힘이 실려 있었다. 아울러 고개를 앞으로 하면서 지그시 바라보았다.

내내 태연한 척하였으나, 이번에는 더 견디어 낼 수가 없었다.

"크흠!"

운요 장로의 무릎이 휘청였다. 그 모습을 보면서 천룡대야는 편한 기색으로 의자에 등을 기대었다. 턱을 세우고서 다리를 꼬았다.

그러면서도 장내를 압박하는 기세에는 조금도 변화가 없었다. 아니 점점 무게를 더해가는 것만 같았다.

소명은 비록 그 여파에서 한 걸음 물러나 있었지만, 일체의 변화를 감지하면서 해연히 놀랐다.

창운인지, 청운인지. 장로들이 모인 대전에서 발동한 진세가 바로 떠올랐다. 듣기로는 자신이 겪은 것은 삼 단계로 구분한 진법의 정도에서 일 단계의 끄트머리에 불과하다지만, 그만한 것을 단 일인의 몸으로 보이고 있었다.

'확실히, 천룡 또한 사람의 경지가 아니군.'

천룡대야는 의자에 앉아서 신음하는 운요 장로를 똑바로 보았다. 빙긋 웃는 미소가 차가웠다. 그러다가 눈을 살짝 굴렸다. 신음하는 이들 뒤로 물러나 있는 소명을 향한 눈빛이었다.

그 눈빛이 사뭇 장난스럽다.

상황과 어울리지 않는 눈빛이라서, 소명은 천룡의 눈빛을 바로 읽어냈다. 그러고는 바로 불안감이 스멀스멀 일어나기 시작했다.

'뭐지? 뭐지?'

단지 기분 탓이라고 하기에는 어려울 정도로, 등골이 서늘했다. 그러나 정말 찰나에 불과한 눈빛이었다.

천룡은 가회의 여러 장로를 찬찬히 둘러보았다. 마치 너희 속셈을 모두 알고 있다고 말하는 듯하다.

운요 장로의 눈동자가 서서히 굳어갔다.

"운요 장로. 마지막으로 묻겠소. 본 천룡에게 정히 할 말이 없으신가?"

"……."

운요 장로의 주름 진 입매가 일그러졌다. 수염을 가만히
그러쥐고 있던 손이 부르르 떨리더니, 퍼뜩 고개를 빳빳하
게 치켜들었다.

"천룡……."

운요 장로의 학창의 위로 뚜렷한 기세가 뭉클 솟구쳤다.
천룡의 위엄 앞에 대항하기 위함이다. 여기서 짓눌리면 아
무것도 할 수 없기 때문이다.

그제야 사정을 깨달은 모양인지. 잠시 넋을 놓았던 두
장로도 합심하여서 공력을 발하였다.

치치치……

세 장로가 일치단결하여서 대항하자, 허공중에서 기이
한 소리가 울렸다.

천룡이 발해내는 막대한 기파를 밀어내는 것이다.

주름진 세 노인의 얼굴이 붉고, 파랗게 물들었다. 지닌
바 내가공력을 최고조로 끌어올렸다. 일 푼이라도 아낄 틈
이 없었다.

"우, 우리는! 우리는 후계를 핑계로 일어나는 가문의 균
열을 방관할 수가 없었소!"

"단지, 우리의 욕심 때문만은 아니란 말입니다!"

피를 토해내듯이 힘껏 외쳤다. 말이야 번듯하다. 그러나 단 위에서 내려다보는 천룡의 눈초리는 조금도 변함이 없었다.

온기 없는 눈초리였다.

천룡은 차갑게 한 마디를 내뱉었다.

"그렇다 한들. 마도와 손을 잡아서는 아니 되는 일이지."

"크헉!"

말을 맺기가 무섭다. 천룡이 사납게 눈을 치떴다. 서로 치열하게 겨루던 와중, 파란 기운이 빠르게 스며들었다. 일거에 짓누르는 공력이 배 이상으로 늘어났다.

삼공 중 한 사람이 먼저 신음을 터뜨렸다. 공력을 유지할 수가 없었다. 그리고 차례로 공력의 흐름이 끊기더니, 마지막에는 운요 장로 한 사람만 겨우 버티고 섰다.

이를 악물고, 두 손을 한껏 내밀고 있었다. 그러나 앙상한 두 팔마저 벌벌 요동쳤다.

'이게 무슨 공력인가!'

비록 연성하지는 않았어도, 천룡세가에서 전하는 모든 무학을 남김없이 꿰찬 운요 장로였다. 심지어 혼원과 무극, 천룡지학에 대해서도 헤아리고 있었다. 그런데 지금과 같은 무공은 전연 듣도 보도 못하였다.

이것이 무엇인가.

운요 장로는 억지로 고개를 치켜들었다.

"이 늙은이는 절대 마도와 손을 잡은 것이…… 아니라…… 그들을…… 그들을…….."

무엇이 되었든 둘러대는 말이다. 이미 밝혀진 것이 산더미였다. 가문의 금지에 마도의 혈족이 들어섰고, 그들이 그곳까지 이른 데에 운요 장로의 입김이 뚜렷하건만.

운요 장로는 핏발 선 얼굴로 뭐라고 계속 변명하려 들었다.

"운요 장로!"

쩡!

천룡이 벌떡 일어나, 발을 굴렀다. 그 서슬에 천룡좌를 놓은 단 위가 쩌저적 갈라졌다.

무릎이 꺾이면서 그만 왈칵 검붉은 핏물이 치솟았다. 운요 장로 또한 더 버티어 내지 못했다.

노인은 무릎을 꿇고서 흐린 숨을 이어갔다.

공력의 고하를 논할 문제가 아니었다. 공력으로만 따지자면, 세 장로의 공력을 다하면 가히 오륙 갑자에 미칠 정도였다.

하늘 아래에 가능한 공력이 아니다. 그럼에도 천룡 한 사람이 드러내는 위엄 앞에서는 그만 무릎을 꿇고 말았다.

운요 장로는 자신이 토해낸 검은 핏물을 어두운 눈으로 보았다. 가만 살피니, 딱 삼공이 있던 자리만 움푹 패어 있었다.

대전의 모든 이들은 경외 어린 눈으로 천룡을 바라볼 뿐이었다.

천룡은 청홍의 기운을 서기처럼 드리우고서 아래를 내려다보고 있었다.

하늘 밖이다. 실로 하늘 밖이야.

운요 장로는 불현듯 너털웃음이 흘렀다.

"내 비록 욕심은 있었지만, 그렇다고 천룡세가의 하늘을 어찌할 마음은 없었소. 난 그저, 그저 내 자리를 찾으려고 하였을 뿐이오. 천룡."

"운요 장로. 천룡세가의 모든 것은 천룡에게, 그리고 천룡의 모든 것은 만인에게. 모르시겠소. 여기 어디도 당신의 자리이고, 당신의 자리가 아닌 것이오."

"흐, 흐흐. 그런 뜬구름 잡는 소리 따위…… 흐흐."

운요 장로는 야윈 어깨를 흔들면서 마른 웃음을 흘렸다. 그렇다고 아주 부정하지도 못했다. 노인은 그만 눈을 감았다. 더는 버티어 낼 수가 없었다.

풀썩 앞으로 고꾸라지는데, 울리는 소리는 안쓰러울 정도로 미약했다.

"세 분 장로를 모시어라."

천룡은 곧 감정을 거두고서 차분한 목소리로 명했다. 그
것으로 대전의 회의는 끝났다.

확실한 것은 하나였다. 천룡세가에는 이제 주인이 돌아
왔다.

천룡이 귀환을 알리고, 세가를 빠르게 정리해 나간다.

삼공을 제압한 마당. 더는 거칠 것도 없었다.

이후로는 딱히 소명이 있어야 할 때가 아니다. 소명은
위지백 등과 함께 객방으로 돌아왔다.

날은 아직 밝았고, 누구랄 것 없이 몸이 축난 마당이었
다. 특히나 장관풍과 도기영, 두 사람은 비록 눈을 뜨고는
있지만, 얼은 나간 상태였다.

심지어 위지백조차도 축 늘어졌다. 아함이야 원체 잠이
많아서, 딱히 힘을 썼기 때문이라고 하기에는 어렵다.

다들 각자 방을 잡아서는 축축 늘어졌다.

소명은 모처럼 고즈넉한 가운데에 혼자 있었다. 창틀에
걸터앉아서, 하얀 구름이 고요하게 흘러가는 모습을 물끄
러미 보았다.

소명은 천룡대전에서 벌어진 일을 떠올리면서, 묘한 감
흥에 젖어들었다.

단순한 무림일세라고 할 수 있을까. 규모의 거대함과 지닌 막대한 잠력을 보고 있으려니, 불현듯 섬뜩해질 정도였다.

이런 자들이 세상 밖에서, 또 세상 속에서 드러내지 않고 묵묵히 유지해 나아가고 있다. 세상은 아직 천룡의 반도 모르고 있다.

천룡가회의 장로라는 자들이 욕심을 부리는 것도, 한편으로는 이해 못 할 바가 아니었다.

힘이 있으면서, 그것을 함부로 휘두르지 않는다.

그것만으로도 천룡세가는 참으로 두려운 곳이다. 소명은 눈을 다시 뜰 수밖에 없었다.

천룡세가가 있는 여기, 천중, 천요의 별세계에서 이들이 다른 마음을 품는다면, 과연 어떠할지.

소명은 고개를 흔들었다.

천룡의 자리가 실로 무겁고도 무거운 자리라는 것은 어렵지 않게 헤아릴 수 있었다. 천룡은 이들의 위에 있는 것이 아니었다. 오히려 이들이 기대는 지주였고, 바탕인 셈이었다.

"으아아. 나는 못한다. 저런 자리……."

질린 한 마디가 자연스럽게 튀어나왔다. 그러면서 콧등을 잔뜩 찌푸렸다.

소란이 수습되고 대전에서 썰물처럼 여러 가인이 줄지어 나설 때였다. 천룡이 소명을 잠시 붙잡았다.

천룡은 단 아래로 내려와 소명과 얼굴을 새삼 마주했다. 무엇 때문인지, 푸근한 미소를 잔뜩 머금고 있었다.

마치 피붙이라도 보는 듯한 모습이다. 낙양에서 이미 한 번 발끈하기는 하였건만, 천룡은 소명에 대해서는 마음을 쉽게 놓지 않은 모양이었다.

천룡의 위엄이야 어떻든 간에, 저리 감정을 품은 눈길이 그렇게 불편할 수가 없었다.

"크흠."

소명은 불편하다는 기색을 아주 솔직히, 노골적으로 팍팍 드러내면서 고개를 들었다.

"말씀하시지요."

"자네, 안 돌아가면 안 되나?"

"……그건 또 무슨 말씀이십니까?"

"아니, 아닐세."

천룡대야는 바로 정색하는 소명의 기색에 바로 몸을 뒤로 뺐다.

의뭉스러운 태도. 뭔가 꿍꿍이가 있는 것처럼 보인다. 그것이 강하여서, 소명은 더욱 불길했다. 한 걸음 뒤로 물러섰다.

"어허허허."

천룡대야는 어색하게 웃었다.

어색함이 참 노골적이었다. 경계를 더욱 부채질하는 것과 뭐가 다를까. 소명은 우선은 쉬어야겠다고, 사뭇 단호하기 이를 데 없는 어조로 불편한 자리를 피했다.

방으로 돌아온 지금 생각해도 참 불길한 상황이었다.

소명은 에효, 한숨을 흘리면서 창밖으로 몸을 내밀었다. 하릴없이 높은 하늘을 물끄러미 보고 있는데, 낙조가 차츰차츰 일었다.

무림강호(武林江湖).

무인의 세계, 그렇다고 해가 서쪽에서 뜨는 것도 아니고, 바다가 강으로 흐르지도 않는다. 결국, 하늘 아래, 인세에 속하였으니.

소명은 쓴웃음이 짙었다.

이 판국에 스승의 가르침이 참 선명하게도 떠올랐다.

강호는 무정하다.

그 한 마디를 깊이 품었다.

"용문제자, 안에 있는가?"

문득 문밖에서 익숙한 목소리가 들렸다. 한층 지치기는 했지만, 밝은 목소리였다.

소명은 다가가 직접 문을 열었다. 그 자리에는 오만 시름을 다 덜어서, 한층 속 편한 모습인 공노가 있었다. 그리고 공노 앞에는 똘똘하게 생긴 사내아이가 있어서, 노인을 부축하고 서 있었다.

노인은 푸근한 미소를 잔뜩 머금고 있었다. 그리고 노인을 부축하는 아이는 아주 반짝거리는 눈동자로 소명을 빤히 바라보았다.

"흐흐흐."

"어이쿠, 참으로 살판난 얼굴이시오."

"아이, 그럼. 살판났지. 내 수년 세월 동안 끙끙거리던 것을 딱 매듭지어 버렸으니. 에효, 이제는 속 편하게 하늘 갈 날만 기다릴 뿐이네. 크흐흐흐. 이게 다 자네 덕분일세."

공노는 냉큼 받아서는 아주 시원한 얼굴로 웃었다. 괴팍한 성질머리야 어떻든지 간에, 자신을 짓눌렀던 사명을 완수하였으니.

지금의 공노는 못해도 십여 년 세월을 훅 날려버린 사람처럼 한층 야위어 있었다. 그래도 웃는 얼굴에는 화색이 그득했다.

노인은 문득 부축하는 아이를 가리켰다.

"참, 내 깜빡하였구먼. 아이야, 인사하거라. 여기 이 사람이 소림의 당대 용문제자란다."

"예, 예! 저는 왕여정이라고 합니다!"

아이는 발갛게 상기된 얼굴로 빽 소리를 높였다. 목소리가 쩌렁 울렸다. 소명은 뜬금없다 싶었지만, 쓰게 웃었다.

"왕 소협이시로군."

"여기 이 녀석도 일단은 소림속가라네."

"오호, 그렇습니까?"

"음, 아이의 아비가 본래는 남소림파 권사였다네. 헌데, 조실부모하였고, 친가 쪽으로는 따로 가족이 없어서 말이야."

나름 복잡한 사연이 있는 모양이었다. 이제 열하나, 둘이나 될까 싶은 왕여정은 별빛처럼 반짝반짝한 눈으로 소명을 빤히 보았다.

소림사의 용문제자에다가, 천하의 고수로 손꼽는 권야가 눈앞에 있다. 아이에게는 우상이나 다름없는 일이다.

소명은 왕여정의 눈빛을 마주하며 잠시 흐린 미소를 머금었다.

"소림의 속가라고."

"예!"

"남소림은 그 기풍이 참으로 독특하지. 기회가 되면 성취를 보여 주겠는가, 왕 소협."

"여, 영광입니다!"

바짝 긴장하여서, 왕여정은 목소리가 절로 크게 나왔다. 코앞에서 고래고래 고함치는 것과 다름이 없었다. 그만큼 빳빳하게 굳은 왕여정이다.

소명은 고개를 끄덕였다.

공노는 둘 모습을 흐뭇하게 보다가 퍼뜩 고개를 들었다.

"아이고 참. 내 이럴 때가 아니지. 이것 받게."

"뭡니까?"

"바깥소식일세. 특히 개방에서 전하는 얘기도 있다네. 낙양을 거쳐서 바로 이쪽으로 전해 왔다네."

"흐음."

공노는 소매에서 한 권의 비단서권을 꺼내 들었다.

비단에 유려한 필체가 세밀하게 남아 있었다. 소명은 그 것을 받아들고서, 고맙다고 고개를 숙였다.

받아서 바로 펼치자, 현 강호의 복잡한 정세를 잘 설명 해 놓은 글귀가 눈에 들어왔다.

채 몇 줄을 다 읽기도 전에, 소명은 얼굴을 구겼다. 그리 좋은 소식이 없었다.

암중에서만 흐르던 마도가 본격적으로 드러나기 시작했 다.

천하의 어느 곳이건, 영향받지 않은 곳이 없었다. 그토록 긴 세월 동안 작정하고 준비하였던 터이니.

"표정을 보아하니, 뭔 일이 있었는지 아주 알 만하구면."

문가에서 공노가 한마디 거들었다.

"후우, 마도가 말썽이군요. 아니, 아주 작정을 한 모양입니다. 천룡세가는 괜찮습니까?"

"본가 말인가. 뭐 마냥 괜찮다고는 할 수 없지. 천룡가회에서 무슨 짓을 저질렀는지. 원…… 몇 곳을 그만 잃고 말았네."

공노는 군이 감출 것도 없는 일인지, 씁쓸한 어조로 대꾸했다. 소명은 그늘을 드리운 공노의 주름진 얼굴을 흘깃 보았다가 고개를 끄덕였다.

무슨 말을 덧붙일 수가 있을까.

"하이고, 그럼 쉬시게."

"이것 하나 전해 주려고 직접 오신 겁니까?"

"뭐…… 그것도 그렇네만."

등 돌리던 공노는 잠시 멈춰 섰다. 노인을 부축하는 아이가 의아한 눈으로 그를 올려다보았다.

공노는 허리가 한껏 굽어 있었다. 그렇게 있다가 주춤주춤 몸을 돌렸다. 노인의 입가에 묘한 미소가 역력했다.

"노선배?"

공노는 두 손을 정중하게 맞잡았다. 그리고 힘든 모습에도 깊이 허리를 숙였다.

세월이 오래었음에도, 천룡에 대한 의리 하나로 십수 년을 버티어온 노강호가 이리 예를 차린다. 한 동작이 이리 무거울 수가 없다.

소명은 얼결에 두 손을 맞잡았다.

"여기 공씨 늙은이가, 소림사의 용문제자에게 다시금 감사의 말씀을 올리외다. 소림의 의기, 권야의 협의로 이 늙은이의 숙원을 풀어낼 수가 있었소이다."

"아, 아니."

노인은 제 할 말을 다하고서는 사뿐하게 소매를 털고 허리를 세웠다. 그리고는 은근한 미소를 보였다.

"내 이제껏 제대로 예의를 갖춘 적이 없었던 것 같아서 말이야. 흐허허허."

"하, 노선배도 참. 어지간하십니다."

"아무렴. 내가 일중괴(一中怪)라 하는 괴노일세."

소명은 고개를 흔들었다. 공노는 아이의 부축을 받으면서 자리를 떠났다. 둘의 모습이 보이지 않자, 소명은 그제야 몸을 돌렸다.

읽던 비단 서권을 다시 펼쳤다.

묵묵히 읽어내리던 와중에, 소명은 퍼뜩 손이 멈췄다.

잘못 보았는가 싶어서 한층 가까이 들여다보았다. 그러나 잘못 본 것이 아니다.

"아니, 이게 무슨."

성마교에서 원하는 것은, 존체.

그 한 마디가 한층 무겁게 다가왔다. 성마교에 대해서는 나름 겪어본 바였다. 무슨 미친 짓을 하더라도, 소명은 딱히 당황하지 않았다.

그야말로 광기로 이루어졌고, 광기로 유지되며, 광기로 끝이 나는 것들이니.

무슨 짓을 저지른다고 한들, 놀랄 이유가 없다. 그런데 존체라니.

소명은 비단 서권을 늘어뜨리고서, 잠시 고민에 빠져들었다.

"존체, 존체란 말이지. 그건 또 뭐야?"

지금 성마교를 이끌고 있는 좌현사 그는 광기로 휩싸인 작자였지만, 그 속내는 실로 독사와도 같아서 이해득실을 명확히 하는 자였다.

섣불리 움직이지 않았고, 한번 움직인다면 그만한 이유가 명백하다는 뜻이었다.

성마라는 광기 속에서 그러한 냉정함을 지녔다니. 더욱 미친 인간이다. 그런데 그런 작자가 빤히 답이 보이지 않는 일에 섣불리 독아를 들이대지는 않을 터.

천산에서도 그러했다.

그때에, 소명과 위지백, 두 사람이 우연이라도 지나지 않았다면. 천산파는 물론이거니와, 천산남북로 일대에 시체가 그득하였을 것이다.

그런 사정을 알기에, 소명은 더욱 얼굴을 구겼다. 비단 서권을 움켜쥔 채 방 안을 서성거렸다.

제3장
등용(騰龍)

　새가 울었다. 가을이 짙어서인지, 부쩍 하늘을 오가는 철
새 무리가 자주 보였다. 강남을 향해 날아가는 철새의 무리
는 저들끼리 시끄럽게 지저귄다.

　호충인은 등용문의 정원에서 뒷짐을 지고 있었다. 나름
대로 대오를 갖추고서 날갯짓하는 철새를 한참이고 지켜보
았다.

　선 굵은 얼굴에는 피로감이 짙어서인지, 눈 아래가 우묵
했고, 한층 볼이 홀쭉했다. 보풀이 일어난 입술을 지그시
깨물었다.

새가 울었다. 가을날이 가까워서인지, 부쩍 하늘을 오가는 철새 무리가 자주 보였다. 날이 추워서인가, 강남 가는 철새의 무리는 저들끼리 시끄럽게 지저귄다.

호충인은 등용문의 정원 한 곳에서 뒷짐을 지고 있었다.

원림 망향정이다. 고향을 그리워하는 부인을 위해 전대 등용문주가 지었다는 곳으로, 후원에서도 상당한 규모를 차지하고 있었다.

불과 몇 달 전만 하여도 전혀 돌보지 않아서, 시들어 쇠락한 채였다. 그러나 지금은 사람 정성이 들어가서 그래도 정원의 모습을 갖추어 나가고 있었다. 아직도 손 볼 곳이 하나둘은 아니었지만, 폐허나 다름없는 옛 모습은 없었다.

호충인은 때때로 이곳을 찾아왔다. 연이은 격무로 숨 돌릴 틈이 없었지만, 굳이 틈을 내었다.

마도의 암약을 제거했다지만, 대신이라고 할지. 마도는 이제 노골적으로 기척을 드러내기 시작한다. 그것은 굳이 하남에서만의 일이 아니었다.

"따로 근거지랄 곳이 없는 자들이니. 전황을 파악하기가 여간 어렵지가 않습니다."

호충인은 어려움을 그대로 토로했다.

"흐음, 그렇더냐."

"거, 힘들겠다."

심각한 호충인이었지만, 돌아오는 반응은 사뭇 심드렁했다. 아니, 관심이 없다고 말해도 좋을 정도였다. 그러고는 딱! 소리가 크게 울렸다.

"장이야! 장! 장이닷!"

"아니, 이런! 이런 치사한 수를!"

"어허, 치사라니. 그 무슨 서운한 말인가. 잠자코 장이나 받으시게. 으하하하!"

전 등용문주, 문심룡은 들으라는 듯이 크게 웃어젖혔다. 그 앞에서 머리를 움켜쥐는 것은 호경한이었다.

한쪽은 하남 일대에 막강한 영향력을 떨친 무인이고, 또 한쪽은 그와 함께 양천호격이라는 위명으로, 언제고 하남을 대표하는 권사로 손꼽히는 고수였다.

세월이야 어떻든, 한때에 군신에 가까웠던 사이는 이제 같이 늙어서, 장기판 하나에 서로 웃고 웃었다.

"거, 장기 두는 사람 어디 갔는고?"

살살 약 올리는 모습이, 예전의 등용문주의 엄중한 모습을 떠올리기란 아무래도 무리이겠다. 그러나 뭐라고 할 사람은 없다. 호경한은 팔짱을 끼고서 한참 끙끙거렸다.

장기판에서 눈을 떼지 않았다.

호충인이 가까이 와 있든, 뭐라고 하든 조금도 신경 쓰는 기색이 아니었다. 그 모습을 보면서, 호충인은 마냥 복잡했다.

"참 두 분도, 해도 너무하시네."

"너무하기는. 훈수 둘 것도 아니면, 멀뚱히 서 있지만 말고 가서 목 축일 것이라도 챙겨 오너라."

"아이고, 문주. 지금 하남이 어렵다니까요."

"언제는 안 어려웠는 줄 아느냐."

"그도 그렇습니다만."

"에잉, 젊은 놈들. 그저 발 빠르게만 움직이면 다 된다고 생각하지. 어떤 것은 에워싸고 지켜보고 있을 줄도 알아야 하는 게야. 달리 타초경사라고 하겠느냐."

"그렇지, 그렇지. 말씀 잘하셨습니다. 뱀을 잡으려거든, 첫째로 놀래지 말아야 하고, 둘째로는 뱀이 어디를 노리는지 파악해야 하는 법이지."

"뱀이 노리는……."

호충인은 고개를 잠시 세웠다. 그저 당연하게 마도가 일어나면 막는다고만 생각했다.

한번 기세를 떨치면 못해 천만의 목숨이 사그라지고, 산하가 인혈로 젖어드는 일이기 때문이다. 헌데, 그것들이 왜, 무엇을 노리는지 깊이 고민하지 않았다.

호충인 자신만이 아니었다. 그들의 친우들도 마찬가지. 마도의 암수를 밝혀내고, 막아내는 데에 급급하였기 때문이었다.

등용문 후계에 손을 뻗은 이유는 무엇이었고, 강시당을 휘하에 두려고 한 것은 또 무슨 이유에서였을까. 심지어 황궁에까지 검은 손이 닿아있다고 하지 않았던가.

호충인은 머릿속이 실타래처럼 뒤섞였다. 무언가를 알 듯하면서도, 선뜻 떠오르는 바가 없었다.

갈피를 잡을 수가 없어라.

그런 와중, 등용문의 영애였던 문혜선이 들어섰다. 예전의 화려한 차림이 아니었다. 경장 차림에 머리에는 영웅건을 둘렀고, 허리 뒤에는 원앙쌍도(鴛鴦雙刀)를 좌우로 차고 있었다. 당당한 여협의 모습이었다. 문혜선 또한 등용문의 주요한 당주를 맡고 있었다.

무슨 상황인지, 문혜선은 장기 두는 부친에게는 눈길조차 주지 않았다.

사뭇 심각한 모습이다.

"문 당주."

"문주! 개방에서 사람이 왔습니다."

"개방에서?"

호충인은 퍼뜩 고개를 치켜들었다.

손님은 개방 한 곳이 아니었다.

때가 꼬질꼬질하였지만, 그래도 훤칠한 얼굴의 젊은 걸개가 있었다. 그 옆에는 한 덩치를 자랑하는 무승 한 사람이 같이 있었다. 호충인은 문주의 집무실에서 손님을 맞이했다.

"아니, 본산의 나한 아니십니까."

개방 거지도 거지였지만, 호충인은 무승을 한눈에 알아보았다. 저 덩치에 위맹한 기색이라니. 뭘 굳이 초립을 눌러쓰고 있었는지 전혀 이유를 알 수가 없었지만, 그래도 얼굴을 가린 무승은 슬쩍 고개를 숙였다.

반장한 손이 두툼하기도 하였다.

"아미타불. 호 문주를 뵙소이다. 본산의 법공이라 하외다."

나한당의 수좌나한, 법공이 산에서 내려온 것이다.

소림 나한 법공도 그렇지만, 개방의 젊은 거지도 그렇게 간단한 신분은 아니었다. 장이호(長耳虎), 귀가 긴 호랑이. 무려 방주 직속인 용호풍운의 젊은 호랑이였다.

개방이 나한과 함께 등용문을 찾아온 것은 다른 이유가 아니었다.

당연하게도 마도의 일이었다.

호충인은 장이호의 이야기를 듣기가 무섭게, 짙은 눈썹을 바짝 세웠다.

"존체? 존체라?"

"그렇습니다. 호 문주. 개방에서 알아낸 바로는 존체를 찾는 것이 주된 목적이라 하더이다."

"존체라니. 그게 무슨 뚱딴지같은 소리인지."

호충인은 슬쩍 입술을 깨물었다. 그렇지 않아도, 마도가 노리는 바가 무엇인지 새삼 진지하게 고민하기 시작한 참이었다. 이때에 들은 뜻밖의 소식이다.

그런데 도무지 알아들을 수가 없었다.

호충인은 곧 고개를 들었다. 법공이 꼿꼿하게 허리를 세우고서, 굵은 염주알을 살살 돌리고 있었다.

"법공 나한께서는 혹여 짐작 가는 바가 없으신지."

"응? 하, 하하하. 빈승이야 뭐. 그렇지요. 하하하."

법공은 멋쩍게 웃었다. 그러면서 슬쩍 턱을 돌렸다. 난처한 기색이다. 같이 하산한 사제, 법현이 아쉬울 따름이었다. 그라면 머리가 잘도 돌아가는 편이라서 뭐라도 그럴듯한 말을 해줄 텐데.

지금 법공은 근질근질한 손을 참느라고 애만 쓸 따름이었다.

나한당에서, 아니 지금 소림사에서 호승심 하나로는 누구나 첫째로 손꼽는 것이 법공이었다. 그런 법공이 등천비호군이라고 하는 새로운 고수를 마주하였는데, 어찌 가슴이 들뜨지 않을쏜가.

속으로는 불호를 몇 번이나 되뇌면서 속을 다잡는 차였다.

그런 기색은 추호도 짐작 못 하고서, 호충인은 팔짱을 끼고 사뭇 심각했다.

"아무리 생각해도 가볍게 넘길 일은 아닌 듯합니다."

"그렇지요. 비록 등용문에서 힘을 써준 덕분에 하남은 고요하다지만, 섬서, 화북, 화남 지방은 또 어떠하겠습니까."

장이호는 얌얌, 내어온 다과를 우물거리면서 말했다.

"들기로 무당에서도 빗장을 풀었다고 하더이다."

"호오, 무당이. 그것 또한 드문 일이로군요."

호충인은 잠시 탄성을 흘렸다.

소림과 더불어서, 남존이라 칭하는 무당이다. 그러나 명성처럼 쉽게 산문을 여는 곳이 아니었다.

무당의 도인을 보기가 그렇게 어려운 일은 아니지만, 무당파의 검객은 흡사 신룡과도 같아서, 드러나지 않기 때문이었다.

호충인은 곧 고개를 끄덕였다.

"무당이 움직이면 호북은 걱정하지 않아도 되겠습니다."

"그렇지요."

그렇게 쉽게 얘기할 수가 있을까. 그러나 무당을 아는 사람은 하나같이 고개를 끄덕였다.

호북 무림에서 무당파는 단지 강호무림의 일세가 아니었다. 그들에게는 실로 신앙으로서, 하남에서 소림사가 미치는 영향과는 또 달랐다.

그러다가 호충인은 문득 자리한 법공의 안색을 살폈다.
초립을 벗은 법공은 부리부리한 호목(虎目)으로, 머리 깎고
염주를 걸쳤어도, 어디 산중호걸이라고 해도 부족함이 없
을 듯한 외견이었다.

"호 문주께서 보시기에도 빈승이 참으로 험악하게 생기
기는 하였지요. 허허허."

"아닙니다. 그 무슨, 하하."

법공은 호충인의 눈길을 받고서는 넉살 좋게 웃었다. 딱
히 불편할 것 없다. 호충인은 찔끔하여서는 급히 말을 돌렸
다.

"그보다는, 다른 분도 아니고, 나한께서 직접 하산하시
었으니. 행여 무림첩이 있을까 하였습니다."

"음, 무림첩. 그렇지 않아도. 본산 어른들께서도 고민하
시었지요."

법공은 무겁게 고개를 끄덕였다.

그것은 묵규(黙規)와도 같았다.

소림사에서 무림첩을 돌리면, 그때에 등용문은 이를테면
무림맹의 역할을 하게 된다. 하남의 소림파가 움직이는 것
이 전부가 아니었다.

중원 강호에 퍼진 소림파가 전부 움직이며, 그뿐만이 아

니라 구파일방은 물론, 중원 강호 전역이 크게 요동치는 일이었다.

무림맹이 이루어진다는 것. 그것은 곧 일파, 일문으로서는 감당할 수 없는 상황이라는 뜻이기도 하기 때문이다. 그런데 다행이라 할지, 본산 나한은 무림첩은 없었다.

"크흠, 본산에서도 일이 있었답니다. 그렇다고 마도의 일을 가볍게 여기는 것은 결코·아니니."

"수좌 나한께서 직접 하산하시었는데. 제가 어찌 그렇게 생각하겠습니까."

법공이 부랴부랴 변명하듯 말했다. 호충인은 바로 고개를 가로저었다.

"방장께서는 당장 무림첩을 돌릴 수는 없는 상황이라, 우선 나한들을 각파로 내려보내어서 마도의 발호를 억누르는 데에 일조하라 하시었소."

하남은 법공이 왔지만, 다른 지역으로도 나한들이 흩어졌다는 것이다. 다른 이도 아니고, 소림사의 나한이다. 어찌 든든하지 않을까.

호충인은 새삼 합장하여서 고개를 숙였다.

"본산의 배려에 감사드립니다."

"어디 그런 말씀을. 오히려 본산이 직접 나서지 못함이 죄스러울 따름입니다. 호 문주."

둘이서 그러는 동안, 같이 온 개방걸개 장이호는 마련한 다과를 야금야금 먹었다.

둘이서 무슨 다른 생각을 하는지는 그닥 알 바가 아니었다.

'요거, 요거 맛나네. 좀 싸달라고 하면…… 너무 없어 보일라나?'

호충인은 안도하여 잠시 숨을 돌렸다. 무림첩도 그렇지만, 본산 나한이 직접 도우러 왔다는 데에 어찌 마음 놓이지 않을 텐가. 그런데 호충인은 문득 눈매를 모았다.

'아니, 그런데…… 소명 이 자식은 어디에 있길래, 계속 소식이 없는 거야?'

낙양의 괴변에 대해서는 익히 들었다. 이후에 오대고수의 한 사람, 만천웅의 심술을 이겨내서는 권야라는 이름으로 육절의 반열에 올랐다고 하여서, 심장이 멎을 정도로 놀라지 않았는가.

헌데, 이후로 소식 없는 것이 벌써 며칠인지.

이래저래 정신이 없는 호충인이었다. 다른 친구들도 마찬가지였다. 헌데, 어쩐지 소명 혼자 게으름을 부리고만 있을 듯하여서, 속이 영 좋지 않았다.

*   *   *

소명은 주먹을 쥐었다.

차분한 움직임이다. 그것을 빤히 보는 눈길에는 기대감이 가득했다. 다른 사람도 아니고, 육절권야의 주먹이다.

"그렇게 기대하면 내가 곤란한데."

"그, 그렇습니까? 그래도……."

목소리는 주눅이 들었지만, 반짝거리는 눈빛은 조금도 거두지 않았다.

아무리 어리다고 하지만, 아이 또한 소림파의 식구이다. 소림권법에 대한 기대감이 이렇게 솔직할 수가 없었다.

천룡세가에 이런 아이가 있을 줄을 누가 알았을까.

─허허허.

등 뒤에서 흐뭇한 웃음소리가 들렸다.

소명은 잠시 입매를 비틀었다.

'아, 정말……'

지금처럼 어색하기 짝이 없는 상황을 일부러 만든 사람이다. 옥관을 나선 지 불과 수일이다. 그 사이에 천룡대야는 전혀 다른 사람이었다.

대전에서도 마주하기는 하였지만, 참 다른 모습이다.

단정하게 올려, 용두금잠을 꽂은 머리는 윤기가 흐르고, 파리하였던 얼굴에는 옥광이 비쳤다. 세월로 깊이 팬 주름은 어찌할 수 없어도, 관 속에 드러누워 있을 적 송장의 몰골은 간데없었다.

단단하게 조여진 몸은 한창 젊은이들과 비교해도 뒤지지 않았다. 그리고 창천오룡을 새겨 넣은 금포장삼을 뒤로 넘겼다. 딱 보기에도 치렁하여서 불편하게만 보이는 옷차림이지만, 저것이 천룡의 기품인지, 노인에게는 일상복처럼 마냥 자연스럽게만 보였다.

천룡은 마냥 흐뭇한 미소를 머금고는 이쪽을 빤히 보았다.

아이를 보는 것인지, 그도 아니면 소명을 보고 있는 것인지.

"크흠, 크흠."

소명은 들으라는 듯이 헛기침을 흘렸다. 그만 지켜보라는 뜻이다. 천룡이 앉은 정원의 석탁과 소명과 아이가 같이 선 마당까지는 제법 떨어져 있기는 했지만, 그 정도 거리에 구애될 사람이 아니다.

무어 대단한 것을 보일 생각은 없지만, 그래도 타문의 무공이다. 나름 강호의 금기이다.

하지만 그런 것이 통할 상대가 아니었다.

천룡은 아예 턱을 괴고서 이쪽을 빤히 보았다.

"뭐하나? 어서 안 보이고? 나도 그 신권이 너무 궁금하구먼."

"안 가십니까?"

"에헤이, 우리 사이에 뭘 굳이."

"우리 사이라니. 그건 또 무슨 오해 살 말씀이시오?"

소명은 팍 오만상을 썼다. 천룡대야의 넉살도 넉살이지만, 굳이 쓰는 저런 말투가 가히 거슬렸다.

"자자, 어서 펼쳐 보이시게. 어차피 다 본 처지가 아닌가."

"젠장. 그놈의 심어경."

소명은 이제 속내를 감추지도 않고 험한 말을 짓씹었다. 능글맞은 노인네, 그 이상도, 그 이하도 아니다. 그러다가 흘깃 눈을 돌렸다.

어린아이 왕여정. 전날 공노를 부축하면서 시중을 들었던 아이였다.

일단은 천룡궁가의 핏줄이라지만, 어쩌다가 소림파에 들었는지. 사연은 이래저래 복잡했다. 그런 것을 다 따지기에는 어려우니.

눈치 보는 아이를 보고는 피식 웃었다.

"저런 조부라니. 너도 고생이겠다."

"헤, 헤헤헤."

왕여정은 머쓱하여서 배시시 웃었다. 좋든, 싫든, 다른 소리를 할 수는 없었다. 아이는 천룡의 외손자였다.

왕여정에게 결국 가르칠 것은 금강권이었다. 결국, 수미산에 이르는 금강의 길을 걷는 것이야말로, 소림무공의 근본이 될 수밖에 없기 때문이었다.

금강권의 길지 않은 권로, 몸에 익히는 것 자체야 그리 어려울 것이 없었다. 그 속에서 자신의 길을 찾는 것이 어려울 뿐이지.

소명은 왕여정이 신중한 눈으로 금강권을 혼자 펼치어내는 것을 보고서는 뒤로 물러섰다.

아이는 집중력이 좋았다. 몇 번 반복하는 것으로, 딱히 흠잡을 데가 없었다.

왕여정은 이제 차분한 얼굴로 배운 바를 반복했다. 눈빛이 신중했다. 단단히 그러쥔 주먹을 뻗었다가 거두고, 힘껏 발을 굴렀다.

무릎이 덜덜 떨리지만, 어찌 버티는 모습이 기특하다.

천룡대야가 문득 다가와서는 탄성을 흘렸다.

"호오, 참으로 큰 것을 가르쳐주는구나."

"흥, 본다고 알기나 하시오?"

"사람을 너무 무시하는 것 아닌가. 나 천룡일세. 천룡."

"쯧, 허튼소리는 그만하시고. 그래, 대체 무슨 꿍꿍이시오?"

"꿍꿍이라니. 거 무슨 서운한 말을. 이 사람은 아무런 속 내도 품고 있지 않다네."

"그래요? 참말이지요?"

"아이, 아무렴."

"좋소. 그럼 나는 그만 실례하지."

"어허, 뭐 그리 서두를 것까지야 있는가."

소명은 거듭 다짐을 받더니, 바로 몸을 돌렸다. 이대로 뛰어올라서, 천룡의 높은 담을 타 넘을 듯하다. 그러자 기척도 없이 천룡대야의 그림자가 길게 늘어지더니, 소명의 앞을 딱 막아섰다.

못해 십 수 걸음이나 떨어져 있었지만, 흡사 귀신 장난과도 같은 일이다. 이형환위(移形換位), 보신경에 있어서 신화경에 이르렀다고 하는 경지가 가볍게 펼쳐졌다.

전설의 경지를 목도하였으니.

왕여정은 엉거주춤하여서 눈을 크게 떴다. 입이 절로 벌어졌지만, 뭐라고 놀란 소리는 나오지 않았다.

천룡이 처음 서 있던 자리와, 지금 자리를 번갈아서 두리번거릴 뿐이었다. 아이가 놀란 것이야 어떻든, 소명은 팔짱을 끼고서 비스듬히 턱을 들었다. 사뭇 도전적이다.

"거봐, 거봐. 뭔 속셈이 있으니 이러지."

"그것참. 매정도 하고만."

"매정은 개뿔이오."

소명은 거침이 없었다. 천룡궁가의 가주이자, 무가련의 주인으로 대우해 주는 것도 한계가 있다. 굳이 따지면 이쪽도 일문을 대표한다.

맞먹으려면 못 할 것도 없다는 것이다.

"자네, 말투가 점점."

"점점, 뭐?"

"아니, 편해져서 좋다는 게지."

천룡은 팍 쪼그라들어서는 느릿하게 말했다. 그러고는 허허, 웃었다.

"좋네, 좋아. 솔직하게 말함세."

천룡은 늘어뜨린 수염을 한 번 쓸어내렸다. 그리고 허리를 새삼 꼿꼿하게 세웠다. 위엄이 절로 드러났다. 지금까지 경망스러운 모습은 간데없다.

왕여정이 아직 자리에 있었지만, 아이는 천룡이 발한 위엄이 일대에 보이지 않는 장벽을 세웠음을 전혀 깨닫지 못했다.

너무 자연스러웠기 때문에, 다른 위화감이라고는 전혀 없었다. 다만, 소명은 에워싸는 기파를 감지하고 잠시 이를 드러냈다.

천룡을 경계해서가 아니었다. 이렇게까지 하다는 것을 보면, 분명히 간단치 않은 소리라는 것이 분명하기 때문이었다.

'허튼소리를 했단 봐라. 당장에 내갈기고 튀어버리고 말겠다.'

소명은 마음을 단단히 다잡았다.

아주 단단히.

"크흠, 그게 말일세……."

준비는 길었지만, 말은 짧았다. 그리고 소명은 즉각 반응했다.

꽈앙!

주먹으로.

"크헉!"

느닷없이 터진 굉음은 땅을 뒤흔들었다. 당장에 먼지구름이 뽀얗게 솟구쳤다. 이렇다 할 준비도 없이, 발작하듯 떨친 일권, 백보신권이다.

와장창! 위맹한 권력이 사방으로 뻗어 가면서 천룡의 기막을 산산이 부숴 나갔다. 짙디짙은 먼지 구름이 맹렬하게 솟구쳤다.

천룡이 있는 자리였다. 어찌 호위 하나가 없을까. 수십, 수백에 이르는 천룡의 무인들이 당장 담을 박차고 날아올랐다. 상징인 천룡백포의 장포가 거칠게 펄럭였다.

"대야!"

"가주!"

천룡대야의 안위에 급하게 외쳤다. 그 순간, 후욱! 치솟은 먼지가 어느 한 점으로 빠르게 빨려들어 갔다. 천룡대야의 한 손이었다.

먼지를 단박에 빨아들이자, 손에는 단단하게 뭉친 흙덩이 하나가 놓여 있었다.

"허어, 이런. 이런."

천룡대야는 고개를 흔들었다. 아쉽고도 아쉬워라. 그는 후원을 가득 메운 천룡의 정예들의 모습을 보지 않았다. 손에 잡힌 흙덩이를 보다가, 다시 고개를 돌렸다.

주먹의 흔적이 바닥에 뚜렷하게 남아 있었다.

사람을 향한 것이 아니라, 바닥으로 내갈긴 것이다. 그것만으로도 위력은 충분하였으니. 삼중으로 에워싼 기막을 깨뜨렸을 뿐만 아니라, 천룡인 자신의 발을 흔들지 않았는가.

용문제자, 그 이름과 천하육절이라는 이름에 조금도 부족함이 없었다.

이제 서른 정도에 불과한 나이를 생각한다면, 실로 두려울 정도의 진경이었다. 그렇기에 더욱 붙들고 싶었는지도 모르겠다.

고개를 들자, 자신을 보는 천룡 정예의 당황한 눈동자가 여럿 보였다. 상황을 전혀 파악하지 못한 얼굴이다.

일은 벌어졌는데, 서 있는 것은 천룡대야, 혼자가 아닌가.

그러했다. 소명의 모습이 어디에도 없었다. 일어난 먼지를 빠르게 회수하였건만, 그야말로 연기처럼 모습을 감추어 버렸다.

누구도, 설사 천하제일의 검백이라 할지라도, 종적만큼은 놓치지 않으리라고 자신하였는데. 그런 천룡이 놓치고 말았다.

무슨 보신경인가. 장담은 할 수 없어도, 떠오르는 바는 있었다. 역대에 완성한 자가 아무도 없다는 불문의 보배 중의 보배.

금강부동. 그것이 아니겠나.

"천룡, 괜찮으십니까."

"응? 아하, 괜찮네. 안 괜찮을 것이 없지. 그저 아쉬울 뿐."

"천룡."

"너무 억지로 사람을 잡으려 하였던가."

천룡은 고개를 돌렸다. 먼 곳을 보는 눈길에는 안타까움이 그득했다. 그런데 천룡을 보는 수하들의 얼굴이 언뜻 기이했다.

뭔가 못 볼 것을 보았다는 듯이 심히 민망한 얼굴이었다. 그렇다고 차마 말을 꺼내지도 못하여서 다들 고개를 돌리고, 분분히 딴청이었다.

주변 기척이 사뭇 기이하니.

"응? 너희 어찌 그러느냐?"

"그것이, 저어."

천룡이 직접 묻는 말이다. 어찌 바로 답하지 아니하고 저리 머뭇거린다는 말인가.

"어허, 내 묻지 않느냐."

차분한 목소리에 위엄이 새삼 일었다. 그런데 더욱 고개를 숙이고 어깨를 움츠리기에 급급했다. 그 판에 왕여정이 말했다.

"조부님. 코피가 흐릅니다."

"응? 어엉? 아이쿠, 언제!"

천룡은 찔끔하여서 코 아래를 더듬었다. 아닌 게 아니라 진득하니 붉은 피 하나가 쪼록 흘러내렸다. 코피만 문제가 아니었다. 한쪽 눈두덩이도 시퍼렇다.

소명은 바득바득 이를 갈아붙였다.

"망할! 헛소리라도 아주 작작하셔야지. 그게 뭔! 아이구!"

한 대 더 날리지 못한 것이 아쉬울 지경이다. 백보신권으로 바닥을 때리면서, 동시에 탄지신통으로 솟구치는 돌 파편을 연이어 날렸다. 모든 것이 채 반호흡 새에 일어났다. 그것이 전부가 아니었다.

천룡마저 금강부동신법이라고 여겼지만, 실상은 수미금강권 상에서 전하는 법문 한 줄로, 정극광(淨極光)의 보신경이다.

정한 빛이 닿지 않는 곳이 없으니 궁극의 보신경,

그렇게 에워싼 천룡대야와 천룡 무인의 눈을 피했다. 벗어나기가 무섭게, 날 듯이 뛰어서는 천룡궁의 외곽에까지 이르렀다.

물러나는 길은 여기서 멀지가 않다. 아직 궁에는 일행이 있었지만.

소명은 잠시 미간을 모았다. 짐짓 심각한 기색이었다.

"에이, 뭐 애들도 아니고. 어련히 알아서 처신하겠지."

심각한 것은 잠깐, 소명은 바로 고개를 끄덕였다. 아함의 뒤끝이 좀 걱정되지만, 그뿐이었다. 나중에 시달리면 될 일이다.

천룡세가에서, 천룡대야를 암습한 것이나 다름없건만. 소명은 조금도 크게 여기지 않았다. 손을 쓸 만하니까, 손을 썼다. 뭐가 문제인가.

아주 당당하다.

소명은 여하간에 숨을 잠시 돌렸다. 그러다가 문득 손을 내려다보았다.

"천외천이라더니."

하늘 밖에는 또 하늘이 있다.

육절이라 손꼽히는 것이 심히 민망한 일이다. 천하오대고수가 어느 정도인지 헤아리기 때문이다. 그런데 그에 오르지는 않더라도, 천룡대야 또한 근접한 고수임은 분명했다.

천룡은 무수한 여력을 남기고 있었다. 아마 천룡이 자신을 붙잡겠다고 마음을 먹었다면, 이렇게 몸을 빼지는 못하였을 것이다.

소림공부가 부족해서가 아니었다.

천룡대야의 경지가 그렇게 드높은 것이다. 소명은 픽, 실소 지으며 고개를 흔들었다.

"아서라, 아서. 소림의 공부는, 그리고 나의 공부는 선무(禪武)에 있지 않으냐. 무공으로 하늘에 오른다고 하늘이 더 없겠느냐."

천룡대야와 굳이 비교할 것이 아니라는 말이다. 그래도 그렇지. 소명은 팔짱을 끼고 고개를 흔들었다.

"그래, 아무리 그래도 그런 말은 너무 심했지. 사람 약

올리는 것도 아니고."

더 심한 말이 수십이나 떠오른다. 소명은 그래도 애써 자제했다. 아직은 천룡궁 안에 있다. 주변 눈치를 살살 살피는데, 소명은 잠시 숨을 멈췄다.

멀지 않은 곳에서 기척이 있었다. 하필이면 딱 이쪽으로 오고 있었다.

'이런.'

낭패도 이런 낭패가 없었다. 소명은 입술을 살짝 물고서 허리를 낮추었다.

지금 소명이 있는 곳은 온갖 기화요초가 한껏 자라 있는 선경(仙境)이었다.

드넓은 정원으로, 옥돌을 다듬어서 벽을 둘렀고, 물을 내어서 실개천이 졸졸 흘렀다. 남방에서나 자라는 키 크고, 잎 넓은 나무가 무수하게 서서 군을 이루었다.

개천 위로 연기가 송골송골 솟아올랐다. 흐르는 온천이다. 아닌 게 아니라, 담 바깥과는 달리 이곳은 후끈하여서 덥다 할 정도였다.

'여기도 뭔가 심상치 않은 곳인 듯한데.'

어디인지 알고 들어선 것이 아니었다.

가장 가까이에 몸을 숨기기에 적당하여서 뛰어든 것에 지나지 않았다. 분명 없는 기척이 갑자기 나타났다. 그것은 기척의 주인이 경지가 드높거나, 아니면 너무 병약하거나 둘 중 하나였다.

소명은 숨죽인 채, 채 키보다 높이 자라있는 꽃잎 뒤로 모습을 감추었다. 그리고 빠끔하게 고개를 내밀었다.

졸졸, 물 흐르는 소리 위로, 사르락 옷자락이 끌렸다.

구름처럼 머리를 올리고, 궁의 성장을 한 여인이었다. 여인은 느릿느릿 걸으면서 정원을 거닐었다.

작은 옥돌을 빼곡하게 깔아서 길을 만들었고, 흐르는 온천물 위로는 작은 구름다리가 놓여 있었다.

여인은 구름다리 위에서 멈춰 섰다. 난간을 잡고 선 채, 고개를 치켜들었다. 흐르는 물소리에 귀 기울이는 듯, 바람에 퍼져가는 꽃내음을 맡는 듯.

참으로 고요한 모습이다.

그런데 여인은 이내 고개를 돌렸다. 정확하게도 소명이 웅크린 곳을 향해서였다.

"거기 누구신가?"

"……."

소명은 찔끔했다. 사뭇 난처하기 이를 데가 없었다. 가만 살피니, 여인은 이쪽을 보면서 조금도 고개를 돌리지 않았다. 숨은 것이 전혀 소용없는 일이다.

"크흠."

소명은 헛기침하고는 조심스럽게 몸을 일으켰다.

"삼가 결례를 범하였습니다. 부인."

"그대는 뉘신가?"

"아, 저는……."

"전혀 기억에 없군. 가문의 사람이 아닌 모양이야. 그렇지?"

여인은 턱을 갸웃거렸다. 그런데 눈길이 망연하다. 얼굴은 소명을 향해 있지만, 눈길이 어딘지 모를 곳을 헤아리고 있었다.

소명은 바로 답하지 못하고 입을 다물었다.

'이런.'

여인은 보지 못한다.

다리 난간을 잡은 하얀 손가락을 더듬으면서 여인은 이쪽으로 한 걸음을 움직였다. 불현듯 조심스럽던 걸음이 삐끗했다.

"엇."

휘청하는 몸이 위태하다.

소명은 대번에 거리를 좁혀, 넘어질 듯한 부인을 부축했다.

"괜찮으십니까, 부인."

"아, 괜찮네. 괜찮아."

그리고 귀부인은 탁한 눈을 들었다. 어깨를 받친 소명은 곧 한 걸음 물러섰다.

"죄송합니다. 제가 경황이 없어서, 그만 부인의 정원을 침범하였습니다."

"음, 신경 쓰지 마시게. 딱히 금지도 아닌 곳인 것을. 그보다…… 그렇군. 가문의 큰 은인이라는 것이, 귀하로구려."

"어디 큰 은인이라고 할 것까지야."

"덕분에 죽은 줄 알았던 부군이 돌아왔고, 내 두 아이가 목숨을 부지했다니. 그보다 큰 은인이 어찌 있겠소이까."

귀부인은 눈감으며 환히 웃어 보였다. 부인의 말대로라면, 천룡세가의 안주인이라는 뜻이다. 소명은 멈칫하였다가 재차 두 손을 맞잡았다.

"천룡대부인이시로군요. 졸자(拙者)는 소림 속가, 소명이라 합니다."

"그러시구려. 헌데 바깥이 이리 소란한 것이 아무래도 은공을 찾는 것 같은데."

"예, 아마도 아니. 확실히 저를 찾는 것이겠지요. 하하."

소명은 어색하게 웃었다. 그 어색함이 사뭇 기이했다. 귀부인은 하얀 얼굴을 갸웃했다. 다른 곳을 보지만, 탁한 눈가에 의아한 기색이 역력했다.

소명은 입술을 지그시 말아 물었다.

난처하기는 한데, 그리 말 못 할 일은 아니다. 소명은 헛기침 한 번 하고서, 말했다.

"실은 제가……."

"어머나."

천룡대부인은 퍼뜩 눈을 동그랗게 뜨며, 손으로 입을 가렸다. 놀란 소리가 절로 나왔다. 앞뒤야 어떻든, 부군인 천룡대야에게 손을 썼다는 게 아닌가.

그런데 부군의 걱정보다, 천룡대부인은 그만 교소를 터뜨렸다.

부인의 웃음소리는 맑고 흥겨웠다. 옆에 있는 소명이 듣기에는 심히 민망한 일이었다.

'아이쿠, 이런.'

"하아, 미안해요. 미안합니다. 소명 공."

부인은 눈가에 글썽한 눈물을 소매로 찍어냈다. 겨우 진정하는 듯했지만, 그래도 어깨가 들썩거렸다.

"근래에 이보다 더 재밌는 일은 들은 바가 없구려."

천룡대부인은 고개를 살래살래 흔들었다. 그리고 고개를 살짝 들었다.

"괜찮으십니까?"

"하하, 괜찮지 않을 것은 또 무어랍니까. 그 사람이 쉽게 당했을 리도 없고. 주변의 어수선거리는 모양이, 어수선하기는 해도, 살기가 충천한 것도 아니니. 그저 낭패나 당한 정도이겠지요."

천룡대부인은 한숨으로 겨우 웃음을 다잡았다. 대부인은 상황을 정확하게 짐작하였다. 크게 당황할 일도 아니다. 그리고 곧 소명에게 손을 내밀었다.

"부축 좀 해주겠어요. 같이 들어가서 차라도 하지요."

"예, 부인."

소명은 꾸벅 고개를 숙였다. 그리고 내민 부인의 손을 팔에 얹고서 같이 걸음을 옮겼다. 정원을 따라서 안쪽의 내실로 향했다.

사방으로 창을 내어서 드나드는 바람에는 정원의 향기가 고스란히 머물렀다. 그곳에는 한 사람의 시비가 있어서, 다소곳한 모습으로 차를 우려내고 있었다.

시비는 다른 문양 없이 소박한 하얀 옷차림이었고, 긴 머리를 좌우로 땋아 올려서 둥글게 말아 올렸다. 하얀 얼굴에 눈 아래에는 주근깨가 가득했다.

앳된 모습으로, 막 스물에 들어선 듯했다.

"부인, 차를 다 준비, 어맛!"

시비는 소명의 모습에 놀라서 어깨를 움츠렸다. 그러자 천룡대부인이 다른 손을 흔들었다.

"놀라지 마라, 놀랄 것 없어. 여기 이분은 가문의 귀한 은인이시다."

"예, 부인."

"이분께 차를 권해드려야겠구나."

"바로 준비하겠습니다."

놀란 시비는 잠시 움츠러들었지만, 바로 고개를 숙였다. 돌아서서는 가슴을 조심스럽게 쓸어내렸다. 시비는 능숙하게 찻물을 준비했다.

데운 찻잔에 녹황색을 머금은 찻물을 길게 따랐다. 쪼르륵 소리가 맑게 울렸다.

넓고, 천장 높은 내실에 마련한 자리에서 세 사람은 우선 말이 없었다.

천룡대부인은 금룡을 수놓은 보료 위에 편히 앉아서 눈을 감고 있었다. 이는 바람 소리에 귀를 기울이는 듯했다. 마주한 자리에 소명이 앉았다.

따로 할 일도 없고, 할 말도 없는지라, 소명은 주변을 차차로 살폈다.

굵은 기둥은 붉게 칠했고, 주변에 다른 집기는 없어서 단출하다 싶을 정도였다. 그래도 하나, 하나가 명장의 손길이 아닌 것이 없었다.

그야말로 고아함과 기품이 차분하게 흘렀다.

"대협, 받으시지요."

그 사이, 시비가 차를 권하였다.

"고맙습니다."

"별말씀을요."

시비는 슬쩍 고개 숙인 소명의 모습에 괜스레 얼굴을 붉히고는 종종걸음으로 물러섰다. 그리고 바로 대부인의 곁으로 가서 조용히 섰다.

"어찌 생기신 분이더냐?"

"네?"

대부인은 문득 짓궂은 미소를 머금고서, 시비에게 물었다.

시비는 퍼뜩 놀라서 눈썹을 치켜들었다. 소명이 찻물을 머금다 말고 흠칫 고개를 돌렸다. 둘이야 어떻든, 천룡대부인은 여전히 미소를 띠었다.

"어찌 생기셨는지, 참으로 궁금하구나. 어찌 설명 좀 해보련?"

"대, 대부인. 계신 자리에서 제가 어찌 감히."

"호오, 네가 머뭇거리는 것을 보아하니. 참으로 못생겼나 보구나?"

"그건 아닙니다!"

시비는 바로 답했다. 그러고는 아차 하여서 어깨를 들썩거렸다. 주근깨가 어린 눈 아래가 괜스레 붉어졌다. 그러고는 입술을 삐죽거리면서 몸을 배배 꼬았다.

소명은 목에 걸릴 뻔한 찻물을 간신히 넘겼다. 그리고 헛기침 몇 번을 겨우 흘렸다.

"크흠, 크흠."

"하하, 이거, 이거. 내가 은인을 당황하게 하였구먼."

"천룡께서도 그러시더니, 대부인께서도 그러시는군요."

"그야 부창부수(夫唱婦隨)라는 말도 있지 않은가."

"아이쿠."

이럴 때에 쓰는 말 같지는 않았지만, 소명은 고개만 흔들었다. 그런데 시비는 별빛을 머금은 것처럼 초롱초롱한 눈으로 소명을 빤히 보았다.

호기심도 호기심이었지만, 그것보다는 호감이 더욱 뚜렷했다.

그리고 슬쩍 고개를 낮추어서는 대부인에게 귓속말로 속삭였다.

소명의 외견을 설명하는 것이다. 아무리 숨죽여서 속삭인다지만, 소명이 어찌 듣지 못하겠는가. 그저 난처함에 소명은 고개를 돌리고, 찻물만 들이켰다.

'딱 보아도 호남입니다. 어깨가 엄청 단단하고, 머리는 크게 손질하지 않았지만, 그래도 단정한 편이어요. 앞머리가 들쑥날쑥하여서 눈 아래까지 다 가리지만, 턱이 갸름하

고, 입매가…….'

뭘 그리 소상하게도 설명하는지.

천룡대부인은 귀 기울이면서 고개를 끄덕였다.

'그런데 대공자와 닮으신 듯해요.'

"응?"

뜻밖의 말이다. 천룡대부인이 슬쩍 고개를 돌렸다. 소명도 눈을 끔뻑였다. 마침 찻물을 잔뜩 머금어서 볼이 부푼 참이었다.

"허어, 그것참."

천룡대부인은 흐린 눈을 몇 번이고 깜빡거렸다. 시비에게 다시 묻는 것이다. 시비는 힘껏 고개를 끄덕였다.

"정말입니다. 대부인. 닮으셨어요."

"광휘와 닮았단 말이더냐? 그것참."

대부인과 시비는 곧 고개를 돌려서 소명을 빤히 바라보았다. 주근깨 맺힌 시비의 얼굴이나, 나이가 들었음에도 주름이 흐리고, 고아한 대부인의 얼굴이나. 빤히 보는 모습에 소명은 머뭇거리다가, 간신히 머금은 찻물을 넘겼다.

꿀꺽. 소리가 크게도 울렸다.

소명은 몰랐지만, '광휘'라는 이름은 지금 소천룡 회의 본명이었다.

"커, 큼. 그 어찌 그러시는지."

"은공."

"예."

당혹감에 머뭇거리는 소명에게, 천룡대부인이 입을 열었다. 한결 진지한 어조였다. 다른 의미로 무게감이 다가와서, 소명은 저도 모르게 자세를 고쳐 잡으면서 고개를 숙였다.

"실례이겠지만, 내 은공의 얼굴을 좀 만져봐도 되겠소."

"얼굴을, 얼굴을 말씀이십니까?"

"어렵겠소?"

"아니, 어려울 것은 없습니다만."

소명은 영 생각지도 못한 일이어서, 머뭇거렸다. 천룡대부인의 얼굴은 그저 차분하여서 다른 기색은 조금도 찾을 수가 없었다. 눈을 들어서 대부인 뒤에 서 있는 시비를 보았지만, 시비는 배시시 웃기나 할 뿐이었다.

'난처하군, 난처해.'

마지못해, 소명은 자리에서 일어났다. 그리고 놓은 다탁을 돌아서, 천룡대부인 앞으로 다가가서, 한쪽 무릎을 꿇었다.

"오오, 미안하구려."

"아닙니다. 하하."

소명은 어색하게나 웃었다. 그리고 대부인은 손을 들었다. 조심스러운 손길이었다. 머리에 닿았다가, 볼에 닿았다가, 턱에 닿았다. 그리고 차츰차츰 쓸어올리고, 쓸어내렸다.

대부인의 손끝은 차가웠다. 아니, 소명의 얼굴이 뜨거운 것인지도 모르겠다. 느리고 신중한 손길이었다. 그러다가 점점 손이 급해졌다. 급기야는 우악스럽다 할 정도로 두 손으로 얼굴을 덥석 움켜쥐었다.

　　"으읍, 대, 대부인."

　　"허, 허어……."

　　"대부인?"

　　숨결이 갑자기 거칠어졌다. 그리고 치뜬 눈에 힘이 잔뜩 들어갔다. 고요한 기색이 삽시간에 허물어졌다.

　　'아니, 이게 뭔.'

　　"대부인, 어찌 그러셔요!"

　　뒤에 있던 시비도 놀라서는 급히 대부인 옆으로 돌아서 달려왔다.

　　천룡대부인이 자꾸 앞으로 몸을 기울이는 통에, 앉은 의자에서 미끄러질 듯했다. 소명도 얼굴 잡힌 와중에 대부인을 부축했다. 그러나 대부인은 전혀 그런 것을 따지지 않았다. 아니, 그리할 수가 없었다.

　　"너, 너는 궁삼매, 궁삼매로구나!"

　　"예? 예? 궁삼매라니. 아니 대부인."

　　"궁삼매!"

　　대부인은 가슴에 맺힌 깊고 깊은 무언가를 마치 토해내

듯이 끄집어내어서 울었다.

나이 든 노부인의 절절한 울음이다.

소명은 상황을 전혀 이해할 수가 없었다. 대부인은 얼굴을 움켜쥐더니, 이내 소명을 덥석 끌어안고는 그리 서럽게울 수가 없었다.

정말로 아연실색이다.

소명은 곁눈질로 시비를 향해 눈짓했지만, 시비도 당황하기는 마찬가지였다. 뭘 어찌하겠는가. 몇 년이고 부인의수발을 든 처지였지만, 이런 일은 생각지도 못하였다.

소명도, 시비도, 두 사람은 뭘 어찌하지도 못한 채, 그만굳어버렸다.

한 명은 품에 안겨서 굳었고, 또 한 명은 옆에서 멀뚱히선 채 굳었다.

대부인은 소명을 꼭 끌어안고서 울고 또 울었다. 그 절절함이 너무도 뜨겁다. 소명은 한참을 멍하니 있다가, 엉엉울다가 이제 흐느끼는 대부인을 조심스럽게 다독였다.

"대부인, 고정하십시오. 그만 고정하세요."

"어허허헝, 어허허헝…… 삼매, 궁삼매……."

다른 것은 모르겠지만, 지금 천룡대부인의 뜨거운 눈물을 어찌 외면할 수는 없었다.

노부인의 눈물이 이리 아프구나. 뚝뚝 떨어지는 눈물 한 방울에 그만 화상이라도 입은 듯이 화끈거렸다. 괜스레 눈시울이 붉어졌다.

대체 궁삼매가 누구이기에 이리 서럽고, 안쓰럽게 통곡하는지.

참으로 어색하고 불편한 일이지만, 소명은 노부인의 울음에 젖어서는 같이 눈시울을 붉혔다.

시비도 처음에는 당황했고, 민망했다가, 이제는 대부인의 눈물에 공감하여서 같이 눈물을 글썽거렸다.

그런데 한차례 바람이 몰려왔다. 바람은 활짝 열어놓은 사방 창에서 불어 들어서, 창가에 늘어뜨린 비단 자락을 크게 흔들었다.

펄럭이는 소리가 들렸다. 그리고 소명은 슬쩍 눈을 치켜들었다. 언제 들어섰는가, 천룡대야가 침중한 안색을 한 채, 우뚝 서 있었다.

"허어, 이런."

천룡대야는 펑펑 우는 대부인을 보면서 안타까움에 한숨을 흘렸다. 그리고 천천히 다가가, 대부인의 어깨에 살짝 손을 올렸다.

"부인, 부인, 진정하시오. 심기가 크게 흔들리면 위험하오."

"허어, 부군이시오?"

"그렇소. 나요."

"여기, 궁삼매가 왔어요."

"부인."

천룡대야는 크게 안타까운 얼굴이었다. 천룡대부인의 상
태가 더욱 위중하게만 보였기 때문이었다. 그런데 천룡대
부인은 고개를 흔들었다.

대부인은 눈물 젖은 얼굴을 바짝 치켜들었다. 그녀는 조
금도 흔들림이 없어서, 단호했다.

"참말이오. 참말로, 궁삼매가 돌아왔소. 여기 이 얼굴에
궁삼매가 있소이다."

"그게, 그럴 리가."

천룡대야는 흠칫하여 허리를 세웠다. 그리고 퍼뜩 소명
의 헝클어진 얼굴을 다시 보았다.

'으음, 이건 아무래도 민망하군.'

천룡대부인의 급한 손짓에 꼴이 엉망이었다. 앞머리가
뒤엉켜서 뒤로 넘어갔고, 볼이 짓눌려 있었다. 소명은 퍼뜩
등장한 천룡대야를 향해서 눈총을 쏘아댔다.

'놀라고만 있지 말고, 어떻게 좀 해 보시오!'

그런데 천룡대야도 눈을 한껏 치프고서 드러난 소명의
얼굴을, 특히 눈을 뚫어지게 들여다보았다.

"어, 어어."

수염이 흔들거리고, 천룡대야도 얼이 빠진 것처럼 맹한 소리를 흘렸다. 상황이 이래저래 고약하다. 소명은 무언지 모를 불안감에 덜컥 가슴 아래가 내려앉았다.

'뭐, 뭐야? 뭔데? 왜?'

소명은 슬그머니 몸을 뒤로 뺐다. 그런데 천룡대부인이 허우적거리면서 다시 소명을 끌어안았다.

"아니다, 아니야. 어디를 가려 하느냐. 안 된다!"

"아니, 대부인. 대부인? 이제 좀 진정을 하심이……."

소명은 허우적거렸다. 그러면서 고개를 돌렸다. 천룡대야에게 어찌 좀 해보라고 할 참이었다. 그런데 이게 웬일인가. 소명은 재차 굳어 버렸다.

천룡대야의 모습도 심상치가 않았다.

어두운 얼굴로 주춤주춤 물러섰다. 두 어깨를 축 늘어뜨렸고, 얼굴은 아연하여서 마치 못 볼 것을 보기라도 한 듯했다.

소명은 마른침을 꿀꺽 삼켰다. 불안하다. 아주아주 불안하다.

"하, 하하. 설마. 에이, 설마. 천룡마저 그러지는 않으시겠죠? 그렇지요?"

전혀 듣지 않는 모양이었다.

비척 물러선 천룡대야의 얼굴이 형편없이 일그러졌다. 어깨마저 들썩거렸다. 곧 고개를 치켜들면서 길고 긴 울음을 토해냈다.

—흐으어어어어어어!

"으윽!"

도가의 창룡음인가, 아니다. 그러한 음공의 경지가 아니다. 천룡대야는 그저 솔직하게 울어 젖혔다. 가슴 속, 어딘가에 깊이 맺혀 있던 무엇을 그대로 끄집어낸 것처럼.

장대한 서기가 어렸다가, 이내 북풍한설처럼 차가운 경력이 사방으로 몰아쳤다.

소명은 낭패하여 이를 악물었다.

'이 양반이 정신이 돌았나!'

천룡대부인은 무공을 지니지 않았고, 가까이 있는 시비는 상당한 내력을 지녔지만, 천룡대야의 울음 앞에서 버티어 낼 정도는 아니었다.

그대로 두 사람의 심맥을 흔들기라도 하려는 것인지.

소명은 급히 허리를 세우고서 두 손을 치켜들었다. 지이이잉! 두 손에서 격한 울림이 일었다. 그리고 있는 힘껏 두 손을 마주쳤다.

쩍!

소리는 크지 않았다. 하지만 일어나는 모든 소리를 집어삼켜 버렸다.

전각 안이 일시에 공동 상태가 되어서, 사방의 소리가 싹 사라져버렸다. 모든 소리가 멎었다. 바람은 일었지만, 소리가 없었고, 새는 울었지만, 소리는 없었다.

당혹감에 전각으로 달려오던 자들도 그만 멈춰 섰다.

서로 돌아보면서 입을 뻐끔거리지만, 말이 통하지 않았다. 그것이 장장 수십여 장에 이르렀다.

소명은 두 손을 마주치고 한참을 신중했다. 천룡의 울음이 행여 한 줄기라도 새어나갈까 저어되는 까닭이었다. 신중하고 또 신중하다.

천룡은 곧 두 어깨를 늘어뜨렸다.

한결 지치고, 지친 모습이다. 그제야 소명도 겨우 두 손을 풀었다. 가두었던 소리가 그제야 몰아쳤다. 우당탕거리면서 주변의 집기가 나동그라졌다. 멀쩡한 것은 오직 천룡대부인이 걸터앉은 의자 정도였다.

다탁은 아예 창밖으로 날아가서 산산조각이 나버렸고, 창문은 세차게 떠밀린 탓에 바깥에 겨우 매달려서 끼익, 끼익 소리를 내었다.

시비는 마냥 놀란 얼굴로 있다가, 곧 눈동자를 겨우 돌렸다. 지금 무슨 일이 벌어졌던 것인지 조금도 헤아릴 수가 없었다.

천룡대부인에 이어서, 천룡대야까지. 그런데 그러한 천룡의 울음을 막아내기까지 하였다. 시비는 차차로 눈을 돌리다가, 안도하는 소명의 모습을 다시 보았다.

무슨 수법인지, 무슨 경지인지 짐작조차 할 수 없었지만, 적어도 소명의 한 수로 무사한 것은 분명했다. 퍼뜩 마른침을 한 번 삼켰다.

목이 타는 듯했다.

소명은 거칠게 헝클어진 머리카락을 쓸어 넘겼다. 그러고서 성난 눈초리로 천룡을 노려보았다.

"사람 잡으려고 작정이라도 하시었소. 이게 무슨…… 하아, 정말이지."

소명은 말하다 말고 고개를 흔들었다. 천룡대야는 마냥 처연하기 이를 데 없는 눈으로 자신을 보았다. 딱 보아도 말을 듣지 않는 상태였다.

"그래, 내가 말하지 않았더냐. 역시 천룡궁가의 핏줄이라니까."

"아니! 끄응, 아니라고 말씀드리지 않았습니까."

또 그 소리.

소명은 발끈하려다가, 아직 자신의 소매를 붙잡고 있는 천룡대부인 때문에 겨우 소리를 참았다. 잔뜩 억누르고서, 고개를 가로저었다.

악문 잇새로 나오는 목소리는 험악할 따름이다.

그러나 천룡대야는 물러서지 않았다. 아니, 오히려 한 걸음 더욱 다가섰다.

"내 어찌 그 얼굴을 몰라보았을꼬. 내 어찌……."

"내 얼굴이 뭐가 어떻다는 겁니까."

소명은 마냥 부정할 수가 없었다. 이쯤 되면, 천룡의 두 내외가 마냥 정신이 나갔다고 할 수는 없었다.

소명은 아직 주저앉은 천룡대부인을, 그리고 가까이 다가선 채, 어찌할 바를 모르는 천룡대야를 번갈아 보았다.

두 내외는 다들 굵은 눈물을 뚝뚝 떨구었다. 죽다 살아난 자식을 대하는 듯하지 않은가. 앞뒤야 어떻든, 소명은 이 상황을 도무지 받아들일 수 없었고, 외면할 수도 없었다.

"하, 정말이지."

결국, 소명은 한숨을 툭 내뱉었다. 어깨가 괜스레 뻐근하다. 손가락으로 코 아래를 스윽 훔쳐내고서, 고개를 비틀어 들었다.

"뭐가 뭐라는 겁니까?"

"……."

난장판이 된 전각을 나서서, 천룡 부부는 자리를 옮겼다. 그곳은 정리가 아니라, 다시 지어야 할지도 몰랐다. 기파의 싸움으로 집기만 난리가 난 것이 아니었다.

주춧돌은 물론이고, 기둥, 대들보 등등에 균열이 일었기 때문이었다.

　목재 하나, 하나가 범상한 것이 아니건만. 그나마 소명이 손을 썼기에 망정이지, 그렇지 않았다면 건물이 아니라, 주변 수십 장 내에 자리하였던 전원이 심각한 내상을 당하였을 터였다.

　그런 사연으로.

　소명은 더욱 널찍한 내실에서 노부부와 마주하고 앉았다. 딱 세 사람뿐이었다. 아니 마주한 것은 천룡대야뿐, 천룡대부인은 소명의 옆에 앉아서, 손을 꼭 맞잡았다. 다시는 놓지 않겠다는 것처럼 굳게 다잡았다.

　노부인의 손이 불편한 것은 아니었다.

　소명도 얼이 나가 있기는 마찬가지였다. 입을 굳게 다물고서, 천룡을 끔뻑거리는 눈으로 보았다.

　무슨 말을 들었는가.

　소명은 고개를 흔들었다가, 입술을 지그시 깨물고서 창밖을 향해서 눈을 돌렸다. 모처럼 드러난 눈가에, 검은 눈동자가 급하게 흔들렸다.

　받아들이고 싶지 않았다.

　차라리 모르는 일이라고 해버리면 좋겠지만, 그러기도 쉽지 않았다. 자리가 마냥 불편했다. 그렇다고 천룡대부인의 손을 뿌리칠 수도 없었다.

이래저래.

소명은 혼란 속에서 불편한 자리에 앉아 있었다.

궁삼매, 처음 듣는 이름이다. 그러나 마냥 외면할 수도 없었다.

천룡대야는 그 이름을 조심스럽게 꺼냈다. 아픈 사연이 었던지, 한마디를 꺼낼 때에 참으로 힘겨운 모습이었다.

천룡대야의 이부인으로, 젊은 나이에 귀천(歸天)하였다. 난산을 이겨내지 못하였기 때문이었다. 아이는 쌍둥이였다. 한 아이는 겨우 목숨을 구하였으나, 다른 아이는 끝내 숨을 토해내지 못하였단다.

당시에는 어떠한 큰일이 있어서, 천룡세가가 안팎으로 혼란할 때이기도 하였단다. 그리하여서, 장례는 서둘러서 치러졌다.

이부인은 숨을 내뱉지 못한 아이와 함께 매장하였다.

소명은 미간을 잠시 모았다. 가문에 큰일이 있었다는 소리는 아무래도 상관없는 일이다. 조금도 관심이 가지 않았다. 그러나 아이와 함께 매장하였다는 말을 흘려들을 수가 없었다.

고개를 살짝 돌렸다. 천룡대부인은 빛없는 눈동자에 주르륵 눈물만 하염없이 흘렸다. 굵은 눈물 자국이 뚜렷했다.

세월이 하염없어라.

천룡대야는 먼 곳을 보면서 거듭 한숨을 흘렸다.

떠듬, 떠듬. 간신히 이어지는 사연은 그리 길지도 않았고, 복잡하지도 않았다. 그러나 치미는 감정을 다독이느라, 한참이 걸렸다.

아직 높았던 해는 언제 저렇게 기울었는지.

소명은 붉게 물든 하늘을 잠시 보았다가, 고개를 흔들었다. 앞에 놓인 찻잔으로 손을 뻗었다가, 바로 그러쥐었다. 진즉 비워버리고 한참이었다.

말라버린 찻잔, 소명은 자신의 속내도 이렇게 말라버린 듯했다.

지금 누구의 사연을 말한 것인가. 자신의 일이 맞는가.

몇 번이고 거듭 묻고 싶었지만, 소명은 눈물 찍는 천룡대 부인의 모습에 날카롭게 다그칠 수는 없었다.

소명은 마른침을 잠시 삼켰다.

"크흠, 그래서. 천룡께서는 그 아이가 저라고 생각하시는 겁니까?"

"……아니라고 생각하느냐."

"너무 짜 맞춘 듯하여서. 실감이 나지 않습니다."

"너의 눈이 말하고, 너의 얼굴이 말하여 주는구나."

"그저 조금 닮은 정도로……."

"그래, 그리 말할 수도 있겠지."

천룡은 느릿하게 고개를 끄덕였다. 천만의 하나라도 그저 닮기만 한 것일 수도 있다. 그러나 천룡이 그렇게 허술하겠는가.

천룡대야의 눈길은 그윽하였다. 소명은 더 뭐라고 말하려다가, 그만 입술을 질끈 물었다. 속에서 뭔가 배배 꼬였다.

'진정하자, 진정해.'

자신을 잠시 달래고서, 소명은 머리를 슬슬 긁적거렸다. 생각할수록, 천룡의 말을 부인하기가 궁색했다.

당시 천룡세가의 상황이 어떠한지는 조금도 알 바가 아니나. 모친과 함께 묻힌 아이가, 자신인 것은 분명하지 않은가. 그런 일은 고금에 그리 흔한 일이 아닐 터였다.

대일은 종종 잊지 말라고 하면서, 그때의 이야기를 해주었다. 죽은 모친의 품속에 안긴 아이가, 혼자 살아나서 울음을 터뜨렸다던가.

소명은 어깨를 늘어뜨리면서 그만 한 소리를 흘렸다.

"아이고, 아버지."

탄식처럼 툭 튀어나왔다. 소명은 없는 대일의 투박한 모습을 그렸다.

대일의 여러 모습이 주마등처럼 빠르게 스치고 지나갔다. 밝은 햇살 아래에서, 대일은 흙투성이 모습으로 맑게 웃었다.

우리 아들, 우리 아들.

잠시 잊었던, 아버지의 목소리가 가슴에서 울렸다. 그리고 마지막 모습까지.

고묘총, 깊은 땅속에서 피투성이가 된 채, 모두 용서하라는 아버지의 마지막 모습이 손에 잡힐 듯이 선명하기 이를 데가 없었다.

소명은 숨을 한껏 들이 삼켰다.

"많이 알아보신 모양입니다. 그리 긴 시간이 아니었을 텐데요."

"그렇지. 허나, 천룡의 눈과 귀는 여기저기에 있단다."

"그렇습니까."

소명의 목소리에는 따로 고저가 없었다. 흥분하지도, 불쾌한 것도 아니었다. 있는 대로 담담하게 받아들일 뿐이었다. 다만, 천룡은 머쓱한 미소를 잠시 머금었다.

"따로 뒷조사하려는 것은 아니었네."

"감출 것도 없는 일이니. 마음 쓰지 않습니다."

마음을 다잡아, 한결 평온한 모습이다.

천룡은 심히 민망한 기색이었다. 지금의 일 때문이 아니라, 이전부터 소명에 대해 수소문하였다는 것을 자인한 셈이기 때문이었다.

싫든 좋든, 천룡대야는 소명에 대해서 다음을 생각하고 있었다. 그러면, 이 뒤를 맞길 수 있지 않겠는가.

두 소천룡은 물론 뛰어난 인재였지만, 당대의 무림정세가 심상치 않았다. 무엇보다, 천룡세가는 천룡의 부재로 인해서, 너무도 오래도록 정체되어 있었다. 아직 젊은 소천룡이지만, 이미 천룡세가 안의 각 계파가 얽혀 있지 않은가.

정체는 두려운 것이다.

천룡은 후대를 생각하여서 소명에 대해 넌지시 알아본 바였다.

용문제자, 그 이름에 가려져 있었지만, 서천에서 말하는 권야의 위명은 중원의 오대고수와 비슷한 반열이라 하여도, 결코 부족하지 않았다.

젊은 나이를 고려하면, 실로 경악할 지경이다.

그러한데, 그것이 전부가 아니었으니.

천룡은 헛기침을 한 번 흘렸다. 과거의 깊은 사연은 이제 다 말하였다. 세월이 벌써 몇 년이던가, 그럼에도 아직 다 정리하지 못한 일이었다.

천룡대부인이 저리 망연하게 있는 것도 이해할 수 있었다. 두 사람의 사이는 실로 동기간이라 하기에도 부족할 정도였으니. 출신의 차이는 있더라도, 두 사람으로 인해서 천룡인 자신이 종종 소외감을 느끼기도 하지 않았는가.

천룡은 고개를 잠시 흔들었다.

"그래, 이래저래 사연은 있었겠지. 너에 대해서 묻고 묻다가, 상화촌이라는 곳을 알았다. 그곳은 삼매를 묻은 망산에서 멀지가 않았지."

소명은 딱히 소리 내 답하지 않았다. 고개를 끄덕였다. 천룡은 이제 마음을 다잡아서, 목소리에 흔들림이 없었다. 마른기침을 잠시 흘리고서, 천룡은 담담하게 설명했다.

소명이 상화촌에서 실종되었다가, 십수 년 만에 돌아왔다는 것까지 확인한 것이다. 그러면서, 천룡은 호가무관의 성세를 알리기도 했다.

이렇게 말을 빙빙 돌렸지만, 천룡이 하고 싶은 말은 명확했다.

"네 이름은 아성, 궁아성이다."

천룡은 다시금 떨리는 목소리를 다잡고 말했다. 이름을 지었지만, 결국 붙여주지 못한 이름이다.

궁아성.

소명은 고개 숙이고 잠시 말이 없었다. 하기야 무슨 소리를 할 수가 있을까. 느닷없어도, 너무 느닷없는 출생의 비밀이었다.

말대로라면, 옆에 있는 천룡대부인은 자신의 큰 어머니이고, 앞에 앉은 천룡대야는 친부라고 하는 것이다. 그리고 자신은 천룡궁가의 직계라고 한다.

혈통의 유무야 조금도 알 바가 아니었다.

무수한 상념이 떠올랐다가, 바로 가라앉았다. 비록 친부모의 존재를 몰랐지만, 소명은 양부 대일에게 지극한 사랑을 받았고, 친모가 묻힌 자리를 찾으면서 모성을 찾았다.

부족함이 없었다. 가슴 한구석 서늘함을 느낄 겨를이 없었다. 지금 이때에, 자신의 친부라 말하는 사람, 자신의 가족이라 말하는 이들을 마주한다고 해서, 크게 동요할 이유는 없었다.

무엇보다.

소명의 지극한 공부는 마냥 침착하였다. 흔들림이야 처음 잠깐으로 충분했다.

답이 계속 없자, 천룡은 턱을 들었다. 그윽한 눈길에 담뿍 담긴 감정을 굳이 자제하지 않았다. 주변으로 온화한 기운이 흘렀다. 그리고 조심스레 물었다.

"아무래도 받아들일 수가 없는 건가?"

"받아들인다. 무엇을 말입니까? 무엇을 받아들이고, 무엇을 받아들지 않겠습니까."

"네가……."

"나는 소명이라 하는 강호범부에 지나지 않습니다. 그것이면 충분하지요."

"허나!"

"아울러, 소림 속가의 일인이고, 상화촌 대일의 독자입니다."

소명은 천천히 눈을 들었다. 다시 뜬 눈초리에는 조금의 흔들림도 없었다.

감정을 모조리 정리한 것처럼 고요했다. 천룡은 마주한 소명의 눈길에 입을 열 수가 없었다. 입이 굳게 닫히고, 지친 모습으로 자리에 털썩 주저앉았다.

"네가 아성이 아니라 하여도, 나는 너에게 천룡지위를 물려주고 싶었단다."

"……."

소명은 여기에는 답하지 않았다.

그 소리 때문에 기어코 손을 쓰지 않았는가. 슬쩍 눈살을 찌푸리고서 한 번 쏘아보았다.

눈총이 그래도 따갑다. 천룡대야는 입술 끝에 힘을 주고서, 잠시 시무룩했다.

천룡대부인은 지쳐 잠든 모습이었다. 행여 소명이 멀리 떠나기라도 할까 두려운 모양인지, 옷자락을 꼭, 꼭 그러쥔 채였다.

"밤이 왔군요."

"그렇군. 밤이 왔어."

"내일 날이 밝으면 떠나도록 하겠습니다."

소명은 별빛 총총한 밤하늘을 보면서 차분한 어조로 말했다. 천룡은 입매를 지그시 물었다. 기어코 아니 되는 일인가.

"천룡의 말씀대로, 궁가일지도 모르겠습니다. 그렇다고 오늘의 소명이, 내일 당장 궁씨가 될 수 있겠습니까?"

"그 말은?"

천룡대야가 젖은 눈을 끔뻑거렸다. 소명도 답답하기는 마찬가지였다. 선뜻 받아들일 수도 없지만, 무턱대고 외면할 수도 없는 일이기 때문이다.

"제게도 시간을 주시지요. 천룡."

"아무렴, 그리하지. 이를 말이겠는가. 시간이야 지금도 흐르는 것이지 않은가."

천룡은 급히 고개를 끄덕였다.

"그렇다고 한들, 부친대인이라고 부를 생각은 눈곱만큼도 없습니다."

"크음, 매정하구나."

"그러니, 있는 자식들에게나 잘하십시오."

소명은 새삼 정색했다. 천룡은 그만 말문이 턱하고 막혔다. 무슨 소리를 더 할 수 있을까. 천룡대야는 이내 쓴웃음을, 짙은 쓴웃음을 머금고서 고개를 끄덕였다.

그래, 품은 소천룡이나 잘 보듬을 일이다.

천룡은 그렇다고 한들, 소명에게서 처연한 눈길을 거둘수가 없었다. 자신으로서도 괴로운 속내를 어찌 다잡을 수가 없는 일이었다.

이리 마주한 것은 실로 하늘의 보살핌이라고밖에는 할수가 없을 터이다. 그렇게나 감사하면서도, 한없는 후회가무겁게 고였다.

그때에 어찌 돌보지 못하였을까. 어찌, 어찌.

천룡은 치미는 한숨조차 차마 내뱉을 수가 없어 지그시입술을 깨물었다.

천룡세가를 뒤흔든 소요는 그렇게 잦아들었다.

두 소천룡은 아직도 자리보전하고 있는 판이라서, 이날 벌어진 일을 알지 못했다. 아니, 알 수 있는 상황이 아니었다.

여하간에 천룡이 돌아오지 않았던가. 다음 대 천룡이라는 목표가 홀연 멀어졌다.

회는 아무래도 좋았지만, 과는 그대로 탈진한 참이라. 그러나 과연 어찌 될지는 아직 모를 일이다.

천룡이 후계에 관한 얘기를 내뱉지 않았던가.

천룡세가는 후계의 혼란을 잠시 미루어둔 채, 달빛 아래에서 고요했다.

제4장
사천(四川), 잿빛 하늘

사천(四川)이라, 진령과 대파산맥의 거대한 산줄기를 넘어서 자리한 천하의 복지(福地)이다.

장강, 민강, 타강, 가릉강의 사대강이 성내를 흐르기에 사천이라 한다. 옛적에는 파촉(巴蜀)이라 하는데, 원체 거대하였고, 물이 맑고, 땅은 비옥하였다.

그만한 곳이 천혜의 험지로 에워싸여 있어, 폐쇄적인 지역이었다.

한때에는 천하영걸이 몸을 숨기고 천하를 노리기도 하였다.

나라가 혼란할 적이면, 어김없이 뜻을 품은 자가 풍족한 자원을 바탕으로 종종 웅지를 드러내면서 되레 전란의 참화가 거듭 휩쓸기도 하였다.

그러한 세월이 한세월인데, 어느 순간부터 사천은 참으로 고요했다.

그것은 나라가 안정되었기도 하려나, 이곳을 좌지우지하는 강호의 큰 세력이 서로 균형을 이룬 덕분이기도 하였다.

사천 무림의 세 축, 달리 삼호, 혹은 삼강이라고 하는 세 곳이 있었다.

아미, 청성, 그리고 당가이다.

아미산은 과거에 도문으로 이름이 높았지만, 불사가 세워지고, 불문이 흥하여서 당대에는 불문만 남았다. 그러나 무림의 눈에서 아미산은 불문과 도문의 무공이 같이 전해지는 일대의 명문대파, 아미파였다.

청성산에 있는 청성파는 오랜 세월 동안 도가명문의 검파였다. 두 문파에 비하면, 역사는 짧다고 할 수 있으나, 사천 전역을 가히 전부 아우른다고도 할 수 있는 곳이 바로 독문당가였다.

독문당가의 상징이라고 할 수 있는 녹포녹면(綠袍綠面)을 한 일단의 무리가 어두운 산 아래를 빠르게 내달렸다.

땅을 박찰 때마다, 그들의 신형은 족히 수장을 쭉쭉 나아
갔다.

절정에 이른 보신경이다.

독문당가에서 전하는 새금전(塞錦箭)은 독특한 보신경으
로, 화살 끝에 비단을 매단 것처럼 요동치는 그림자가 특
징이었다.

열둘의 당가인, 그들은 누구랄 것 없이 펄럭이는 그림자
를 남기면서 산그늘 사이로 파고들었다. 사람이 오가는 길
을 떠나서, 인적 드문 수풀 속에 이르러서도 그들은 조금
도 속도를 늦추지 않았다.

오히려 평탄한 길을 달릴 때보다 더욱 재빠른 몸놀림이
었다.

하늘 높은 줄도 모르고 높이 자란 거목 사이로 여유롭게
파고들었다. 다들 입을 꾹 다물고서, 전면만을 뚫어지라
노려보았다.

흉측하게 생긴 녹면 아래로, 검은 눈동자는 신중했다.
서두르는 발놀림과 별개로, 이곳에 들어서는 조심하는 모
습이었다.

숨소리조차 조심하면서 묵묵히 나아가던 차, 불현듯 선
두의 인영이 딱 멈춰 섰다. 높이 솟은 거목에 착 등을 기
대고는 손을 휘저었다. 그것을 신호로, 당가인들은 좌우로

흩어졌다. 각자 가까운 곳에 몸을 숨겼다.

나무 뒤에 숨은 자들, 그리고 높이 자란 수풀 아래로 몸을 숨긴 자들 모두 차오르는 숨결을 억누르고서 슬쩍 고개를 돌렸다.

녹면의 눈동자, 열두 쌍이 분주했다.

선두의 당가인은 슬쩍 등진 거목 너머를 살폈다. 그곳은 언뜻 보기에는 지나온 숲과 크게 다르지 않았다. 울울창창한 가지 사이로 스며드는 햇빛이 흐려서 사위는 한층 어둑하였고, 장정의 가슴께까지 자란 수풀이 가만히 흔들거렸다.

다만, 그뿐. 그러나 독문당가의 사람에게 저곳은 평범한 곳이 아니었다.

선두의 당가인이 마른침을 한 번 삼키고서, 소매를 살살 흔들었다. 사르락. 미세한 소리와 함께 고운 백분이 흘러내렸다. 그저 백분을 흘려내는 것이 아니었다.

소매를 흔들자, 백분은 곧 전면을 향해서 고요히 퍼져 나아갔다. 품이 넓어서 치렁치렁한 소맷자락이라고 하지만, 저 안에 대체 얼마나 많은 양을 담고 있었던 것인지, 고운 백분은 끝도 없이 계속해서 줄줄 흘러내렸고, 손짓을 타고서 드넓게 퍼져 갔다.

그것을 지켜보다가, 다른 당가인들도 숨은 채 손을 썼

다.

부스스스……

이내 드넓은 숲 속 가득하게 백분이 흩어졌다.

허공으로 흩어진 백분은 워낙에 곱고, 미세하여서 제대로 눈에 띄지도 않을 정도였다. 그래도 효과는 확실했다.

툭, 투툭.

털썩, 털썩.

숲 속에서 뭔가 떨어지는 소리가 묵직하게 울렸다. 그리 높지 않은 나무 위에서 시커먼 그림자가 떨어지기도 했고, 수풀이 요동치더니 당가인처럼 은신해 있던 몇이 휘청거리다가 그만 고꾸라졌다.

그제야, 당가인들은 모습을 드러냈다.

녹면으로 얼굴은 가렸지만, 찬찬히 나서는 모습은 한없이 신중했다.

당가가 손을 썼다. 어찌 손을 피할 사람이 있겠느냐만. 당가인은 신중하게 걸음을 옮겼다. 평범한 숲이 삽시간에 쓰러진 자들로 가득했다.

은신자가 이리 많았던가.

대충 헤아려도 반백은 훌쩍 넘긴다.

당가인은 입을 굳게 다물고서, 그들에게 다가갔다. 비록 쓰러졌다고 하지만, 죽은 자는 없었다. 숨소리가 고요하게 울릴 뿐이었다.

모조리 잠들었을 따름이다.

"어찌할까요."

"우선 제압만 해 두지. 사지를 모조리 뽑아놓도록."

넌지시 묻는 말에, 당가인의 우두머리는 차분한 어조로 말했다. 다른 감정은 없었지만, 그렇기에 더욱 섬뜩하게 들리는 말이다.

당가인들은 긴말 없이 뿔뿔이 흩어졌다.

반백에 이르는 자들이다. 그만한 머릿수다 보니 그들의 사지 관절을 비틀어 모조리 뽑아놓는 데 그리 오래 걸리지도 않았다. 그리고 당가인들은 다시 모여 섰다.

그들은 마치 크게 입 벌린 듯한 시커먼 숲 속을 지그시 노려보았다.

"저 너머에 근거지가 있는 것은 확실한 모양입니다. 어찌하시겠습니까."

"음."

사지를 뽑으라 하였던 우두머리라도 이번에는 뭐라 말하기가 쉽지 않았다. 지금 이들의 행사는 단지 독문당가만의 일이 아니기 때문이었다.

"자네는 어찌 생각하나?"

"기다리지요. 청성도 그렇지만, 우선 아미의 체면을 생각해야 하지 않겠습니까?"

"청성이라면 차라리 괜찮겠습니다만, 아미는 아무래도 뒤끝이……."

"쉿!"

구시렁거리면서 거드는 소리에 우두머리는 빠르게 주의를 시켰다. 말 꺼낸 당가인은 그만 움찔했다. 녹면으로 가렸지만, 뜨끔한 기색이다.

그리고 서서히 고개를 돌렸다.

당가인이 온 곳과 다른 쪽에서 부스스 수풀이 갈라졌다. 그리고 잿빛 승복을 걸친 비구니 한 무리가 모습을 드러냈다. 지금 말한 아미파의 무승들이다.

"오셨군요."

"예, 저희가 한 걸음 늦었습니다. 당가에게 폐를 끼쳤군요."

"어디 그런 말씀을. 마침 저희가 가까웠던 것이지요."

당가의 우두머리는 공손하게 고개를 숙였다. 나선 아미파의 비구니는 나이가 지긋했다. 둥근 방갓을 슬쩍 걷어 올리자, 주름 깊은 얼굴에 심유한 안광이 흘렀다.

내가공력이 절로 드러났다.

당가의 젊은 우두머리는 잠시 마른침을 삼켰다. 비구니를 한눈에 알아보았기 때문이었다.

'허, 탕마창(蕩魔槍)이 직접 나서다니. 아미가 아주 단단히 별렀구나.'

오늘 일이 꽤 험하겠다는 것을 직감했다.

탕마창 정진사태.

고수가 구름처럼 많다는 아미파에서도 손꼽는 고수였다. 탕마라는 이름은 지닌 무공이기도 하였지만, 단호한 손속으로 비롯한 바가 더욱 컸다.

정신 사태의 창끝에 목하 고혼 된 사마외도가 대관절 몇 이던가, 지난 십여 년만 따져도 수십은 훌쩍 넘었다.

삼년 전, 풍파의 강호행을 마치고서 아미산으로 돌아와 수행에 힘쓴다는 말을 들었는데. 그런 탕마창이 다시 내려온 것이다.

번뜩이는 안광으로 보건대, 탕마창은 더욱 예리해진 듯했다. 그러나 마냥 당황할 새는 없었다. 아무리 자신이 독문당가의 직계라고 해도, 탕마창 앞에서 가면을 쓰고 있을 수는 없는 일이다.

서둘러 녹면을 벗고서 꾸벅 허리를 숙였다.

"다시 인사드리지요. 당가의 기륭이라 합니다."

"기륭이라, 당가 남조류의 젊은 기린이 공자이셨구려."

"부, 부끄러운 이름입니다."

젊은 당가인, 독중기린(毒中麒麟) 당기륭은 멋쩍음에 거듭 고개를 숙였다. 아무리 그래도 탕마창 앞에서 무명 자랑을 할 수가 있을까.

당기륭은 곧 몸을 돌렸다.

"청성파는 조금 늦을 모양입니다. 사태께서는 어찌하시겠습니까?"

"본래라면 기다리는 것이 맞겠습니다."

"그렇지요."

"맞겠습니다만, 빈니의 수양이 아무래도 미숙하여서, 그리할 수 없겠습니다."

정진사태는 딱딱 끊어지는 어투로 말을 맺었다. 당기륭은 그만 입술을 덥석 말아 물었다. 무슨 다른 말을 할 수가 없었다.

잠시 온화한 빛을 띠었던, 정진사태의 두 눈이 더욱 무섭게 타올랐다. 분명 금빛 보광을 띠었건만, 보광이 이리 살벌할 수가 있단 말인가.

독문당가로, 독심이라면 강호 어디와 비교해도 부족함이 없다고 자부하는 바였지만, 노사태의 진노 앞에서는 차마 다른 소리를 할 수가 없었다.

당기륭은 바로 고개를 흔들었다. 너무 넋을 놓았다.

"그렇다면, 본가 또한 같이하겠습니다."

"무리할 것 없소이다. 당 공자."

"무리라니요. 본가 또한 무관하지 않은 일이지 않습니까."

당기룡은 신색을 회복하여서, 차분한 어조로 말했다. 정진사태는 하기야 하는 얼굴로 물러섰다.

여기 있는 사람들은 모두 각파의 정예들이었다. 그에 더하여서 아미파에서는 탕마창이라는 고수를, 독문당가에서는 독중기린이라는 직계의 젊은 고수를 동원하였다.

저 너머에 무엇이 있기에 그러한가.

당기룡은 다시 녹면을 눌러썼다. 얼굴을 잘 맞추고서, 고개를 들었다. 눈구멍 사이로 드러난 눈동자는 단단하여, 이제 흔들릴 일이 없을 듯하였다.

맺힌 것은 뚜렷한 살기뿐이다.

"녹음대, 진입한다."

"명."

당기룡을 선두로, 당가의 정예 녹음대가 새카맣게 물든 숲으로 들어섰다. 기다릴 것 없이, 정진사태도 걸음을 옮겼다. 따로 단속할 것 없었다.

방갓을 같이 눌러쓴 아미파의 비구니들은 침묵한 채, 탕마창의 뒤를 따랐다. 비구니들의 모습마저 어둑한 숲 속으로 사라지고 얼마나 지났을까.

까마득히 높은 거목 위로 펄럭거리는 소리가 울렸다.

후드득, 후드득.

마치 수십에 이르는 옷자락이 세차게 흔들리는 듯했다. 그리고는 하나, 둘, 허공에서 누군가의 그림자가 뚝뚝 떨어졌다.

그들은 빠르게 떨어지다가, 바닥을 한 치 남겨두고서는 확 속도가 줄어들었다. 그리고 가볍게 발끝을 내밀어서 땅을 밟았다.

그렇게 내려선 것은 모두 다섯.

파랗게 물든 득라 차림의 도인들이었다. 관은 따로 쓰지 않았다. 그중 세 사람은 가슴에 황동의 면경을 걸고, 등 뒤에는 검을 메었다.

또 한쪽은 선 굵은 얼굴로, 두 눈이 부리부리했다. 그리고 어깨까지 이를 듯이 길고 큰 장검을 들고 있었다.

네 도인은 주변을 보면서 한숨을 흘렸다.

"이런……."

"크, 크흠."

장검의 도인이 혀를 차면서 고개를 돌렸다. 맨 뒤에서 마지막 도인이 헛기침을 흘렸다.

마지막 도인은 마냥 웃는 상으로, 검은 턱수염이 단정했다. 그리고 다른 이들과 달리 그저 맨손이었다. 그가 수염을 슬슬 쓸어내리면서 짐짓 난처한 듯 중얼거렸다.

"이런, 이런, 아무래도 우리가 좀 늦은 모양이군."

주변의 어지러운 흔적은 물론이거니와, 한쪽에 참 고운 모습으로 사지가 뒤틀린 채, 쌓여 있는 흑의인들을 흘깃 보았다.

이미 한바탕 일을 치러내고서 정리까지 말끔하게 끝낸 모습이다.

"그러니, 서두르자 하지 않았습니까. 대사형."

"크흠, 너무 뭐라고 하지 말게."

"뭐라고 안 하면요. 매사 이런 식이니, 항상 본파만 설렁설렁하다는 소리를 듣는 것 아닙니까."

"크흠, 크흠."

장검의 도사가 눈살을 한껏 찌푸린 채, 눈치를 팍팍 주었다. 뭐라고 할 말이 없었다.

일이 있을 적마다 늦은 것은 사실이니.

청성파의 대사형, 풍양자(風陽子)는 잠시 주눅이 들었다.

"아니, 그래도 이번에는 좀 서두르지 않았나."

따지고 보면, 아미와 당가가 유별나게 서두른 것이다. 청성파는 제시간에 왔으니. 그러나 사제의 눈치만 더욱 받았다.

"어쨌든, 또 꼴찌지 않습니까."

"크흠, 그야 그렇지."

"두 분 사형. 우선은 들어가지요."

"이러다가 더 늦겠습니다."

보다 못하여서, 뒤에 있는 세 도사가 끼어들었다. 가만히 있다가는 또 한참이겠다. 풍양자는 냉큼 그 말을 받았다.

"그렇지, 그래. 얼른 가보자고."

기다렸다는 듯이 손뼉을 딱 치고는 허둥거렸다. 장검의 도사, 소양자(少陽子)는 고개를 흔들었다.

"으이구, 정말이지. 그래도, 너희 말이 맞구나. 이러다가 더 늦지."

그렇게 청성파 다섯 도인도 검은 숲으로 들어섰다.

구파에 드는 아미와 청성이다. 그리고 독문당가가 같이 움직인다.

이것은 분명 흔한 일이 아니었다.

사천 밖에서 마도가 발호하였다고 소란했지만, 사천에서는 당장 일어난 사교(邪敎)가 문제였다.

홍천교라는 이름으로, 서장 쪽의 신앙과 토속 신앙이 뒤엉킨 기괴한 무리였다.

현생(現生)은 쌓인 업보로 인한 지옥이라는 것이 그들의 교리였다.

곧 홍천불(紅天佛)이라는 신불(神佛)이 세상에 나타나서 지옥을 무너뜨리고 새 세상을 연다고, 사람을 현혹했다.

심신을 모두 홍천불에게 바치고, 더러운 피를 모조리 흘려내면 업보를 씻어내고, 홍천불의 세상을 더욱 빠르게 앞당길 수 있다면서 떠들었다.

그리하여, 신불이 나타나면 귀한 생으로 다시 태어난다는 것이었다.

다 내어놓고 죽으라는 것과 무엇이 다를까만, 점차 교세를 확장하기 시작하더니, 어느 순간부터는 들불처럼 확 일어났다.

무시무시한 교세였고, 그것을 바탕으로 무도하기 이를 데 없는 패악질을 벌이기 시작했다.

홍천교주 아래에, 홍천사자(紅天使者)라는 것들이 특히 문제였다. 하나, 하나의 출신을 파악하지는 못하였으나, 그들은 상당한 수준의 무공을 갖춘 무림 고수들이었다.

문제는 그 속에 아미파의 반도가 속해 있다는 것이었다.

탕마창 정진사태는 그것을 가볍게 두고 볼 수가 없었다. 지난 몇 달 동안 삼세의 정예는 각자 흩어져서 홍천교의 거점을 차례로 박살 내었고, 이제 총본산이 숨은 곳을 찾아낸 참이었다.

어찌 참을 수가 있을까.

정진사태는 선장을 쥔 손을 연신 쥐었다 펴기를 반복했다. 그렇게 하면서 끓는 속을 애써 다잡았다. 아직은 폭발할 때가 아니었다.

'결코, 결코 용서치 않는다!'

아미파의 영명에 먹칠하여도 정도가 있다. 사교의 수뇌가 되어서, 세상을 어지럽히다니. 이것이 있을 수 있는 일이란 말인가.

뿌득.

당기륭은 정진사태에게서 제법 떨어져서 몸을 날리고 있었지만, 전해오는 살벌한 기파에 절로 입이 말랐다.

"어이쿠, 달리 탕마창이라 하시는 게 아니었군."

명불허전이다.

아미파에서도 탕마창은 가히 독보적인 무공이라 들었는데, 당대 전인인 정진사태는 그 한 사람이 올곧게 선 창으로 보일 정도였다.

그것도 분노한 창이다.

독문당가 또한 사교 때문에 큰 피해를 보았다. 당가의 사업장 여러 곳이 습격을 당하기도 하였고, 사람이 상하기도 하였다. 그러나 무엇보다도, 사교에 홀려버린 가인들이 문제였다.

어찌나 은밀하고 지독하였던지, 그들에게 홀린 가인들은 당가의 독과 의술로도 정신을 차리지 못하였다.

가문의 재화는 문제가 아니었다.

가문의 사람을 건드렸다는 것이 무엇보다 큰 문제였다.

그것이 당기륭과 녹음대가 직접 나선 이유였다.

당기륭은 눈을 빛냈다. 숲은 그리 깊지 않았다. 은신한 자들을 제압한 곳에서 수삼리 정도 들어갔을 뿐이다. 그곳에는 마치 녹림거사들의 산채처럼 꾸며놓은 곳이 보였다.

통나무로 얼기설기 세운 가옥이 몇 채였다. 허름하기는 하였지만, 규모는 작지 않았다. 못해도 수백은 수용할 수 있을 듯했다.

산 바위를 등에 지고서 갖춘 산채에는 다른 깃발 따위는 보이지 않았다. 어차피 은밀하게 꾸며놓은 은신처였다. 무언가 표식을 드러낼 리는 없다.

정진사태는 형형한 안광을 드러냈다. 이대로 뛰쳐나갈 듯하다. 당기륭은 급히 고개를 치켜들었다.

"헛, 사태."

무작정 뛰어들 만한 상황이 아니다. 아무리 경험 많은 정진사태라고 하지만, 상대 또한 삿된 사교 무리가 아닌가.

멈칫할 사이, 홀연 그림자 하나가 뒤에서 불쑥 솟구쳤다. 그리고 나서는 정진사태의 앞을 잠시 막아섰다.

청성파의 대사형, 풍양자이다.

"하하, 제가 어찌 맞춰 온 모양입니다."

"음, 자네는……."

정진사태는 방갓 끝을 살짝 들었다. 잠시 눈살을 찌푸렸지만, 나타난 풍양자의 모습에 곧 얼굴을 풀었다.

"탕마창을 이리 뵙는군요."

"그렇군. 풍양자."

"오오, 당 공자시로군."

"풍양자 선배."

녹면 쓴 얼굴이라지만, 풍양자는 당기륭을 어렵지 않게 알아보았다. 둘은 나름 교분이 있는 까닭이다. 눈짓으로 가볍게 인사를 나누고서, 풍양자는 곧 몸을 돌렸다.

"저곳이군요. 사교의 본산으로 추정되는 곳이."

"그러하네. 그리고 자네가 빈니의 앞을 막고 있군."

"어이쿠, 그럴 뜻은 아니었습니다만. 하하하, 그럼 사죄의 의미로 빈도가 앞장서서 내부를 살피고 오지요."

"뭐라? 기다리라는 건가?"

"사태, 상대는 삿된 사교 무리 아닙니까. 무슨 치졸한 수를 준비해 두었을지 어찌 알겠습니까."

정진사태는 울컥하였으나, 곧 선장 쥔 손에 힘이 잔뜩 들어갔다. 틀린 말은 아니다. 사태는 '아미타불' 한 마디를 힘주어 읊조렸다. 그제야 들불처럼 일어나는 심화가 잠시 잦아들었다.

"그래, 자네 말이 맞네. 빈니가 경솔하였군."

"하하, 마음 쓰지 마십시오. 그럼 빈도가 조용히 다녀오지요."

풍양자는 냉큼 말을 받더니, 바로 뒷걸음질 쳤다. 두어 걸음이나 나섰을까, 홀연 모습이 흐려졌다. 그리고 연기가 꺼지는 것처럼 확 흩어져버렸다.

이미 몸을 날린 것이다.

정진사태도 눈을 크게 떴다. 바로 코앞에서 보았지만, 실로 놀라운 경지의 보신경이다. 청성파의 보신경은 능히 천하 으뜸을 다툰다고 하더니만.

당기룡은 그 모습에 그만 고개를 흔들었다.

"새금전을 완성해도 저렇게 할 수 있을지."

그러는 사이에 뒤에서 허겁지겁 달려오는 소리가 있었다. 청성파의 다른 제자들이었다.

풍양자는 빠르게 산채의 높은 벽을 넘었다. 그렇다고 바로 바닥에 내려선 것은 아니었다. 세 손가락으로 굵은 통나무 벽을 부여잡고서, 간단히 몸을 가누었다. 그리고 기이할 정도로 조용한 주변을 차분히 둘러보았다.

아무 소리도 없었다. 개미 한 마리 기어가는 소리조차 들리지 않을 정도였다.

"오호, 요것들 봐라."

풍양자는 짙은 눈썹을 슬쩍 들썩였다. 확실히 무슨 수작을 부려놓은 것은 분명하다.

언제고 느긋한 성격이고, 경망스럽다고 할 정도로 가벼운 성정이었지만, 풍양자 또한 명문 청성의 검객이다. 마음을 다잡는 것과 동시에 낯빛이 온기를 거두고서 싸늘하게 가라앉았다.

풍양자는 모랫바닥을 예리한 눈으로 훑고서, 너머의 통나무 집을 보았다. 언뜻 보기에 별다를 것이 없었지만, 자세히 보면 부자연스러웠다.

자세히 살피고자, 풍양자는 훌쩍 몸을 날렸다.

바닥에 닿을 듯이 낮게 날아서는 그대로 가옥 벽에 닿았다. 단지 두 손가락으로 벽을 잡고서, 연이어서 허공으로 몸을 띄웠다. 모든 것이 한 호흡에 벌어졌다.

그림자만 바닥을 스치듯 했다.

마치 날아오르듯이 움직이는 데, 조금도 무리함이 없다. 몸의 어느 곳으로든지 폭발적인 힘을 발휘할 수가 있기에 가능한 일이었다.

풍양자는 손가락으로만 의지하여서, 통나무의 굵은 벽을 타고 올라갔다. 처마 끝에 조용히 이르러서 거꾸로 매달렸다. 신형을 뒤집었지만, 치렁치렁한 옷자락만 축 늘었다.

풍양자는 벽에 붙어서 안쪽을 슬그머니 들여다보았다.

통나무 벽 틈새로 진흙을 다져놓았다. 단단하게 굳혔지만, 풍양자의 손가락 끝에 금세 구멍이 났다. 그리고 내부를 유심히 들여다보는데, 풍양자의 눈썹이 확 솟구쳤다.

'저게 뭔……?'

무엇을 보았는지, 눈으로 보았음에도 전혀 알 수가 없었다.

어슴푸레한 빛이 스며드는 가옥에는 한 무리의 회색 인형이 헐벗은 채 우두커니 서 있었다.

사람의 모습을 하였으나, 과연 사람이 맞기는 한 것인가.

모를 일이다.

풍양자는 다시금 주변을 열심히 살폈다. 가옥 내에도 그렇지만, 산채 어디에도 사람의 흔적은 조금도 보이지 않았다. 그저 덩그러니 남아 있는 잿빛의 인형이 전부였다.

규모 있는 가옥을 가득 메우고서 도열한 그것들. 남녀노

소를 떠나서 밀랍으로 빚어낸 듯한 모습이었다. 문득 짙은 불길함이 등골을 타고서 빠르게 솟구쳤다.

'아무래도 심상치가 않다.'

풍양자는 입술을 지그시 깨물고서 막 몸을 비틀었다. 숨어든 대로 바로 벗어날 작정이다. 그런데 그가 매달렸던 담장 가에 낯선 이가 우두커니 서 있었다.

사척(四尺) 남짓의 땅딸한 작은 그림자였다.

양 갈래로 땋은 머리를 말발굽 모양으로 둥그렇게 올렸고, 색색의 색동옷을 걸치고 있었다. 한참 어린아이의 모습이었다. 그러나 풍양자는 지그시 입술을 깨물며 고개를 슬쩍 비틀었다.

난처함이 고스란히 묻어나는 모습이었다.

풍양자는 아이 모습을 한 저것을 알아보았다. 낭패도 이만한 낭패가 없다. 험한 말이 고스란히 튀어나왔다.

"이런 썩을. 단지 사교 무리의 헛된 짓거리가 아니었구만. 어쩐지, 기세가 가열차다 싶더니만……."

"흘흘흘."

아이는 아니, 아이의 모습을 한 기괴한 그것은 마치 늙은이처럼 이 빠진 웃음을 흘렸다.

괴이하기 짝이 없다.

고개 든 얼굴은 아이처럼 해맑건만, 그 눈자위는 탁한

오물처럼 시커멓게 물들어 있다.

바로 마인이다.

"끼히히힛!"

마인, 마동괴령(魔童怪靈)은 낄낄 기괴한 웃음을 터뜨리면서 제자리에서 폴짝폴짝 뛰었다. 손발을 흔들자, 걸려 있는 방울이 짤랑짤랑 거리면서 괴이한 소리를 토해냈다.

풍양자는 그만 정신이 아찔했지만, 퍼뜩 입술을 아프도록 질끈 깨물었다. 청성의 호심기(護心氣)를 발동하는 것과 동시에 입술을 오므려서는 길고 긴 휘파람 소리를 내었다.

휘이이이이!

공력 실린 휘파람 소리는 날카롭게 허공을 가로질렀다. 마동의 요령 소리를 이겨내기 위함이다. 그리고 풍양자는 지체 없이 몸을 날렸다.

이제는 무어 함정이니, 뭐니를 가릴 것이 없었다.

청성의 청풍령인(靑風靈引), 보신경의 정수를 그대로 드러냈다. 허공에서 빙그르르 맴돌면서 삽시간에 수장 거리를 가로질렀다. 동시에 사방으로 쌍장을 떨쳤다. 쉼 없이 내지른 장력이 모랫바닥을 거침없이 뒤집었다.

파파파팡!

땅거죽이 왈칵 밀려나더니, 그 자리로는 독분인지, 샛노란 가루가 마구 솟구쳤다.

마동은 낄낄거렸다. 먼지를 뒤로하면서 허공을 가로지르는 풍양자의 모습이 우스운 모양이다. 자리에서 발을 동동 구르기까지 했다.

"히히히히! 히히히히!"

콰앙!

산채의 두터운 정문이 박살 나면서 사람 그림자가 왈칵 튀어나왔다. 그림자는 제대로 몸을 가누지도 못하고 바닥을 데구르르 굴렀다.

풍양자였다. 고개를 들기가 무섭게 왈칵 검은 피가 치솟았다.

"크윽, 커윽!"

"대사형!"

잘 대처했다고 여겼건만, 어느 틈엔가 상당한 내상을 당한 다음이었다.

소양자를 비롯한 청성의 사제들이 다급하게 달려들었다. 그런데 당기륭이 한 발 빨랐다.

"멈추시오! 당가의 독이오!"

"뭐라?"

"제기, 황영접분(黃瑛蝶粉)이라니."

놀라는 청성 검객들을 돌아볼 것도 없다. 당기룡은 녹면을 벗어던지고서, 다급하게 품을 뒤졌다. 덜덜 떨고 있는 풍양자를 억지로 제압하고서 바로 손을 썼다.

거듭 울혈이 치미는 와중이지만, 약을 쓰는 것이 먼저였다.

독문의 요상단과 더불어서 해독약을 썼다. 상태에 맞게 해독을 써야 했지만, 지금은 그럴 상황이 아니다.

정진사태가 급하게 외쳤다.

"안에서 대체 무슨 일이 있었던 건가!"

"후읍, 후읍. 마, 마인, 마동이…… 크으으. 마도가 있소!"

풍양자는 검게 죽은 얼굴로 핏발이 도드라졌지만, 기어코 입을 열었다. 어찌 되었든 알려야 하는 일이다.

"마인? 마동?"

놀라서 되물었다. 그러나 풍양자는 더 말을 이어갈 수 있는 상태가 아니었다. 신음마저 멎었다. 온몸이 무섭게 덜덜 떨렸다. 시커멓게 물든 얼굴로 즉각 운공에 들어갔다. 가부좌를 취한 몸이 위아래로 연신 요동쳤다.

당기룡은 당황하여서 풍양자의 상태를 보았다.

"대체 무엇에 당하였기에……."

"당 공자, 독은?"

"독은 해독하였습니다. 극독이라고 할 정도는 아닙니다
만…… 아무래도 풍양자께서는 다른 이유로."

끼이이이익……

당기룡은 들리는 소리에 입을 다물었다. 일행의 눈이 모
두 산채의 문가로 향했다.

풍양자가 뛰쳐나오면서 박살 났지만, 한쪽의 문가는 간
신히 매달려 있었다. 그 문이 절로 열렸다. 자리에 다른 사
람은 없었다.

노란 먼지가 흩어지는 모습이 불길했다.

피를 토하면서까지 어렵게 꺼낸 풍양자의 한 마디가 새
삼 울렸다.

마인, 마동, 그리고 마도이다.

소양자는 입술을 질끈 물었다. 키에 버금가는 장검을 단
번에 뽑아들었다.

차아아앙!

검갑을 스치며 울리는 소리가 시리도록 날카롭다. 이내
번쩍이는 검광이 삼엄하게 주변을 밝혔다. 드넓은 검면은
가슴에 건 동경보다도 맑았다.

검면에 소양자의 긴장한 얼굴을 비추었다.

소양자는 오 척에 이르는 장검을 두 손으로 뽑아들고서,
느릿하게 자세를 갖추었다. 그리고 누런 먼지바람이 휘도

는 산채를 노려보면서 외쳤다.

"청풍삼검은 검진을!"

"네!"

"사악한 것들이다. 파사현정, 정진정(精進淨)이다!"

삼검이 세 검객은 발 빠르게 나서서 등 뒤의 법검을 뽑아들었다. 묵직한 장검과 전혀 다르다.

청성파 뒤로는 정진사태가 세차게 선장을 내리찍었다.

묵직한 소리가 땅을 흔들었다.

"탕마멸사(蕩魔滅邪)!"

"아미정주(峨帽頂珠)!"

정진사태의 노성을 바로 받으며, 아미파의 여러 비구니가 목소리를 높였다. 방갓을 빠르게 벗어 던지고서, 들고선 선장을 두 손으로 고쳐 잡고서는 좌우로 줄지어 섰다.

"아미타불. 같이 나아가십시다."

"예, 사태."

소양자는 고개를 끄덕이고서, 신중한 모습으로 천천히 문가로 다가섰다.

당기룡은 입술을 질끈 물었다. 당가라고 손 놓을 수는 없는 일. 녹음대를 향해서 말없이 손짓했다. 약속한 수화로 충분했다.

녹음대 중 일부는 운공에 들어간 풍양자를 지키기로 했

고, 당기륭과 나머지는 신중한 기색으로 뒤를 따랐다.

　그날, 홍천교의 본거지를 도모한 결과는 참담했다.

　풍양자는 심한 내상을 입고서, 간신히 몸을 피했다. 소양자는 행방불명, 청성삼검은 죽었다.

　독문당가에서는 녹음대의 절반이 겨우 생환했다. 그러나 당기륭은 돌아오지 못했다. 아미파의 경우는 더욱 심하였다. 그들은 탕마창을 비롯한 모두가 당하였으니.

　밝혀진 사실은 분명했다.

　홍천교의 뒤에는 마도가 있었다. 그것들은 사천무림이라고 가리지 않고 손을 쓰고 있다는 것이다.

　당가를 비롯해 아미와 청성은 당장 상황의 심각성을 다시 깨달았다. 이것은 단순히 세 문파에서 도모할 일이 아닌 것이다.

　마도의 이름을 잠시 가린 채, 세 문파는 사천 무림으로 통문을 돌렸다. 그리고 당연하게도 개방으로도 소식이 이르렀다. 뭐라 하여도, 마도를 상대할 적에, 개방의 도움을 받지 않을 수가 없다.

　일종의 불문율에 가까운 일이었다. 마도제일적이라 하는 것이 괜한 이름이 아니다. 그리고 개방은 발 빠르게 움직이면서, 또한 소식을 어딘가로 급하게 알렸다.

당가의 일이었다. 그리고 당가의 일을 꼭 알아야 할 사람이 있었다.

* * *

서설, 옅은 눈송이가 꽃잎처럼 흩어졌다.

하얀 여우 목도리를 목에 걸친 여인이 백마를 타고서, 험한 촉난의 길을 올라갔다. 여인의 뒤로는 윤기가 주르륵 흐르는 붉은 말을 탄 사내가 따라서 험한 길목으로 말을 몰았다.

쉽게 오가는 길이 아니다.

그래도 말은 고개를 주억거리면서 알아서 길을 갔다. 아래에서 불어오는 바람이 무엇보다 거칠었다. 두 남녀가 단단히 걸친 피풍의가 바람에 찢길 듯이 펄럭였다.

후드득!

세찬 소리가 울렸다.

여인은 고운 미간을 한 번 찌푸렸을 뿐, 딱히 움츠러드는 기색은 없었다. 오히려 고개를 슬쩍 내밀어서 험한 길 아래를 내려다보았다.

굽이진 물결, 칼날처럼 솟은 바윗돌이 눈에 박힐 것처럼 예리했다. 무시무시한 풍경이다. 그런 한편으로 장대하여서, 이백이 괜히 촉도난(蜀道難)이라는 시를 읊은 것이 아니다.

사천과 중원을 가로막으며, 또한 유일하게 이어주는 길목.

검각 잔도.

급기야는 길목이 위태하여서 도무지 말에 올라서 지날 수가 없었다. 그때에는 말에서 내려서 조심조심 고삐를 잡고 끌면서 움직였다.

"아청, 여기면 멀지 않았어."

"그래? 후우, 날씨가 영 고약하군."

여인이 돌아보면서 외쳤다. 그러자 사내는 피풍의에 달린 두건을 뒤로 넘겼다. 헝클어진 머리카락을 대충 털어내고서는 고개를 흔들었다.

이청이었다. 황궁의 새로운 실세인 십삼황자 주이청, 그러나 옛 친우들에게는 그저 이청에 불과하다. 그리고 하얀 여우 목도리의 여인은 당민이었다.

둘은 사천으로 향하는 중이었다.

소식을 듣기가 무섭게, 이청은 바로 당민과 함께 사천행을 결정했다.

사교를 앞세운 마도의 발호라니. 하북에도 비슷한 짓을 하더니만, 사천에서도 똑같은 짓을 준비한 모양이었다.

그도 그렇지만, 당민의 본가에도 일이 있었다고 하니, 이청은 가볍게 여기지 않았다.

이청은 검미를 살짝 찌푸렸다.

"뱃길로 가는 편이 더 빨랐을까?"

살짝 아쉬움을 드러냈다. 배편을 준비하기에는 시간도 그렇지만, 돌아가야 했다. 그럴 여유는 마땅치 않아서 말을 몰아 잔도를 바로 넘는 것을 택하지 않았던가.

당민은 고개를 살짝 가로저었다.

"아니, 차라리 말이 나아. 그보다 하남을 지나면서도 녀석들 얼굴을 보지 못하는 게 아쉬울 뿐이네."

"음."

이청은 고개를 끄덕였다.

다른 세 친구, 소명과 탁연수, 그리고 호충인. 셋을 생각하니, 분명 그러했다.

하북에서 크게 일을 벌인 것은 좋았지만, 그 뒷정리가 만만치가 않았다.

황자의 권위가 있었지만, 실무의 확인은 온전히 이청의 몫이었다. 눈코 뜰 새가 없었다. 간신히 마무리 짓고서 이제야 황도에서 해방인가 싶었더니.

십삼황자는 황도를 떠나, 남경으로 향하는 중이었다. 그 것은 어디까지나 주이청이 자처한 일이었다. 하북을 평정한 황자가 계속 황도에 남아 있는 것은 태자에게 그리 좋은 일이 아니었다.

이청은 모조리 내려놓고서, 스승인 상 부인과 몇을 데리고서 순순히 황도를 떠났다. 하북에서도 그러하였듯이, 남경에서 또한 마도를 경계하겠다는 것이 본뜻이었다.

황제도, 태자도, 그것을 마다치 않았다.

적어도 당장, 십삼황자 주이청을 해코지할 만한 이들은 황궁에 없었다.

이청이 생각하기에 그것은 온전히 소명의 도움이었다.

여러 황자 중에서도 이청을 제일 못마땅하게 여기고 수시로 목숨을 노렸던 칠황자, 그리고 칠황자의 배후인 봉 공공.

소명이 산서에서 그들을 일거에 처단하지 않았던가. 그것이 전부가 아니었다.

이청은 졸지에 유산이나 다름없는 봉 공공의 남은 세력을 덥석 집어삼킨 셈이었다. 그것이 가능한 것은 소명의 기지로 확보한 봉 공공의 유언 덕분이었다.

그런데 이청은 남경으로 향하다가 말고, 이렇듯 사천으로 향하고 있었다.

하북을 막 벗어나기가 무섭게 접한 소식 때문이었다.

사천, 그리고 독문당가에 생긴 변고였다.

이청은 하아, 한숨을 흘렸다. 하얀 김이 뭉클 솟았다가 그만 흩어졌다. 날은 흐렸고, 산중이라서 엄습하는 추위가 가볍지 않았다.

"마냥 이러고 있을 게 아니지."

"음."

둘은 잠시 숨 돌린 것으로 충분하여서 바로 움직였다.

말들도 더운 김을 훅훅 뿜어내면서 다시 힘겨운 길을 나섰다.

잔도를 지나는 데에 힘겨웠지만, 검문관을 넘어서 성도까지 달리는 데에는 그렇게 오래 걸리지는 않았다.

당민도 그렇지만, 이청도 노상(路上)의 경험이 상당했다. 봉 공공에게 쫓긴 세월이 어디 한두 해이던가.

잘 시간도 쪼개어 가면서 말을 몰아간 덕분에, 어려움 없이 성도에 이르렀다. 지나면서 본 사천은 사뭇 을씨년스러웠다. 인적은 드물었고, 곳곳이 황폐하였다.

이청은 입매를 힘주어 비틀었다.

가을걷이가 마무리된 곳도 있었지만, 그조차 제대로 하지 못한 곳이 부지기수였다.

무언가에게 쫓기듯이 마을을 비운 것이다. 그런 모습은 성도에 가까울수록 드물었지만, 없지는 않았다. 그리고 사천의 중심, 성도에 이르렀다.

굳이 황도에 비할 바는 아니지만, 이곳도 그래 가볍지 않은 규모였다.

당민은 사뿐히 말에서 내려섰다.

"본가는 성도를 지나서 한두 시진 정도면 닿으니. 오늘은 여기서 쉬자."

그리고는 먼지 그득한 옷을 팍팍 털었다. 젖은 먼지가 후드득 흩어졌다. 아닌 게 아니라, 하늘도 노을빛이 가득했다.

날이 언제 저물지 모를 일이다.

이청은 당민의 뒤를 그대로 뒤따랐다. 당민은 익숙한 듯, 말고삐를 잡고서 성도를 걸었다. 사람이 많아 복작거렸다. 이제껏 비어 있는 마을의 사람들이 모조리 여기로 모여든 듯했다.

이청은 굳이 당민에게 어디로 가느냐 묻지 않았다. 그렇지만, 당민은 뻔한 곳으로 향하지 않았다. 오히려 외곽 쪽으로 빙글 돌았다.

갈수록 가옥이 허름했고, 거짓말처럼 인적이 드물었다.

그런 곳에 백마를 이끌고 가는 당민의 모습은 영 어울리지가 않았다. 이내, 당민은 다 허물어질 듯한 가옥에서 멈춰 섰다.

갈라진 문짝에는 잔뜩 색바랜 관제의 그림이 덩그러니 붙어 있었다. 얼마나 오래 방치되었는지 모를 곳이었다. 당민은 계단 위로 성큼 올라가더니, 탕! 탕! 탕! 힘껏 두드렸다.

먼지가 뽀얗게 일었다. 그리고 한참을 기다렸다. 안쪽에서 다른 기척은 조금도 없었다.

이청은 영문을 몰랐다. 당민의 백마와 자신의 흑마 고삐를 같이 쥐고서는 멀뚱히 지켜만 보았다.

'여기는 대체?'

침묵이 길어지자, 당민은 팔짱을 끼고서 삐딱하게 고개를 기울였다. 사뭇 불편한 기색이었다.

"아니, 이것들이."

당민은 불현듯 잇새로 구시렁거리더니, 다시 문을 두드렸다.

쾅! 쾅! 쾅!

"당장 안 기어나와!"

그러면서 험한 소리를 터뜨렸다. 그제야 우당탕하는 소리가 크게 울렸다. 내려앉을 듯한 눈앞의 허름한 가옥에서만 나는 소리가 아니었다.

주변의 모든 집에서 서둘렀다. 불이 확 밝아오고, 문이 벌컥 열렸다. 그리고 너 나 할 것 없이, 여러 인영이 달려

나왔다.

"아가씨!"

"민 아가씨!"

그들은 당장에 당민을 에워쌌다. 반기는 기색이 역력했다. 하지만 당민의 눈초리는 영 곱지 않았다. 쯧, 혀를 차면서 찌푸린 눈으로 주변을 둘러보았다.

"이 사람들이. 재깍재깍 안 나타나지?"

"헤, 헤헤. 소식을 좀 주시지 않고요."

"그러니까요. 이렇게 뚝딱 나타나시면 저희가 어디 다른 도리가 있겠습니까?"

"평소에 잘하라고 했지. 평소에."

"크흠, 크흐흠."

여기 사람들은 당민의 면박에 헛기침을 흘렸다. 그것도 잠시, 이내 함지박만 한 웃음을 흘렸다.

"어서 들어가지요. 어서요."

이청은 영문을 몰라서 눈만 끔뻑거렸다. 그런 와중에 여기 사람들은 이청에게도 몰려와서 길을 이끌었다.

당민이 두드린 문은 열리지 않았다. 그들은 전혀 다른 쪽으로 우르르 몰려갔다. 그러자 그곳은 바깥에서 보는 것과 전혀 다른 광경이었다.

우선 엄습하는 것은 뜨거운 열기였다.

몇이나 되는 대장간이 줄지어 있었다. 후끈한 열기 속에서 검게 그을린 사내들이 공손하게 서 있었다.

"돌아오셨습니까."

"응, 모두 강건해 보이네."

"아무렴요. 하하하."

하얀 이를 드러내면서 웃는 모습은 참으로 순박하다. 그러다가 사내들은 물론이고, 여기 아낙들의 눈초리가 슬그머니 이청에게로 향했다.

흘깃, 흘깃거리는데, 입을 열지는 않아도, 누구냐고 묻는 것이나 다름없었다.

"이쪽은 옛 친구. 이청. 이후로도 나처럼 생각하라고. 알았어?"

"옛 친구요? 딱 그게 답니까?"

"쓰읍!"

사뭇 짓궂은 투로, 누군가 슬쩍 고개를 내밀면서 물었다. 그러나 돌아온 것은 따갑기 이를 데가 없는 당민의 눈초리였다.

"으익!"

파란빛이 번뜩인다. 사내는 냉큼 목을 집어넣었다. 저 눈빛은 진심이다. 함부로 장난치다가는, 하루 이틀 몸져눕는 것으로 끝나지 않는다.

당민은 곧 눈빛을 거두었다.

"상황이 상황이니. 내일 바로 본가로 갈 테니까."

"예, 그렇지요. 장문인께서도 그곳에 계십니다."

"음. 아구, 손님께 방을 안내해드려라."

"네잇!"

짓궂게 나섰다가, 그만 눈빛 한 번에 깨갱 하였던 사내였다. 아구라는 그는 힘주어 대꾸했다.

이청은 아구의 안내로 마을의 다른 가옥으로 향했다. 겉은 폐허로 감쌌지만, 내부에는 이렇듯 야장의 거리가 숨어 있다니.

새삼 신기했다.

"여기는 뭐라고 하는 곳이오? 아구 소협."

"헤헤. 소협은요. 무슨. 그냥 이놈, 저놈 하셔도 좋습니다."

아구는 배시시 웃었다. 그러고는 검댕이 묻은 코 아래를 손등으로 슥슥 훔쳐냈다.

"여기는 당문북가(唐門北家)라고 하지요."

"당문북가라."

"별 뜻은 없습니다. 헤헤헤. 본가인 독문당가의 북쪽에 있다고 해서, 북가라고 한답니다."

그리고 아구는 따뜻한 방으로 안내했다. 편히 쉬라는 말을 남기고서 조심스럽게 물러갔다.

이청은 짐을 내려놓고서 주변을 찬찬히 살폈다. 작은 토방에 불과했지만, 방은 정갈했다.

이청은 놓인 침상에 걸터앉아서, 잠시 숨을 돌렸다.

통통.

잠깐 잠들었던 것일까. 이청은 문을 가볍게 두드리는 소리에 퍼뜩 눈을 떴다.

"자?"

"아니."

이청은 일어나, 문을 열었다. 막 씻고 나온 당민이었다. 촉촉한 머리카락을 수건으로 감싸고 있었다.

"이런, 다 말리지 않고서."

"흥, 별소리를."

당민은 방으로 성큼 들어와 침상에 편히 앉았다. 그리고 수건으로 헝클어진 머리를 털어냈다. 이청은 잠시 웃고서, 문가에 등을 기대고 섰다.

두 사람은 잠시 말이 없었다. 토방에 밝혀 놓은 유등의 불꽃이 가만히 일렁였다. 한참 만에 당민은 젖은 수건을 무릎 위에 놓았다.

"생각보다 상황이 더 안 좋은 것 같아. 다른 곳도 아니고, 성도 가까운 곳마저 그리 황폐하였을 줄은. 여기도 그렇고 말이야."

당민은 사뭇 복잡한 심경이었다. 본래의 성도는 이러하지 않았다. 계절을 가릴 것도 없이, 늦은 시간까지 불을 환히 밝히고 끝도 없는 사람들끼리 돌아다닌다. 그런데 지금은 갈 곳 없는 사람들이 곳곳을 차지하여서 쇠하여 갔다.

유민들로부터 일어나는 두려움이 퍼져 가는 듯했다.

이청은 가만히 고개를 끄덕였다. 공포와 두려움은 실로 역병과도 같은 것이다. 한번 휩쓸리면, 병근(病根)을 끊어내지 않는 이상, 백약이 무효이다.

이청이 금군은 물론이고, 하북 무림인들까지 전부 동원하여서 마도를 단번에 끊어버린 것도 그 때문이었다.

"그래도, 마냥 늦었다고는 할 수 없지."

"그런가."

이청은 차분하게 말했다. 힘이 되었을까. 당민은 잠시 미소 지었다. 그리고 이청은 문득 물었다.

"그런데 아민. 여기는 대체 어떤 곳이야? 당문북가라고 하던데."

"일단은 당가야. 성도의 분가이지만."

"분가가 따로 있는 건가?"

"응."

당민은 고개를 끄덕였다.

독문당가는 남조류와 북조류로 구분한다.

독과 약을 다루는 남조류, 그리고 암기와 무공을 다루는 북조류, 그렇다고 당가에서 어느 한 곳만 따르는 것은 아니었다. 기본적으로는 남북류를 고루 아우른다.

독을 모르고 암기를 쓸 수 없고, 약을 모르고서 무공을 단련할 수도 없는 일이다.

다만, 개인의 성향을 좇아서 더욱 집중하는 것에 차이가 있을 뿐이다. 당가의 가르침이 그러했다. 그리고 당민은 북조류의 직계인 셈이었다.

당가타에 본가가 있고, 북조류의 분가는 성도에 그리고 남조류의 분가는 또 다른 곳에 있었다. 이들은 단순한 상하의 관계가 아니었다.

모두 동등하게 협력하는 관계로, 아무리 본가의 가주라고 하여도 분가의 일에 이래라저래라 할 수 없었고, 마찬가지로 분가의 가주라고 본가의 일에 나서지 못할 것도 없었다.

바깥에서는 독문당가를 두고서, 독심일절이니, 편협하다니 하지만. 가문의 가르침은 단순했다. 가화만사성(家和萬事成). 그 하나였다.

물론 갈등이야 없겠느냐만. 결코, 가문끼리 등 돌리는 일은 없다.

"아버지는 본가에 계신다는군."

"마도의 일 때문이겠지."

"음."

당민은 슬쩍 입술을 깨물었다. 애써 말을 꺼내지는 않았지만, 막상 분가까지 왔다.

마냥 입 닫고 있을 수도 없는 일이었다.

"실종되었다는 당가의 공자는."

"음, 당기륭. 그 녀석은 남조류의 직계. 그리고 가주의 금지옥엽이야. 오죽하면, 본가에서 먼저 무림첩을 돌렸을까 싶어."

당민은 쓴웃음을 보였다.

보통 사천 무림에서 벌어진 일은 사천 안에서 해결해야 한다고 주장하는 당가였다.

그런데 당가에서 먼저 통문을 돌리고, 사천 밖으로까지 소식을 알렸다는 것은 놀라운 일이었다. 당가주의 외동아들이 당한 것은 물론이지만, 마도라는 것은 그만큼 대단한 것들이었다.

이청은 고운 불빛을 밝혀놓은 토방에서 잠시 입을 닫았다.

하북에서 일사천리로 일을 도모할 수 있었던 것은, 산서 흑선당과 개방의 도움이 가장 컸다. 그들이 있어서 사전에 거점을 모두 파악할 수 있었고, 정예 금군을 동원하여서 일거에 몰아쳐 냈다.

생각하면 그래도 피해가 작다 할 정도였다.

그러나 사천에서는 아직 모를 일이 더욱 많았다. '홍천교'라고 하는 사교 무리는 또 무언가.

이청은 흔들리는 불꽃을 물끄러미 지켜보았다. 긴장한 속내를 감추지 않았다. 살짝 굳은 얼굴에 드리우는 음영이 짙었다.

당민은 불빛이 닿을 듯 말 듯한 자리에서 고개를 들고, 창가를 하염없이 바라보았다. 시리듯이 파란 달이 하얀 구름 사이에서 빛을 쏟아냈다.

두 사람은 그렇게 한 방에 앉아서, 다른 곳을 지켜보았다. 그러다가 당민은 쯧! 짜증을 살짝 실어서 혀를 찼다. 자리에서 벌떡 일어나서는 쿵쿵 발소리를 내면서 방문을 왈칵 열어젖혔다.

"뭐야!"

후다다닥!

방문이 열리기가 무섭게 사방으로 튀어가는 소리가 하나, 둘이 아니었다.

당민과 한 방에 있는 남자라니, 그야말로 놀랄 일이 아닌가 말이다.

이청은 크흠, 머쓱한 심정에 헛기침을 흘렸다.

그렇지 않아도 주변의 호기심이 솔직한 눈길에 못내 부담스럽던 차였다. 이청 또한 고수라고 하면, 고수의 축에 들었다. 몰래몰래 한다고 하지만, 던져대는 뚜렷한 눈길 하나 감지하지 못할까.

당민은 문가에 서서, 좌우를 날카롭게 훑어갔다.

파리한 안광이 사뭇 살벌하다.

"허튼짓했단 봐! 가만두지 않을 테니까!"

"……."

어디서도 답은 들려오지 않았다. 그래도 슬슬 웃는 기색이라는 것은 불 보듯 뻔했다.

당민은 발을 한번 쿵 굴렀다.

"정말이지."

"아민, 아민도 그만 방으로 돌아가야지."

"……."

당민은 뒤에서 이청의 차분한 목소리에 조용히 고개를 돌렸다.

삐딱한 눈길이었다. 다른 뜻이 어려 있었다. 이청은 그 눈길을 받으면서 묘한 미소를 머금었다. 당민의 눈빛을 읽지 못하는 것이 아니다.

그저 모르는 체할 뿐이다.

"정말이지……."

"그렇게 심통 낼 거였으면, 발끈하지 말든가."

"핏!"

당민은 괜히 골이 나서 입술을 삐죽였다. 말은 그렇다지만, 어디 여인의 속내가 그렇게 단순할까. 이청은 자리에서 일어나 당민에게 다가갔다.

어깨를 나란히 하고서는 달빛 내리는 북조류 야장의 하늘을 잠시 들여다보았다. 슬쩍 당민의 어깨를 감싸 쥐는 손길이 따뜻하다.

마치 보란 듯이 하는 행동이었다.

아닌 게 아니라, 멀찍이서 헉, 허억! 놀라 삼키는 숨소리가 미약하게라도 들렸다.

이청은 고졸한 미소를 지우지 않았다.

"이 정도면, 주변 사람들에게 보여줄 걸로는 일단 충분하지 않겠어."

"정말 웃는 얼굴을 하고서는, 속에는 능구렁이가 몇 마리야?"

"너한테만 그러지."

이청은 당민에게 얼굴을 가까이하고서 나직이 속삭였

다. 당민도 싫은 기색은 아니었다. 피식, 한 번 웃고서는 살짝 손가락을 뻗었다.

"으읍!"

이청은 덥석 입술을 질끈 물었다. 허리 뒤가 그만 쥐어 뜯기는 듯하다. 그래도 눈가에 맺힌 웃음은 지우지 않았다.

"오늘은 이걸로 봐줄게. 쉬어."

"하, 하하. 그래."

이청은 눈물 글썽한 눈가를 어찌하지도 못하고서, 그만 웃음을 흘렸다. 그러면서 다른 손으로는 꼬집힌 허리 뒤를 정신없이 문질렀다.

매운 손끝은 예전이나, 지금이나.

그래도 이청은 문가에 우두커니 서서, 다른 방으로 향하는 당민의 뒷모습을 내내 지켜보았다.

당민이 왜 굳이 본가도 아닌, 성도의 분가로 왔을까. 하루 거리라고 하지만, 당가에 닥친 일을 생각하면, 그 하루 거리도 급박할 수 있는 일이었다.

결국, 당민은 보여주고 싶은 것이다.

자신이 가장 아끼는 사람들에게, 자신이 사랑하는 사람을.

이청은 그것을 알고서는 살짝 튕기면서도 적당히 좋은

모습을 보여준 셈이다. 이청은 곧 방문을 닫고서 휘청했다.

"아이고, 아야."

숨죽인 채, 앓는 소리가 흘렀다. 잔뜩 얼굴을 찡그렸지만, 헛웃음이 계속 흘렀다.

"한 번만 더 튕겼다가는 그만 피라도 봤겠군."

이청은 꼬집혔던 자리를 어찌 돌아보고서 혀를 내둘렀다. 어찌나 기술적으로 꼬집었는지, 딱 좁쌀만 한 점이 붉다 못 해서 검게 죽어 있었다.

딱 요만큼인데, 온몸이 절로 뒤틀릴 정도로 고통스럽다니.

이청은 후우, 혀를 내두르면서 영 엉거주춤한 모습으로 침상에 드러누웠다. 아무래도 쉽게 잠들기는 어려울 듯하다.

*　　　*　　　*

당가타.

당가의 집성촌이지만, 강호에는 독문당가가 자리한 곳으로 무엇보다 유명한 곳이었다. 그곳에는 두려움 섞인 악명도 있었지만, 다른 한편으로는 존경을 담은 명성도 있었다.

사천제일을 넘어서, 종종 천하제일이라고도 할 수 있는 의술의 현장이기 때문이었다.

당가에서는 병으로 죽는 사람은 없다고 할 정도였다. 물론 독을 실험하다가, 혹은 암기를 실험하다가 죽어나가는 경우는 굳이 말하지 않지만.

막상 당가타로 들어서자, 수많은 이들로 일대가 시정 판이라도 벌여놓은 듯했다. 성도 외곽에서 마주한 사람보다 배 이상은 될 듯했다.

대부분이 피난을 온 사람들이었다. 세간살이를 겨우 갖춘 짐 보따리를 채 풀지도 못하고서, 지친 얼굴로 길바닥에 주저앉은 일가의 모습을 어렵지 않게 볼 수 있었다. 그들 얼굴에는 고단함이 무엇보다 역력했다.

이청은 얼굴을 굳혔다.

"이런……."

대관절 관에서는 무엇을 하고 있단 말인가. 이때에는 황자로서 절로 분노가 일었다.

저들을 돕는 것은 당가를 비롯한 다른 사천의 무림인들뿐이다. 정작 백성을 보듬어야 할 군관의 모습은 어디에서도 보이지 않는다.

이청은 슬쩍 입술을 깨물고서 고개를 들었다.

본래라면 팔두(八頭)에 이르는 마차가 좌우로 힘차게 달려도 충분할 듯한 대로가 사람으로 가득했다. 그 사이에 난 비좁은 길을 조심조심하면서 지나갔다.

말에 오를 엄두도 나지 않아서, 고삐를 잡아끌었다.

주변 사람들은 퀭한 눈으로 스치는 둘을 흘깃 보기만 했을 뿐이었다. 조금도 관심을 두지 않았다.

지친 것이다. 너무도 지친 것이다.

"아민, 아무래도 사천에서 일어난 일을 아직 반도 알지 못한 것 같다."

"……."

이청의 묵직한 한 마디에 당민은 입술을 슬쩍 깨물고서 고개를 끄덕였다. 그리고 당가 정문에 이르렀다. 꽤 힘겨웠다. 말 달리면 촌각 만에 이를 것을 반 시진 동안 천천히 걸었으니.

당가는 붉게 칠한 정문을 좌우로 활짝 열어놓고 있었다. 고래등처럼 올린 문루의 기와는 으리으리하였다.

기와 위로는 넝쿨 식물이 가득 자라 있어서, 멀리서 보기에는 녹색 기와를 올린 것처럼 보일 정도였다. 그리고 처마 아래에는 단출한 현판이 걸려 있었다.

단 두 글자, 독문(毒門).

이곳이 독문당가이다.

당민과 이청은 다른 제지도 없이 정문으로 들어섰다. 상황이 상황이라, 당가에는 외당이라고 할 수 있는 곳을 전부 개방하였기 때문이었다.

　안으로 들어서자, 지나온 길목과 가히 다르지 않았다. 간이 천막이 줄지어 갖추었고, 그 자리에는 무수한 환자와 가족들이 머물러 있었다.

　남녀 할 것 없이 백포로 앞치마를 두른 당가의 가인들이 바삐 뛰어다녔다. 그런 와중에 불현듯 한 여인이 들어선 당민을 알아보았다.

　"어엇! 큰 언니!"

　목소리가 워낙에 크고 높았다. 카랑카랑한 목소리가 쩌렁쩌렁 울리자, 주변 사람들은 저도 모르게 고개를 돌렸다.

　저기 목소리의 주인이 단순한 당가의 가인이 아닌 까닭이었다.

　"그래, 그래."

　당민은 심드렁하게 손을 흔들었다. 딱히 반기는 기색은 아니었지만, 여인은 달랐다.

　당장 앞치마로 손을 닦으면서 달려왔다.

　"아니, 언제 돌아오셨어요!"

　이제 사람들이 웅성거리기 시작했다. 그런 주변 눈치야

어떻든, 당민은 한 걸음 뒤에 서 있는 이청을 돌아보았다.

"친척, 그냥 친척 여동생."

"어마, 서운해라. 그냥 친척이라니. 안녕하세요. 저는 당진령이라고 해요."

당진령이라 밝히면서, 여인은 방긋 웃었다.

남조류의 전인으로, 사천에서는 의절선고(醫絕仙姑)라고까지 불리는 일대의 재녀였다. 그리고 의절선고가 언니라 할 만한 사람이라면, 당가에서는 물론, 사천에서도 그리 많지가 않았다.

"억, 서, 설마. 녹면, 녹면옥수 당민?"

"흠."

당민은 급기야 툭 튀어나온 별호에 한숨을 흘렸다. 그냥 조용히 내원으로 들 생각이었는데.

당민은 눈앞에서 방싯방싯 해맑게 웃는 당진령을 뚱한 눈으로 바라보았다.

녹면옥수란 그렇게 간단한 이름이 아니었다. 당대에 있어서 당가제일고수라고까지 하기 때문이었다.

그런 당민이 돌아왔으니 어찌 주변이 들뜨지 않을 텐가. 북조류 안가에서와는 또 달랐다.

당민은 눈앞의 당진령의 콧등을 손가락으로 톡 때렸다.

"아이코."

"조용히 들어가려고 했더니. 너 때문에 이게 뭐야?"

"에헤헤헤. 그래도요."

당진령은 자신이 귀여운 줄 아는 것처럼 혀를 살짝 내밀면서 웃었다. 그러고는 곧 당민의 뒤에 서 있는 이청을 향해서 묘한 눈빛을 반짝였다.

"그런데 뒤에 있는 분은?"

장난스러운 기색이 드러났다. 그러나 당민은 대꾸하지 않았다. 얼굴이 사뭇 진지해졌다. 달라진 기색에 더 말 붙이기가 쉽지 않았다.

"흠."

당민은 입매를 찌푸리고서 고개를 흔들었다. 당진령이 눈길을 좇아서 고개를 돌렸다.

당가의 전각에서 창백한 얼굴을 한 노인 한 사람이 모습을 드러냈다. 노인은 녹금(綠金)으로 수놓은 비단 장삼을 단정하게 갖추었고, 백발 아래의 두 눈썹은 숯처럼 짙었다.

짙은 눈썹이 좌우로 날카롭게 솟아 있어서, 노인의 성정이 그리 여유롭게 보이지는 않았다. 노인이 모습을 드러내자, 넓은 외당의 마당이 숨죽였다.

고통에 신음하던 자들조차 입술을 말아 물었다. 노인은

천천히 걸음을 옮겼다. 당진령은 냉큼 옆으로 물러나서 고개를 숙였다.

당민은 허리를 세우고서 다가선 노인의 눈길을 그대로 맞받았다. 노인은 녹광이 잠시 어린 눈동자로 당민을 직시하다가 불현듯 입술을 들썩거렸다.

흐린 미소가 어렸다.

"왔구나. 늦었다."

"네, 다녀왔습니다. 가주."

독문당가의 당대 가주, 독군자 당성영이다.

당가의 내실, 요화원은 두터운 담을 높이 올렸다. 이곳은 온화한 사천 날씨를 생각하더라도, 계절에 어울리지 않을 정도로 무더웠다.

원림 주변에는 사천에서도 보기 어려운 남만이나, 서장의 귀한 나무와 식물이 무성하게 자라 있었다. 한쪽은 흡사 남만의 밀림을 작게 구성해 놓은 것처럼 우거져 있었다. 그곳에 소박하게도 밀집을 올린 초가의 정자가 자리했다.

초가 아래에서 당성영은 가만히 앉아 있었다. 다탁 위에 놓아둔 찻잔을 두 손으로 감싸 쥐고서 멀거니 다른 곳을 바라만 보았다.

당민과 이청은 그러한 당성영을 묵묵히 마주했다.

잠시의 고요가 사이에서 고여 갔다. 딱히 어색한 침묵은 아니었다. 원림 속에서 잠시 고즈넉함을 묵묵히 즐길 뿐이었다. 해는 높았고, 바깥의 소리는 멀어서 이곳까지는 닿지 않았다.

한쪽에서 새가 쪼르륵 울었다. 원림에서 키우는 것인지, 아니면 그저 오가는 야생의 새인지 모르겠다.

"기륭이 돌아오지 못했다."

한참 조용한 끝에 당성영이 입을 열었다. 당민이 고개를 들었다. 당성영의 눈초리는 여전히 무성한 수풀에 머물러 있었다.

당민은 무슨 말을 먼저 꺼낼까, 잠시 머뭇거렸다. 결국에는 말할 것이 없어서 고개를 끄덕였다.

"들었습니다. 개방을 통해서 소식을 듣고 바로 돌아왔지요."

"그래. 일이 이렇게 될 줄이야. 너무 경솔했던 것인지도 모르겠다."

"천하의 독군자에게 경솔이라니요. 마도의 무리는 음습하기 이를 데가 없고, 참으로 지독하더이다."

하북에서 사교 무리, 그들 수뇌가 전부 마도에 속한 자들이었다. 실상 그 밑에서 뛰어다니는 자들도 정체를 전혀 알지 못한 채였다.

하북의 오랜 맹주인 팽가 또한 크나큰 상처를 입지 않았던가. 향후 수십 년 내에 하북의 도객을 강호에서 보기가 어렵다고 할 정도였다.

당민도 그러하나, 이청 역시 마도를 겪어서 알았다. 그것들은 실로 지독한 자들이다. 당민이 하북에서 마주한 마도 종자에 대해서 차분하게 설명했다.

어지간한 암기와 독으로는 마인을 상대할 수가 없었다.

당성영은 여전히 다른 곳을 보고 있었으나, 그렇다고 듣지 않는 것은 아니다. 가만히 고개를 끄덕였다. 마도와 마주한 경험은 실로 귀중한 것이다.

말을 전혀 끊지 않고, 차분한 당민의 설명에 집중했다.

하북 팽가의 소식은 먼 풍문으로 간략하게만 들어 알고 있었다. 그런데 뒤에 그러한 사연이 있을 줄이야. 당성영은 미처 짐작조차 하지 못했다.

"하북에서 그런 일이 있었을 줄이야. 사천의 상황과 크게 다르지 않구나."

"단지 무림일세로 감당할 수 있는 일이 아닙니다. 당시에 금군이 큰 피해를 각오하였더랬지요."

"그러한가. 허면 하남은 어떠한고?"

"하남은 소림파가 있지 않습니까."

"음, 음."

넌지시 던진 물음에 즉답이 돌아왔다. 하남 일대를 크게 아우르는 것은 결국 소림파이다. 지역을 건너면 모두가 소림사의 속가이고, 형제, 동문이니. 그 사이로 암약하는 마도가 대단하다고 할 정도였다. 그 뒤에는 개방과 또 다른 도움이 무엇보다 컸다.

"사천의 상황은 아직 명확하지가 않으니."

"아미와 청성, 그리고 본가까지. 일단 세 곳이 세를 규합하기는 하였지만. 뾰족한 방책은 보이지가 않아."

"생존자들 얘기로는 어떻습니까?"

"그들이 돌아오기가 무섭게, 정예로 다시 들이닥쳤지만, 텅텅 비어 있더군. 애당초 사람이 살기나 하였는지."

"입을 연 자는?"

"없다."

길게 말하지 않았다. 당가주는 잠시 눈살을 찌푸리고서 고개를 가로저었다. 입을 열지 않았다는 것이 아니다. 독문당가에서 손을 쓰는데, 강호의 누구라고 버티어낼까.

그저 아는 바가 추호도 없을 뿐인 것이다.

당성영은 옆에서 내내 조용한 이청을 흘깃 보았다. 그는 눈을 내리깔고, 찻잔을 보고 있었다. 고아한 풍모라 할 수 있었다. 당가의 가주를 앞에 두고도 저런 모습이라니.

"저 이도 어지간한 사람은 아닌 듯하구나."

"무림말학, 이청이라 합니다."

"이청, 이청이라? 미안하군. 들은 바가 없으이."

"무명의 초출이나 다름없습니다."

다름없다? 뭔가 묘한 의미가 있는 말이다. 당성영의 눈매가 잠시 가늘어졌다. 자신 앞에서 차분한 것으로도 대단하다고 할 일이지만, 이것은 또 무언가.

에둘러서 신상내력을 묻는 말이나 다름없는데, 젊은 사내는 그저 웃음으로만 화답했다.

"허허, 그런가."

당성영은 좇아 묻지 않았다. 당민과 보통 사이가 아닌 것은 분명하다. 그렇다면 우선은 자신이 관여할 것은 아니다. 자리에서 일어났다.

"그만 가보아라. 내가 너무 붙잡고 있었던 모양이다."

"아버지는, 북관(北關)에 계신가요?"

"그래. 지금쯤이면 소식이 갔을 것이다. 아마도 목을 빼고 기다리고 있겠지."

당성영은 마른 웃음이라도 내비쳤다. 그렇게 초가 정자를 나서려는 데, 이청이 문득 입을 열었다.

"가주, 한 가지 여쭈어도 되겠습니까?"

"말하게나."

"관은? 군은 대체 무얼 하고 있습니까?"

"그들이야. 하하, 그들이야 문을 꼭 걸어 잠그고 바들바들 떨고 있지."

뜻밖의 물음이다. 무엇을 묻는가 하였더니. 당성영은 잠시 쓴웃음을 내비쳤다. 이내 뒷짐을 지고서 한숨을 흘렸다.

"군관에서 지원이 있었다면, 적어도 지금같이 유민이 발생하는 사태까지는 오지 않았을 것인데. 안타까운 일일세."

당성영은 씁쓸하게 중얼거렸다. 그리고 돌아섰다. 그 탓에 이청의 얼굴이 무섭게 굳어지는 것을 미처 보지는 못했다.

"당 아저씨를 이제야 뵙는군."

"왜, 긴장돼?"

당가의 주랑을 따라 걷는 중이었다.

당민이 넌지시 물었다. 그러자 이청은 말은 않고서 괜히 헛기침을 흘렸다.

"크흠, 크흠."

아니라고는 말할 수가 없었다. 옛적에야 그저 친구의 부친이었지만, 지금은 전혀 다른 상황이다. 이청은 입 안이 새삼 마르는 듯하여서 입안에서 혀를 굴렸다.

불현듯 후끈한 열기가 엄습했다. 이것은 성도의 북조류 분가에서 마주하였던 것과 크게 다르지 않은 열기였다. 고개를 들자, 북관이라 걸린 것이 눈에 들어왔다.

"분가에서는 이런저런 실험을 하고, 새로운 것을 만들어 내는 데에 집중한다면. 여기서는 실제 당가의 암기가 제작되는 곳이지."

잘 갖춘 야장의 모습이 줄지어 서 있었다. 몇이나 되는 장인이 있어서, 다들 신중한 모습으로 불가에 있었다. 구릿빛으로 물든 얼굴에 검댕이가 그득했다. 그들은 누가 들어오든지 전혀 신경을 쓰지 않았다. 그들이 온전히 정신을 쏟아야 하는 것은 야장의 불길이었고, 쇳덩이였다.

당민도 그리 개의치 않고서, 북관 한복판을 태연하게 걸었다.

"저 왔어요."

북관 끝에 자리한 전각으로 성큼 들어가면서 목소리를 높였다.

그 자리에는 곰처럼 거대한 덩치의 사내가 온갖 도검과 암기 등을 늘어놓고, 하나, 하나를 신중하게 살피고 있었다. 고개가 퍼뜩 올라갔다.

"아민!"

엄한 목소리가 터졌다. 어찌나 대단한 목청인지 굵은 들보가 다 들썩거릴 정도였다. 윙윙 소리가 울렸다. 당민은 귀를 찌르는 고성에 눈살을 찌푸렸다.

"귀청 떨어지겠네. 뭘 그렇게 소리는 지르고 그러세요."

"이 녀석아! 회합이 끝난 것이 언제인데!"

몇 달이고 소식조차 없다가, 이제야 돌아왔으니. 애타는 아비 마음이 어떠할까.

북조류의 장문인이자, 당민의 친부, 당거중은 푹푹 한숨을 토했다. 그러다가 옆에 멀뚱히 서 있는 이청에게로 눈을 돌렸다.

"으음? 자네는."

"오랜만에 뵙습니다. 어르신. 저 이청입니다."

상화촌의 이청이다. 한참 어릴 적 모습이 가물할 정도로, 세월이 흘러서 이제는 훤칠한 청년이지 않은가.

당거중은 그래도 어렵지 않게 이청을 알아보았다. 그러나 반기기보다는 벌컥 소리쳤다.

"안 된다! 내 딸은 못 준다!"

"……"

"……"

당민도, 이청도 그만 입을 꾹 다물어 버리고 말았다. 아니, 누가 있어서 절절한 아비의 일성에 뭐라 대꾸할 수가 있겠는가.

당거중은 숫제 울기라도 할 듯하다.

이청은 헛기침을 잠시 하고서는 어색하게라도 웃었다. 당민은 아직도 굳은 참이었다. 얼굴은 다만 아연한 표정이었지만, 두 귀가 시뻘겋게 달아올랐다.

이청은 한 걸음 다가섰다. 두 손을 맞잡으면서 공손하게 허리를 숙였다.

"예, 저도 건강하게 잘 지냈습니다. 어르신. 이리 강녕하신 모습을 보니, 마음이 놓입니다."

"으음."

이토록 차분한 대응이라니.

당거중은 퍼뜩 정신을 차렸다. 그만 솔직한 본심이 저도 모르게 튀어나오지 않았는가. 마른침을 한 번 삼켜내고서, 당거중은 여식의 눈치를 살폈다.

딱히 표정은 없었지만, 눈매가 점차 험악해져 가고 있었다.

정말이지 누구 딸이 아니랄까 봐, 딱 닮은 눈매였다.

'아이고, 이런.'

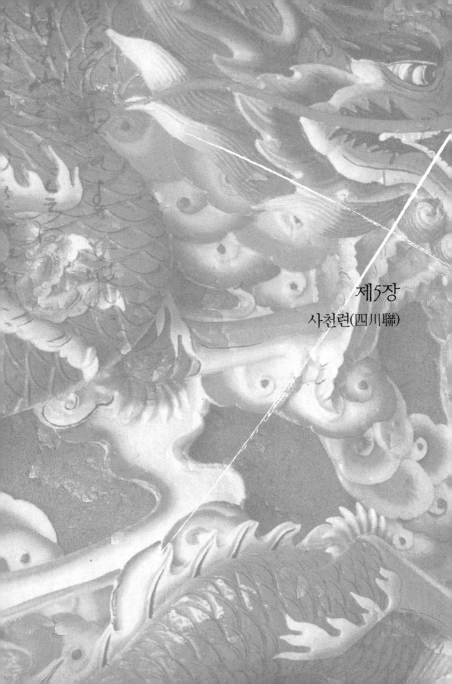

제5장

사천련(四川聯)

　사천련.

　가칭으로 그리 이름을 붙였다.

　아미, 청성, 당가의 삼세가 교분을 나누는 삼주회합이 있기는 하였으나, 지금은 사천 무림의 모두가 한자리에 모이는 자리였다.

　정도가 전혀 달랐다.

　각파의 속가, 분파는 물론이거니와, 군소방파들도 전부 모여들었다. 아미, 청성, 그리고 당가에 대해서는 더 말할 것이 없지만, 아래로 유수한 무림문파도 여럿이었다.

수백 년의 전통을 지닌 일문도 있고, 불과 수십 년 사이에 성장한 문파도 있었다. 여하간에 그 많은 이들이 창칼을 챙겨 들고서, 당가타로 모여들었다.

당장에 마주한 홍천교의 일이 그리 단순하지 않다는 게 분명한 까닭이었다.

한낱 사교의 준동이 아니었다. 난(亂)이라 하기에 부족함이 없었다. 그렇게 몰려온 이가 일천을 훌쩍 넘기고 수백을 헤아렸다.

평소의 당가라면, 그들을 모두 수용하고도 남았다. 그러나 지금은 사천 각지의 유민이 이곳으로 몰려온 상황이었다. 그래서 독문당가에서는 당가에서 꾸리는 마장을 열었다.

새파란 초지(草地)가 드넓었다. 바람이 불 때면 수풀이 흡사 융단처럼 윤기 있게 흘렀다.

자리에는 여러 천막을 급하게 올렸다. 그리고서 가장 큰 천막에는 당가주를 비롯한 아미, 청성의 장문인. 그리고 각 파의 주인들이 한데 자리했다.

사천무림으로서는 모처럼의 회합이고 큰 행사였지만, 얼굴빛이 좋은 사람은 아무도 없었다. 다들 유형, 무형의 피해가 간단치 않았다.

그중에서도 홍천교가 먼저 일어선 사천 북부 쪽의 무림인들 얼굴은 아주 흙빛이었다. 개중에는 두 눈을 붉게 물들이고서, 진즉 복수심에 불타는 사람도 있었다.

"음, 이제 회합을 시작해 볼까 합니다."

조용하던 차에 먼저 입을 연 것은 아미파의 장문인, 망진 사태였다. 아직 고운 자태를 간직하고 있지만, 실상은 삼파의 주인 중에서 가장 연장자였다.

연배가 고희에 가까울 텐데, 사태의 외견은 이제 갓 지천명의 나이에 이른 듯했다. 하얀 얼굴에 주름은 흐렸지만, 시름은 고스란히 맺혀 있었다.

사태는 목에 건 긴 염주를 한 손에 살짝 그러쥐고 있었다. 염주알을 느리게 돌리며 한숨을 삼켰다. 그리고 주변을 차분하게 둘러보았다.

고요한 눈길에 다른 감정은 내비치지 않았다. 덕분이랄까, 눈길이 닿기가 무섭게 다들 분분히 눈을 내리깔고서 흔들린 속내를 다잡았다.

눈이 한껏 붉어 있던 젊은 문주도 그만 더운 숨을 내뱉고서는 한층 진정하기도 했다.

"아미타불."

망진사태는 불호를 낮게 읊조렸다.

"아는 분은 아시겠습니다만. 그래도 모르는 분이 더 많으니 말씀을 드리지요. 홍천교의 발호로 본파를 비롯해, 당가와 청성에서는 고수를 보내어서 사정을 알아보고, 손을 쓰기로 합의를 보았습니다."

민강 일대와 면양 일대에 크나큰 변고가 생겼다. 그것은 실로 두려운 일이었다. 광신에 물든 자들이 빠르게 세를 불려가면서, 홍천불의 시기가 도래하여 새 세상이 열린다는 말을 외쳐댔다.

그들은 사람을 마구잡이로 잡아끌었다. 거주하는 장족과 강족 중에서 피해가 부지기수였다. 한족은 말할 것도 없었다. 같이 사는 한족 마을은 아예 피로 씻어버렸다.

목숨 하나를 남겨두지 않았다.

더러운 피를 정화한답시고, 동맥을 끊은 채, 사람을 여기저기에 버려두었다.

민강 일대가 붉게 물들었을 정도였다.

붉게 물든 강물이 흘러서, 성도에까지 이르렀다고 하니. 얼마나 끔찍한 소리인가.

민강 일대에 활약하던 수적 무리도 변고를 전혀 피하지 못했다. 제법 무림 문파에 대항할 정도의 세력을 갖추었던 민룡과채라는 수적집단은 그대로 몰살을 당했다고 하고, 아래의 수적들은 여기저기로 도망하다가 죽어나갔다고 했다.

그들 시체가 아직도 강변 어딘가에 산처럼 쌓여서 썩어가고 있다.

망진사태는 참담한 일을 차분하게 풀어냈다. 그리고 본

론에 들어갔다.

"본파에서는 탕마창과 이대제자 서른을 내려 보냈지요."

"오오."

절로 탄성이 흘렀다. 아미파의 이대제자라면 절정 이상에 이르는 자들이다. 그에 더하여서 탕마창이라니. 그 위명을 모르는 사람은 없었다.

창으로는 가히 강호제일이라고 하기에도 부족함이 없다고 할 정도의 고수가 아니던가.

홍천교의 수뇌 중에 아미의 반도가 있다 하였던 것이 괜한 말이 아니라는 것이다. 망진사태는 부정하지 않았다. 고개를 끄덕였다.

"본파의 죄과입니다."

"아닙니다. 그것이 어디 아미파만의 일이겠습니까."

침통한 어조가 터져 나왔다. 이미 붉은 눈을 하고 있던 젊은 문주였다.

자리에서 벌떡 일어나서는 울 듯이 외쳤다.

"저 또한, 본파 또한 홍천교 것들에게 홀려버린 반도에게 뒤를 당하여서 그만, 그만…… 크흑!"

말을 채 이어갈 수가 없었다. 다시 생각해도 분노가 치밀었고, 복장이 터질 것만 같았다.

결국, 무너지듯이 자리에 털썩 주저앉았다.

망진사태는 잠시 아픈 얼굴로 그를 바라보았다. 그리고 곧 눈을 돌렸다. 아미파에 이어서 청성파의 차례였다.

"원시천존, 원시천존."

흑발, 백염의 도사는 가만히 읊조렸다. 흑백 태극관을 쓰고서 참으로 탈속한 외견을 지닌 도사였다. 나이를 구분하기 어려운 기이한 외견이지만, 그를 모르는 사람은 없었다.

청성파의 당대 장문인, 절검진인(節黔眞人)이다.

"아미파에서 그러하였듯이, 본파에서는 풍양자와 소양자, 그리고 청성삼검을 보냈지요."

아미파에서는 작정하고 고수를 내보냈다면, 청성파에서는 문파의 미래를 내보낸 셈이었다.

풍양자와 소양자, 두 사형제는 다른 사람이 아니라, 청성파의 전대 기인으로, 사천제일이자, 천하제일을 논하였던 천하 고수, 적하검선(赤霞劍仙)의 고제자였다.

그런 두 사람인데.

제대로 손을 쓰지 못하고서 당하였다니.

점점 침묵이 앉았다. 홍천교의 일로 분노하였던 것과 침통한 것과는 별개의 일이었다. 뭔가 심상치 않았다. 그리고 마지막으로 말을 꺼낸 것은 자리를 마련한 당가주였다.

"본가에서는 당기룡과 녹음대 전원을 보내었소. 그들이라면 능히 제압할 수 있으리라 여겼지. 허나, 실패하였소이다."

"그 말씀은, 홍천교가 그만한 역량을 지녔다는 말씀입니까."

면면이 실로 놀랄 정도였다. 어지간한 일문의 역량이 고스란히 투입된 것이나 다름없었다. 그럼에도 실패하였다고 하니, 홍천교의 교세와 패악질과는 별개로 당혹감이 일었다.

당혹과 불안의 눈빛이 빠르게 퍼져갔다. 수군거리는 이들도 있었다.

당가주는 서서히 고개를 가로저었다.

"홍천교가 아니오."

"네?"

"홍천교가 아니었소이다."

당가주는 한층 무겁게 말했다. 자리의 모든 이는 순간 입을 다물었다.

잠시간 멍한 눈길이었다. 지금 이 자리는 홍천교 때문에 모인 것이 아니었던가.

마도(魔道), 마교(魔敎). 그 이름이 드디어 나왔다.

알음알음 알려지고, 혹자는 의심하기는 하였지만, 단정적으로 말하는 사람은 없었다. 그러나 만인 앞에서, 당가주가 한 말이었다.

침묵이 무겁게 고였다.

숨죽이고서, 당가주를 보고, 또 아미와 청성의 두 장문인을 향해서 혼란한 눈을 던졌다. 두 고인은 입을 굳게 다물었다.

지금 중원에서도 마도가 발호하여서 곳곳에 소란이 일어나고 있다는 풍문이 돌았지만, 그것을 깊이 생각할 겨를도 없이, 사천에서는 홍천교의 일이 터져 나왔다.

그런데 그 또한 결국 마도의 주구에 불과하였다는 것이다.

당혹과 두려움은 그렇게 길게 이어지지 않았다. 사천 무림의 자존심에 그만 불길이 치솟았다.

"마도는 용납할 수 없는 일입니다!"

붉은 얼굴로 들떴던 젊은 문주가 벌떡 일어나 목소리를 높였다.

"옳소! 옳은 말이오!"

"가주, 그리고 두 장문인께서도 직접 나선 마당이오. 우리 또한 사천무림의 한 사람. 어찌 마다할까!"

"당장, 세를 모아. 마도를 쳐야 합니다!"

홍천교의 만행에 치를 떨기도 하였지만, 그것이 마도의 수작이라는 것을 알게 되자, 그것은 분노가 되어서 뜨거운 열기로 몰아쳤다.

　　　　*　　　　*　　　　*

　바짝 말라버린 얼굴이 검게 타들어 갔다. 숨소리는 힘겹게라도 이어지고 있었다.

　죽은 자는 아니었지만, 죽어가는 것과 진배없다.

　한때에 사천 제일 기남(奇男)이라고까지 하였던 풍양자였다. 항시 웃는 낯으로 도사치고는 과하게 잘생긴 얼굴이 이렇게나 상해 버렸다.

　흐으, 흐으…… 고통이 뒤섞인 신음이 간신히 흘렀다.

　약곡전(藥谷殿), 당가의 의당이다. 그중에서도 따로 마련한 격리실에 풍양자를 비롯한 여러 환자가 드러누워 있었다.

　이들을 격리한 것은 용태가 원체 위태하기도 하였지만, 밖으로 알려지기에는 아직 시기가 일렀기 때문이다.

　풍양자의 검은 얼굴에 송글송글 굵은 땀방울이 맺혔다. 하얀 면포로 코와 입을 가린 당진령이 다가와서 그 얼굴을 조심스럽게 찍어냈다.

　당진령의 얼굴에 수심이 역력했다.

　"상태가 어떠하냐?"

　물끄러미 지켜보던 당민이 물었다. 당진령은 후우, 한숨과 함께 허리를 세웠다.

"어렵습니다."

그리고 풍양자의 땀을 닦은 수건을 바로 버렸다. 독이 배어 나와서 가만히 둘 수가 없었다. 묻어버리든가, 태워버려야 했다.

당진령은 그리고 당민 옆에 섰다. 당민도 똑같은 모습을 하고 있었다.

녹피로 만든 머릿수건으로 머리를 가렸고, 입 주변은 굵은 면포로 가렸다. 녹피 앞치마에, 녹피장갑까지. 단단히 채비를 갖춘 모습이었다. 그래도 안심할 수가 없었다. 내공이 약한 자는 아예 가까이 오지도 못하게 했다.

"독과 마기에 동시에 당하였어요. 독은 어찌 해독했지만, 남은 잔독을 어찌하지는 못하지요. 그리고…… 마기가 문제인데."

당진령은 고개를 잠시 기울였다. 면포 아래로, 입술을 지그시 깨물었다. 답답한 속내가 절로 드러났다. 다른 약이나, 외부의 조처를 할 수가 없는 상황이었다.

"풍양자께서는 청성공력으로 마기와 사투를 벌이고 있지요."

"독을 전부 해독하지도 못한 상황에서 말이냐?"

"네."

그래서 어려운 일이다.

당민은 고개를 끄덕였다. 무언가 묻고 답할 만한 상황이
아니다. 팔짱을 끼고서, 풍양자의 모습을 한참 지켜보았다.
그러다가 퍼뜩 의아하여서 당진령을 돌아보았다.

"무슨 독에 당하였다는 게냐?"

"그게……."

당진령은 잠시 얼버무렸다. 바로 답할 수가 없었다. 당민
의 한쪽 눈썹이 바짝 솟구쳤다.

"당가의 독이더냐?"

아무리 사연이 있어도, 당가의 독에 청성의 대사형이 당
하였다는 것이다. 쉽게 말하기가 어려운 일이다.

당진령은 눈을 한 번 데굴 굴렸다가, 미미하게 고개를 끄
덕였다. 그리고 기어들어 가는 목소리로 우물거렸다.

"황영접분."

"이런."

당민은 쯧, 혀를 찼다. 당기륭도 놀라서 당황했지만, 황
영접분이라는 것은 어지간한 물건이 아니었다. 대단한 극
독이라서가 아니었다.

희귀하기 때문이었다.

황영접, 노란 날개를 지닌 나비였다. 본래에는 다른 독을
지닌 나비가 아니었고, 쉽게 볼 수 있는 나비도 아니었다.
그래서 문제였다.

황영접을 기를 수 있는 곳도, 그것으로 독을 만들 수 있는 곳도 오직 당가뿐이었다.

황영접분이 비록 조금만 흡입해도 죽음에 이르게 할 정도의 극독은 아니었다. 인지를 흐리게 하고 다른 독과 같이 썼을 때에는 아예 인성을 파괴할 수도 있었다.

굳이 말하자면, 독이라고 하기보다는 환각제에 가깝다.

당가에서 엄중하게 관리하는 물건인데.

"그럼 바로 조사는 했겠지?"

"조사하고, 말고가 없지요."

"그게 무슨 소리야?"

"독고(毒庫) 하나가 고스란히 털렸어요."

당진령은 시무룩하여서 대꾸했다. 당민의 얼굴은 더욱 볼만해졌다. 눈을 크게 뜨는 것은 물론이고, 입도 절로 벌어졌다.

"허, 허허."

헛웃음이 툭툭 끊어지듯이 터졌다.

너무 어이가 없는 일이었다. 독고가 털렸다니. 그것은 사람으로 말하자면 한쪽 팔을 잃은 것과 크게 다르지 않았다. 당민은 더 묻지 못했다.

생각한 것보다 상황이 더욱 심각하다.

오한인지, 당민은 등줄기를 타고서 섬뜩한 기운이 타고

오르는 것을 느꼈다. 모골이 절로 송연했다.

"상황이 사실은 그러해요."

"……."

당진령은 상황을 차분하게 설명했다.

본가를 제외하고서, 오방(五方)의 다섯 곳으로 구분하여 둔 독고. 당진령은 그중에서 사천 북방에 있는 현무고(玄武庫)를 잃었다는 것이다.

당민은 내내 말이 없었다. 아미의 반도가 어쩌고 하더니, 지금 그게 문제가 아니었다. 당가의 독고가 털렸다니. 실로 재앙에 가까운 일이다.

당민은 격리실에 우두커니 서 있었다. 당진령은 눈치가 보여서는 입술을 지그시 말아 물고서 머뭇거렸다.

아무리 해맑고, 성격 좋은 당진령이라고 하지만, 지금처럼 심각한 녹면옥수에게 말을 붙이기는 쉽지 않았다. 그런데 당민이 휙 고개를 돌렸다.

"전서구는 아직도 별원에 있나?"

"네, 별원에서……."

당민은 답을 끝까지 듣지 않았다. 바로 격리실을 박차면서 머릿수건과 앞치마를 거칠게 벗어던졌다. 서두르는 발소리가 요란하게 울렸다.

당진령은 쿵쾅거리는 소리에 어깨를 잠시 움찔거렸다.

"아이, 깜짝이야."

여기 일을 도와줄까 싶었더니.

당진령은 입술을 잠시 삐죽거렸다. 하지만 곧 한숨을 삼켰다. 마냥 손 놓고 있을 때가 아니었다. 앓는 이들의 상태를 더욱 상세하게 살펴야 했다.

당민은 내외당에서도 따로 둔 별원으로 뛰어들어 갔다. 그곳에서는 독문당가에서 벌이는 모든 사업에 대해서 관장했다. 재정이나, 운수 등등을 관리하고 감독했다. 그리고 그곳에서는 따로 전서구를 두기도 했다.

전서부, 규모가 상당한 창고에 걸려 있는 문패는 볼품없을 정도로 작았다.

당민은 그곳으로 왈칵 들이닥쳤다. 서두르는 서슬에 놀라서였는지, 창고에 가득 놓인 새장에서 홰치는 소리가 한 번 울렸다.

구구구구!

구구구!

당민은 문가에서 빠르게 주변을 두리번거렸다. 곧 전서부의 담당자가 깃털을 잔뜩 뒤집어쓴 모습으로 고개를 불쑥 내밀었다.

"무슨 일이십니까? 전서구를 쓸 일이면 먼저 별원부에

말씀을 하셔야."

"갑종 전서응을."

당민은 절차를 말하는 담당자에게 다른 소리를 했다. 뜬금없다고 할 소리였지만, 담당자의 얼굴이 바로 돌변했다.

"시급한 일입니까?"

"급하오."

"이쪽으로 오시지요."

담당자는 들고 있던 비둘기를 바로 내려놓고서 안쪽으로 들어갔다. 당민은 바로 뒤따라갔다.

"을종도 아니고, 갑종 전서응이라니. 멀리까지 가야 할 모양입니다."

"하남으로 보내야 하오. 개봉부."

"개방 총타입니까? 다행히 보낼 놈이 있긴 하군요."

안쪽으로 들어서자, 그곳은 밖과는 달리 어둑하고 조용했다. 눈가리개를 한 여러 마리의 매가 횃대에 앉아 있었다.

전서구를 쓰기 위해서는 몇몇 절차가 필요했다. 그보다 귀한 전서응이라면 더 말할 것도 없다. 하지만 갑종 전서응은 얘기가 전혀 달랐다.

실로 큰일이 벌어졌을 때에 서둘러 보내는 것으로, 가문 내에서도 아는 사람이 몇 없었고, 아는 사람은 그것을 부릴 수 있는 사람이었다.

당연하게도 당민은 그중 한 명이었다.

당민은 빠르게 몇 줄을 남기고서 담당자에게 건네었다. 그것을 조심스럽게 말아서, 매의 다리에 달았다. 윤기가 주르륵 흐르고, 사뭇 힘이 넘치는 모습의 젊은 매였다.

"이 녀석이 이전에 개봉을 한 번 다녀왔었지요."

당민은 고개를 끄덕였다. 자신에게 소식을 전해준 것이 이 녀석이었다. 담당자는 뒷문으로 나가서, 매의 눈가리개를 벗겼다.

쏟아지는 빛에 놀랐는지, 노란 눈을 동그랗게 치뜨고서 눈을 깜빡거렸다. 그러다가 담당자를 돌아보았다. 빼액, 우는 소리가 날카롭다.

"자아, 자아, 이번에도 잘 부탁하마. 무사히 돌아와야 한다."

담당자는 애정을 담뿍 담아서 속삭이고는 주머니에서 시뻘건 살점을 하나 꺼내었다. 매는 노란 눈을 한 번 굴리더니, 살점을 당장 물어 삼켰다. 그러고는 바로 담당자의 어깨를 박차고서 훌쩍 날아올랐다.

매는 허공을 한 번 크게 맴돌았다가, 바로 날았다.

빼액!

매 울음소리가 한 번 높이 울렸다. 당민은 그 모습을 물끄러미 지켜보았다. 매는 점이 되어서 사라져 버렸지만, 이후로도 당민은 쉽게 자리를 뜨지 못했다.

당민은 눈을 가늘게 뜨고서 입술을 질끈 물었다.

상황이 급했다.

이청은 눈을 가늘게 떴다. 부랴부랴 사천련의 움직임이 한층 분주해지는 참이었다. 따로 이청이 나설 자리는 주어지지 않았지만, 그것에 불만을 품지는 않았다.

외인은 분명하였고, 사천 사람이 아니니, 부외자라고도 할 수 있다.

아니, 그런 전후 사정 따위는 중요하지 않았다.

사천무림이 모두 바라보는 녹면옥수와 함께 왔다는 것. 그것이 무엇보다 큰 이유였다. 쏘아보는 눈초리에는 호기심도 있었지만, 적의와 경계가 더욱 솔직하게 어려 있었다.

"흠."

여러 손님을 모시고서, 그들을 위한 자리라고 마련한 전각, 그곳에서 이청은 혼자 동떨어진 채, 앉아 있었다. 한쪽 구석에 앉아서는 주변 모습을 멀거니 바라보았다.

일부로 그러는 것처럼, 이청을 중심으로 자리가 제법 비어 있었다. 그리고 자신들끼리 모여서 수군거렸다. 개중에는 사천 무림의 현 상황에 대해서 성토하거나, 머리를 맞대고 고민하는 자도 있었지만, 이청에 대한 적의를 발하는 자가 대다수였다.

그중에는 여인들의 시선도 적지 않았다.

"저자가 감히……."

눈빛이 날카롭다. 녹면옥수를 아끼는 자들은 굳이 남녀를 따지지 않는 것이다. 오히려 여인들 사이에서 일어나는 기파가 짜릿하다고 할 정도였다.

다른 곳이라면 분명 사달이 일어났어도 단단히 일어났을 것이 분명했다.

여기가 독문당가였고, 모두가 당가의 손님이니 망정이다.

"크흠, 가시방석이 따로 없군."

이청은 헛기침과 함께 나직이 속삭였다. 마련한 찻잔을 잠시 기울였다.

차도 차였지만, 물이 정말 좋다. 온기 속에서 고아한 차향을 잔뜩 머금었다. 이청은 차를 담담히 즐겼다. 여기서 이리 있는 것은 다른 이유가 아니었다. 그저 당민을 기다릴 뿐이었다.

당민은 환자의 상태를 살펴보겠다고 훌쩍 나섰다. 함부로 돌아다니지 말라고 하면서 싱긋 눈웃음을 내비쳤다. 장난스러운 기색이 실린 눈웃음이다.

이청은 문득 헛웃음이 흘렀다.

예나 지금이나.

이청은 문득 턱을 괴고서 난간 밖에서 차분하게 불어 드는 바람을 잠시 맞이했다.

머리카락이 흩날렸다. 화려하지 않으나, 백의면금으로 만든 장삼을 단정하게 걸치고서 앉아 있는 모습은, 그 자체로도 눈을 끌었다.

절로 드러나는 기풍이랄까.

비록 적의가 역력한 와중이지만, 몇몇은 이청의 차림새에서 범상치 않은 점을 파악했다.

'저기 저것은 소주금이 아니에요?'

'그렇지? 한 단에 금 한 말이라고 하는……'

'소주금으로 장삼을 지어 입다니. 대체 어디 출신인데.'

여인들은 불현듯 머리를 맞대고 소곤거렸다. 그래도 안목이 있는 경우의 얘기였다. 한참 노려보던 차에 더 참지 못하겠는지, 급기야 한 무리의 여인이 쪼르르 이청 앞으로 달려왔다.

모두 다섯이 좌우로 늘어서서는 사뭇 성난 눈초리로 이청을 빤히 노려보았다.

"이청 공자라 하시었지요."

"그렇습니다만, 여협들께서는……?"

이청은 눈을 동그랗게 뜨고서 나선 이들을 잠시 둘러보았다. 여협이라고 하기에도 조금은 민망한 것이 다들 앳된 기색이 역력했다.

아직 스물도 채 되지 않을 듯했다. 그래도 한 명, 한 명이 사천 강호에서는 이름 난 문파의 제자이고 후계자들이다.

"우리는 녹면옥수 여협을 따르지요."

"아하, 아민을. 그렇군요."

"감히!"

"당 여협을 그리 편하게 부르다니!"

부지불식간에 내뱉은 한마디의 여파가 이렇게 클 줄이야. 쪼르륵 나선 다섯의 어린 여협은 바르르 몸을 떨었다. 새초롬한 눈빛에서 불똥이 파직 튀었다.

이청은 입술을 지그시 말아 물었다. 그만 헛웃음이 터질 뻔했다.

"다섯 여협께서는 뭔가 오해를 하시는 모양입니다."

"오해? 오해라고요?"

"아민, 아니…… 녹면옥수 여협과는 같이 자란 오랜 지기이지요."

"당 여협과 같이 자라다니?"

"어, 그럼."

이청은 아주 차분한 어조로 말했다. 까마득하게 어릴 적의 이야기를 적당히 설명했다. 그러자 다섯의 어린 여협의 경계가 잠시 누그러졌다.

이청의 목소리가 평온하기도 하였지만, 그것만은 아니었다. 말하면서도 공력을 살짝 실어낸 까닭이었다. 스승인 상부인의 음공이 어디 보통의 수준이라던가.

사람을 현혹하는 마공이나 사공의 반열에는 들지 않으나. 적어도 경계를 누그러뜨리는 것 정도는 가능했다.

"다섯 여협께서 이렇게까지 아민을 아끼고, 따르시니. 오랜 친구로서도 가슴이 뿌듯합니다."

이청은 말하면서 잠시 일어나 고개를 숙였다. 진중한 모습이다. 다 컸다면 컸다고 할 수 있지만, 그래도 아직 소녀의 방심이 더욱 크게 남은 여협들이다.

얼굴을 한껏 붉히고서 우물쭈물하다가, 너 나 할 것 없이 고개를 숙였다.

"별말씀을요."

"당 여협께 말씀 잘해 주셔요."

"아무렴요."

이청은 가만히 고개를 끄덕였다. 이런 식으로 사태가 일단락될 듯하였다.

쪼르륵 나섰다가, 다시 쪼르륵 물러났다.

누구는 그만 헛웃음을 흘리기도 했고, 누구는 고개를 설레설레 내저었다. 그렇다고 해서, 외인인 이청에게 다시 다가가서 손 내미는 자는 없었다.

여인들 심정은 그렇다고 하나, 당가의 여협을 흠모하는 남정네들 심사는 또 어떻겠는가.

급기야는 더 참지 못하였는지, 한 사내가 벌떡 일어났다.

"더는 못 봐주겠군!"

거칠게 한마디를 짓씹더니, 성큼성큼 나섰다. 사내는 이청 앞에 소리가 나도록 털썩 주저앉았다.

"⋯⋯."

이청은 그런 사내를 지그시 바라보았다. 무슨 일인지, 딱히 의아할 것도 없었다. 그만큼이나, 사내는 본심을 아주 솔직히 드러냈다.

앞으로 얼굴을 기울였다. 아래에서 위로, 올려다보는 눈초리가 기분 나쁠 정도로 노골적이다. 그래도 이청은 딱히 반응하지 않았다.

이글거리는 눈초리를 한 번 마주했을 뿐이다.

이쯤 되면 누가 먼저 입을 열지 버티기 경쟁이라도 하는 듯하다. 곱상한 얼굴이 한 번 움찔거렸다. 결국, 왈칵 오만상을 썼다.

"참으로 건방지군. 네놈은 내가 누군 줄 아느냐?"

"알아야 하는 게요?"

이청은 진정 어이가 없어서 되물었다. 다가와서 시비를

거는 것이야 그렇다고 할 수 있었다. 대뜸 누군 줄 아느냐며 다그치다니. 그런데 기다렸다는 듯이 무리 중에서 덩치 좋은 무인 서넛이 서둘러 나섰다.

그들은 귀공자의 뒤를 마치 지키듯이 늘어섰다.

어디 귀한 집의 후손이라도 되는 양이다.

다른 곳도 아니고, 독문당가에서 출신을 가지고 자랑하는 것은 언뜻 이해하기 어려운 일이었다. 이청은 어째 돌아가는 상황이 기이하다 싶었다.

잠시 눈을 돌렸다.

한참 수군거리던 자들이 젊은 공자가 나서자, 다들 입을 꾹 다물고서 돌아가는 눈치만 열심히 살폈다. 그렇다고 한들, 이청이 움츠러들 이유는 딱히 없다.

이청은 새삼 허리를 세우고서 불꽃 튀는 귀공자의 하얀 얼굴을 바로 마주했다.

"그래, 공자께서는 누구신지?"

"허! 허허허."

공자는 퍼뜩 고개를 치켜들더니 높이 웃어버렸다. 뭐 그리 대단한 것을 물었다고.

"무례하다, 이놈!"

답은 전혀 엉뚱한 쪽에서 터졌다. 공자의 뒤에 시립한 이가 버럭 다그친 것이다.

"여기 엄 공자께서는 사천도지휘사사(四川都指揮使司)의 독자이시다!"

"도지휘사사?"

이청은 잠시 집중하지 않고서 중얼거렸다.

사천의 도지휘사사라고 하면, 사천일대의 모든 병력을 관장하는 자리이다. 그러나 당연하게 이청에게는 크게 와닿지가 않는 일이었다.

이청은 다시금 곱상한 공자의 얼굴을 보았다. 이제 알았느냐는 얼굴로 턱을 바짝 치켜들었다.

사람을 눈 아래로 보는 눈초리가 참 대단하다.

사천도지휘사사 엄경준의 독자, 엄삼보. 대단한 부친을 둔 것도 있으나, 자신이 또한 청성속가에서 명문으로 손꼽는 청풍문의 제자이기도 했다.

그만한 뒷배가 있다는 것이리라.

콧대를 세울 만한 일이다. 이청은 그러나 딱히 맞장구치기 보다는 물끄러미 엄삼보를 바라만 볼 뿐이었다. 상황이 이러하다.

사교가 들불처럼 일어나, 수천에 이르는 유민이 발생했다. 급하게 피난하는데, 이들은 정작 군관에 의지하기보다는 강호의 유협과 명문에 의지한다.

그런 판국인데 도지휘사사의 독자라는 자가, 고작 사천

262 항마신장

무림의 후기지수들 사이에서 콧대를 세우고 있을 뿐이라니.

"허어……."

이청은 저도 모르게 한숨을 내뱉었다. 무겁고 무거운 한숨이다. 더불어서 얼굴빛이 흐려졌다. 그 모습이 그만 다른 사람들 눈에 엄삼보의 위명에 움츠러든 것으로 보인 모양이었다.

"하, 그럼 그렇지."

비아냥이 섞였다. 엄삼보는 뾰족한 턱을 세우고서, 그늘을 드리운 이청의 어두운 안색을 흘겨보았다.

"자네, 내가 자네라고 해도 되겠지? 그래, 듣기로는 당소저의 어릴 적 친우라지? 그런 것을 믿고서, 당가에 빌붙기라도 할 요량인가?"

"……."

조소를 머금고서 내뱉는 싸늘한 한마디가 사뭇 날카롭다. 엄삼보를 마뜩잖게 생각하는 이도 여럿이지만, 이때에는 이청을 향한 경계가 더욱 큰 까닭에, 누구도 나서지 않고 모습을 지켜만 보았다.

엄삼보를 호위하는 세 장정은 어깨를 더욱 펼치면서 짐짓 흉흉한 기세를 드러냈다. 머뭇거리는 이청을 압박하기라도 할 모양이었다.

"아니, 지금 뭣하시는 겁니까!"

불현듯 뾰족한 목소리가 울렸다. 사람들 고개가 그쪽으로 돌아갔다. 거기에 서 있는 것은 녹의에 백포의 두터운 앞치마를 걸친 당진령이었다.

"선고."

"아니, 의절선고께서 어찌."

"이 사람들이 지금."

당진령은 새삼 날 선 눈초리로 좌우를 빠르게 훑었다. 대부분은 멋쩍음에 헛기침을 흘렸다. 그리고 당진령은 아직 자리에 앉아서 턱을 세우고 있는 엄삼보에게로 성큼 다가섰다.

"엄 공자."

"이리 뵙습니다. 당 소저."

엄삼보는 짐짓 태연한 미소를 그렸다. 당진령은 그래도 솟은 눈썹을 억누르지 않았다.

"여기 이 공자께서는 우리 당가의 귀빈이십니다."

"그렇다지요."

"헌데, 당가를 무시라도 하시는 겁니까?"

"무시라니. 그게 무슨 서운한 말씀이시오. 다 오해랍니다. 하하, 본 공자는 여기 이 사람과 교분을 나누고자 하였을 뿐이라오. 하하하."

엄삼보는 꾸민 듯한 웃음을 흘렸다. 다른 의도는 전혀 없다는 듯이 두 손을 좌우로 벌렸다.

"아니, 그런가?"

"그럼요, 그럼요."

"공자의 순수한 의도를 너무 오해하신 듯합니다."

뒤를 돌아보면서 되묻자, 셋은 번갈아 고개를 끄덕였다. 당진령은 입술을 깨물었다.

엄삼보도 그렇지만, 엄삼보의 호위 노릇을 하는 저 셋도 참 말썽이다. 청풍문의 이대제자이면서, 또한 사천 지역의 정예라고 할 흑호기의 세 백부장이다. 무림과 군, 양 방면에서 나름 뛰어난 무인들이다. 그런데 엄삼보의 호위를 맡으면서 악평만 자꾸 쌓아가고 있으니.

당진령은 능글맞은 엄삼보는 관두고서, 그들 셋을 한참이고 노려보았다.

"크흠, 크흠."

셋은 슬쩍 눈길을 피하면서 헛기침만 연이었다. 노려보고 피하는, 이상한 눈싸움은 그리 오래 하지 않았다.

이청이 중간에 일어났다.

"아민은 어디에 있소?"

"민 언니라면, 지금 별원 쪽에."

"그렇구려."

이청은 고개를 한 번 까딱 숙여 보이고는 바로 자리를 벗

어났다. 자신 때문에 심상치 않은 소란이 벌어질 듯한 마당
이건만, 전혀 신경 쓰는 기색이 아니었다.

바로 움직이는 모습에 좌우에서 당황하였지만, 그렇다고
이청을 붙잡을 수도 없었다. 마치 도망이라도 하는 듯하지
않은가.

"흥!"

엄삼보는 싸늘한 코웃음을 흘렸다. 별것도 아닌 작자가
어디서 감히.

딱 그런 표정이다.

*　　　*　　　*

사천무림에서 사천련을 이루고서, 마도에 대항한다는 소
식은 발 빠르게 전해졌다.

맞닿아 있는 섬서, 운남은 물론, 중원으로 그 소식을 접
할 수 있었다.

뜻 있는 자들, 혹은 무림 중의 일로 크게 벌어볼 생각을
하는 낭인, 무부 등등. 여럿이 분주하게 사천으로 향하기
시작했다.

그리고 사천은 성도를 가운데로 두고서, 위아래로 나뉘
어 있는 마당이었다. 사천의 북부, 민강을 비롯한 일대는

홍천교가 단단히 틀어쥐고 있었다. 그곳은 그야말로 무인지경이나 다름없었다.

사천 삼세가 크게 손을 썼을 때에 잠시 위축되었지만, 그조차 불과 한 달도 못 되는 시간 사이에 전부 회복했다.

몇몇 큰 마을에는 홍천교가 상징으로 삼은 붉은 깃발을 높이 세웠다. 깃발은 피로 적신 것처럼 온통 붉은 바탕에 천의 한 글자가 적혀 있었다.

그런데 홍천교, 자체의 모습은 볼 수가 없었다.

홍천교주는 물론이거니와, 홍천교를 실질적으로 이끌어 나간다는 홍천사자도 쉽게 모습을 드러내지 않았다. 그러나 분명 어디선가 일대를 지켜보고 있는 것은 분명했다.

홍천교에 귀의한 교인이든, 그렇지 않든, 북부에 남은 백성은 그것을 똑똑히 느끼고 있었다.

진정으로 신불이 있어서, 이능을 발휘하는 듯했다.

무엇보다, 마을에서 사람 모습이 갈수록 줄어만 갔다. 이유 없이 사람이 하나둘씩 휙휙 사라졌다.

자고 일어나면 가족 중 한 사람이 없어지기 일쑤였다. 급기야 어느 집에서는 눈 깜빡할 사이에 젖먹이만 덩그러니 남기도 했다.

바람에 나부끼는 붉은 깃발은 음산하고, 깃발 아래의 마을은 황량했다.

잿빛으로 잔뜩 물들어서 사람 그림자 하나 보기가 어려웠다. 다들 집 속으로 숨어서는 벌벌 떨어댈 뿐이었다.

차라리 마을을 뛰쳐나가서 도망이라도 했으면 좋겠지만, 그조차 마음대로 되지 않았다.

사교의 홍천사자, 그리고 따르는 홍천병(紅天兵)이라는 것들은 어떻게든 알고서 도망한 사람들을 다시 끌고 왔다. 그리고 사람들이 다 보는 길목에서 산 채로 갈가리 찢어 죽였다.

끔찍한 일이었다.

이래도 죽고, 저래도 죽는다. 작정한 사람들은 모두 붙잡혀서 죽었고, 아닌 자들은 집에 틀어박혀서 벌벌 떨다가, 하나, 둘 사라져버렸다.

무슨 생업을 이룰 수가 있을까.

"하이고, 하이고야."

집 안 구석에 틀어박혀서 앓는 소리만 겨우 맴돌았다. 염주를 꼭 움켜쥔 늙은 손이 발발 떨렸다. 문이며, 창이며 모조리 닫아 걸고, 덧창까지 덧대어 놓았다. 그래도 마음은 놓이지가 않았다.

노파는 벌벌 떨면서 힘주어 몸을 앞으로 기울였다. 웅크린 노파의 품에는 천으로 꽁꽁 감아둔 아이가 꼭 안겨 있었다.

노파는 두려움에 심장이 쿵쿵 뛰었지만, 아이는 그 소리를 자장가처럼 들으면서 세상모르고 잠들어 있었다.

휘잉, 바람이 한 번 불면서 닫아건 문창이 덜컹거렸다.

그때마다 노파는 어깨를 움츠렸다. 노파는 그러다가 불현듯 고개를 들었다. 진물 맺힌 흐린 눈동자가 두려움 속에서 좌우로 요동쳤다. 불을 밝히지도 않아서, 내실은 한없이 어둑어둑했다.

노파는 여기서 자식 놈 둘과 며느리 하나, 그리고 갓 태어난 손주와 함께 살고 있었다. 그런데 불과 몇 달 만에 참담한 일을 마주했다.

마을의 다른 집처럼, 둘째가 밤 중에 사라져버렸고, 첫째는 이대로 안 되겠다고 뛰쳐나갔다가 잡혀 와서는 내자 앞에서 찢겨 죽었다.

며느리는 그대로 정신이 나가버려서는 집 안을 배회하다가 둘째처럼 사라져 버렸다. 이제 노파와 젖먹이 손주만 남았을 뿐이었다.

노파는 밤이 두려웠다. 하나뿐인 손주마저 잃을까, 손주를 두고 내가 사라질까. 어느 쪽이든 한없이 두려웠다. 그런데 두려움의 실체를 지금 마주해 버리고 말았다.

"하이고, 하이고오."

노파는 겨우 소리를 쥐어짰다.

눈을 뜨지 말 것을, 고개를 들지 말 것을.

다른 사람은 아무도 없어야 할 내실이었다. 온기 하나 없고, 어둑하기만 해야 할 곳이다. 그런데 거기서 어둠이 뒤엉켜 있는 무엇이 있었다.

그것이 이쪽을 빤히 보았다. 노파는 무슨 얼굴을 본 것도 아니었지만, 마치 어둠이 웃는 듯하였다. 그리고 노파는 까무룩 정신을 놓았다.

허윽……

신음이 왈칵 터졌다.

노파는 지저귀는 새소리에 퍼뜩 정신을 차렸다. 어느 틈에 날이 밝았다. 가득 막아놓은 들창 사이로 햇빛이 가늘게 스며들고 있었다.

잠시 멍하였다가, 노파는 퍼뜩 허리를 세웠다. 야윈 몸이 힘겹지만, 힘겨운 것을 느낄 겨를이 없었다.

"아이고! 아이고! 아가야! 내 아가! 우리 아가!"

노파는 텅 비어버린 아이 수건을 그러쥐고 통곡하고 말았다. 수건에 주름진 얼굴을 파묻고, 하늘이 무너져라, 땅이 내려앉아라, 그렇게 울어 젖혔다.

노파의 울음은 길고, 또 길게 이어졌다.

가까이에 사는 이웃들은 울음을 들으면서 몸을 떨었다. 같이 슬펐고, 같이 안도했다. 적어도 당장 이 집은 화를 피하지 않았던가. 그래도 슬프고 두려웠다.

이것이 홍천교의 아래에 있는 마을에서 벌어지는 일이었다.

*   *   *

당가는 졸지에 사천련의 중심이 되었다. 그럴 수밖에 없는 상황이었다.

홍천교의 교세가 불과 며칠 사이에 성도 가까이 이르렀다. 주변으로는 마땅한 곳이 없었다. 마도라는 진실한 정체를 알아버린 이상에야, 처음처럼 홍천교를 한낱 사교 따위로 여길 수도 없었고, 대할 수도 없었다.

토벌하는 데에 큰 준비가 필요하다.

"어찌하면 좋겠나?"

"모조리 죽여 없애고자 한다면야 못 할 것도 없겠지요."

차분한 목소리가 그것을 맞받았다. 그러자 같이 자리한 여럿의 얼굴이 대번에 일그러졌다. 그것이 무슨 무도한 소리란 말인가.

노성이 터지지 않은 것은 말 꺼낸 사람이, 거지이기 때문이었다.

"홀리는 놈도 죽이고, 홀린 놈도 죽이고. 그렇게 죄 잡아

죽이면 그놈 종자들도 죄 끝장나지 않겠습니까?"

비아냥이 역력했다.

사천의 한구석을 전부 아우르고, 수만이나 되는 백성을 홀려놓은 홍천교였다. 아무리 뒤에 마도가 있다고 한들, 그들까지 어찌할 수가 있을까.

거지는 그런 소리를 아주 태연히 내뱉었다. 그런데 당가주와 두 장문인은 뭐라고 하기보다는 신음을 삼키면서 눈을 피했다.

거지는 개방 사천 분타를 맡은 젊은 분타주, 백결호(百結虎) 오군이다.

백결이라는 별호대로, 누덕누덕 기운 넝마를 걸치고서, 오군은 사천의 여러 무림 명사 앞에서 꼿꼿한 모습으로 앉아 있었다.

검댕이 그득한 갈색 얼굴이 짐짓 심통이 나 있었다. 심통이라고 하기보다는 불만이라고 하는 편이 더 정확했다.

당가주는 쓴웃음을 잠시 머금었다.

"오 분타주. 계속 그리 몽니만 부릴 참인가?"

"제가 오죽하면 이럴까요. 가주."

오군은 바로 쏘아붙였다. 노려보는 눈초리가 사뭇 험악하다.

"하, 하하. 그도 그렇네. 다 내 불찰이요. 내 잘못일세."

당가주는 급기야 자리에서 일어나 고개를 숙였다. 당황할 법도 한데, 개방의 거지는 과연 개방의 거지이다. 끝내 찌푸린 얼굴 그대로 당가주를 보았고, 좌우에서 당황하는 다른 문주들을 둘러보았다.

"어허, 오 분타주."

"그만 하십시다."

"이래서야 어디 회의가 이루어지겠소."

책망하는 듯한 말도 튀어나왔다. 오군은 고개를 흔들고서는 두 손을 펼쳐 보였다.

"에효, 하기야 뭘 어쩌겠습니까. 일은 이미 이 지경까지 왔으니."

오군은 일단 표정은 풀었다. 대신일지, 지쳐서 어깨가 무거운 듯했다.

처음 홍천교의 일이 벌어졌을 때에, 토벌을 말한 것도 백결호이고. 사교의 교세가 들불처럼 일어나기 직전에 먼저 말한 것도 백결호이다. 심지어 마도의 개입마저도 외쳤건만, 크게 귀 기울이지 않았다.

중원 강호에서 마도가 들불처럼 일었다고 하나, 어디 사천에서까지 그러겠느냐는. 안이하기 그지없는 생각 때문이었다.

백결호는 이번 일로 단단히 상심한 마당이었다.

개방의 사천분타주가 다 무엇인가. 사교의 수작에 고통받은 민초를 살피지도 못했고, 그들의 패악질을 막아내지도 못하였으니.

오군은 고개가 절로 무거웠다. 그러다가 느리게 입을 열었다.

"가능한 만큼 상황을 파악하려 하고 있습니다. 그네들이 벌이는 짓거리가 하도 가당치 않더군요."

좌중은 침묵 속에 오군의 설명에 귀 기울였다.

무슨 수작을 부려놓았던 것인지, 마을로 들어서기가 무섭게 붙잡혔다. 설사 밀마를 남겼더라 하더라도, 밀마를 확인할 방도가 없었다.

가장 두려운 것은 사람이 점점 줄어들고 있다는 것이었다. 멀리서 눈 밝은 자들로 하여금, 밖에서 홍천교의 영역 안에 있는 마을을 살피게 하였는데.

하루, 또 하루가 지날수록 사람들 수가 뚝뚝 떨어지고 있다.

"그야말로 인세의 지옥이 따로 없는 상황입니다. 한시라도 지체할 수 없는 것은 분명하지요."

"그렇구려. 그렇구려."

청성 장문인이 묵묵히 고개를 끄덕였다. 어디 가까이 접근이라도 할 수 있어야 뭔가를 파악할 일이다.

아무것도 알 수가 없는 판국인데, 시간마저 촉박하다.

급하게 이루었다지만, 사천련은 빠르게 체계를 갖추었다. 그 자체로 막강한 힘이다. 다만, 이 힘을 어떻게 쓸 수가 있을지는 온전히 홍천교의 상황에 달린 것이다.

"방책이, 방책이……."

뭘 알아야 방책을 세우든 말든 할 일이지 않은가.

당가주는 문득 고개를 돌렸다. 한 사람을 향해서였다. 그러나 눈길을 뻔히 알면서도 그 사람은 영 딴청이었다.

당가에서, 당가주의 눈길을 외면할 수 있는 사람이 어디 있을까마는. 여기에 있었다.

"이봐, 거중."

결국, 당가주는 입 밖으로 소리를 내고 말았다.

당민의 부친, 그리고 북조류의 장문인인 당거중은 이를 드러냈다.

"택도 없는 소리!"

"아직 아무 말도 하지 않았다."

"우리 녀석을 중원까지 보냈던 것으로 충분하지 않소. 이번에는 안 돼!"

"어허, 이보게 거중."

"몰라, 몰라. 안 돼. 안 돼!"

숫제 투정을 부리는 듯하다. 사정 아는 사람은 그러려니

하지만, 모르는 사람은 아연하여서 눈을 동그랗게 떴다. 이 것이 어디 당가의 수뇌라고 할 사람들 사이에서 오갈 대화 란 말인지.

그런데 문이 벌컥 열렸다.

"가지요. 제가 갑니다."

좌우에서 막아서는 이들이 있었지만, 그들을 뿌리치면서 당민이 성큼 안으로 들어섰다.

당거중이 자리에서 벌떡 일어났다.

"이 녀석, 아민!"

"시급합니다. 하북에서 마주한 마도의 주구들은 자신이 왜 죽는지도 모르고 죽어 나갔습니다. 지금 마각을 드러낸 자들 을 제압하지 않으면, 들불은 사천에서 끝나지 않습니다."

단호하기 이를 데가 없다.

가주 당성영은 느린 눈으로 당민을 잠시 지켜보았다. 당거 중이 바르르 몸을 떨어대고 있으나, 전혀 돌아보지 않았다.

"몇이나 필요하느냐?"

"가주! 정녕!"

당거중이 홱 고개를 돌렸다. 통나무처럼 굵은 목이 부러 질 듯했다. 그런데 뒤이은 당민의 말이 더욱 가관이라서. 당거중은 그만 기함하는 것도 잊고 말았다.

"필요 없습니다."

"아니, 아무리 그래도 그건 아니지!"

내부에서 엎치락뒤치락하였지만, 하겠다는 사람이 강하게 주장하는 판국이었다.

그것을 내내 마다할 수는 없었다. 그렇다고 아무리 본인의 뜻이라 한들, 혼자 보낼 수는 더더욱 없었다. 다들 주저할 적에 먼저 나선 것은 청성파 장문인이었다.

청성 장문인 또한 소규모로 들이치는 것이 훨씬 낫다는 점에는 부인하지 않았다. 그러한 한편으로, 당가에서도 손꼽히는 젊은 고수라는 녹면옥수가 나서는 마당인데, 적어도 그 정도에 이르는 고수를 권하여야지 모양새 나지 않겠는가.

그런 것은 고민할 만한 일이었다.

그런즉, 청성파 장문인은 자신의 제자 한 사람을 보냈다. 아미파에서도 다르지 않았다.

과연 사천의 삼세라.

여기에 다른 명사들은 주저주저했다. 쉽사리 끼어들 수도 없는 일이다. 그런데 천만뜻밖에도 불쑥 끼어든 자가 있었다.

"나도 끼지."

"어이쿠!"

좌우에서 그만 당황했다. 다른 사람도 아니고, 개방의 분타주가 직접 끼겠다는 것이다. 실로 놀랄 일. 그러나 놀라기는 하여도, 누구도 만류하지는 못했다.

개방 제자가 대체 몇이 희생되었던가.

분타주로서, 백결호는 더는 참을 수가 없었다. 죽든 살든, 아니면 자신 또한 실종되어버리든 간에, 사천련에 틀어박혀서 답도 아니 나오는 난제에 골머리 썩고 있을 수는 없었다.

당성영과 당거중마저도 매우 놀라는 눈이다. 그러나 당민은 한 번 흘깃거리기만 했다.

당황하기는커녕, 솔직하게 말하면 그러든지, 말든지 꽤 넘치 않겠다는 뜻이 분명했다.

새벽 날, 날이 어슴푸레하게 밝아오기도 전이다.

당민은 어둑한 방에서 채비를 갖추었다. 은빛 비늘처럼 반짝거리는 짧은 단배자를 걸치고, 위로 녹삼을 다시 입었다.

왼손에는 한층 신중한 모습으로 비갑(臂鉀)을 찼다. 그리고 허리끈을 바짝 조여 묶었다.

마지막으로, 당민은 녹색 가면을 새삼 집어들었다. 울퉁불퉁하여서 언뜻 보기에도 참으로 흉하다. 여기저기 긁히고, 깎인 상처가 역력했다.

이것으로 녹면이라는 이름이 별호에 붙었다.

당가에서 외부활동을 할 적에 누구나 쓰는 녹면이지만, 결국 이름을 떨친 것은 당민, 한 사람뿐이었다.

당민은 동경을 마주하면서 천천히 가면을 들어서 얼굴을 가렸다.

눈을 맞추고, 코를 맞추고, 턱을 맞추었다.

"후우…… 좋아."

이제부터 녹면옥수라고 해야 할 터이다. 당민은 홱 몸을 돌렸다. 그 자리에는 이청이 있었다.

"이청."

"시작은 본거지라고 하였던 곳에서부터 거슬러 올라가 도록 하지."

"음."

이청은 녹면 사이로 반짝이는 당민의 눈동자를 똑바로 마주했다. 서로 만류하는 일은 없었다. 해야 할 일, 피할 수 없는 일이라는 것을 명확하게 알고 있기 때문이었다.

새벽 공기가 차갑게 밀려왔다. 무겁고 습했다. 날이 날인 탓일지도 몰랐다.

녹면을 갖춘 당민과 평소 모습 그대로 나서는 이청의 모습은 너무도 달랐다. 묵묵히 북관을 나서자, 둘을 따로 기다리는 자들이 있었다.

하나는 백결호이었다. 누런 죽장을 세우고, 거기에 기대어서 이쪽을 빤히 보았다. 그의 좌우로는 방갓 쓴 비구니와 환한 인상의 젊은 도사가 있었다. 도사는 파란 득라에 검한 자루를 등에 메고 있었다.

짙은 눈썹 아래로, 두 눈에는 정광이 맺혀 있었다.

"이런, 어찌 알고."

"과거 녹면옥수의 행적을 생각하면 그리 어려운 일도 아니지 않나. 흐아암!"

백결호는 하품을 쩍쩍 흘렸다. 그러면서도 용케 예리함을 잃지 않았다. 거지의 눈가에는 졸음이 눈곱과 함께 뒤엉켜 있지만, 아래에는 날카로움이 번뜩였다.

"아미타불, 당 소저께서는 정녕 혼자 움직이려 하시었습니까?"

"따로 움직이는 것도 한 방편이 아니겠소."

당민은 턱을 들고서 당당히 말했다. 부정하지 않았다. 방갓 아래로 드러난 아미파 비구니의 입술 끝이 그만 파르르 떨렸다.

"원시천존, 원시천존. 청성의 양정이라 합니다. 당 여협께서는 너무 고깝게 생각하지 마십시오. 저도 그렇고, 여기 아미의 소신니(少神尼)도 그렇고 강호 경험이 부족하지만,

모자란 사람은 아닙니다."

청성파의 양정이라고 하면, 분명 청성 장문인의 제자 중에서 무공이 으뜸간다고 소문이 자자한 젊은 기재였다. 아미의 소신니는 또 어떤가.

망진사태가 직접 길러 내서, 아미금정의 비전을 이었다고 전해졌다. 그러나 당민은 시큰둥했다.

"다들 그렇게 여기지. 강호 초출이란."

짤막하게 대꾸했다. 나선 양정이 머쓱할 지경이었다. 그리고 당민은 백결호를 돌아보았다.

"우루루 몰려가서 좋은 꼴 볼 리는 없을 것이고. 알아서 모이도록 합시다. 우리 둘은 홍천교의 숨은 본거지라는 곳을 살피고 움직일 생각이오."

"음, 그곳이라면 나도 잘 알고 있지. 어떻게 안내는 필요 없나?"

"내가 누구라고 생각하시오?"

당민은 퉁명스럽게 되물었다. 백결호는 소리 없이 입술 끝만 삐죽 치켜들었다.

당민은 조용한 이청과 함께 걸음을 재촉했다. 새벽 안개 사이로 사라지는 뒷모습을 한참 지켜보았다.

백결호는 눈을 가늘게 뜨더니, 고개를 흔들었다.

"허 참, 저놈의 성질머리는 참 여전도 하군."

"백결호 선배, 이제 어찌해야 할지."

"어찌기는 알아서 움직이라 하지 않으냐. 우리도 알아서 움직여야지."

백결호는 어리둥절한 양정에게 한 마디를 툭 던지고서, 곧 돌아섰다. 죽장을 뒤로 돌린 채, 느긋한 팔자걸음이었다. 끌끌, 혀 차는 소리는 입 안에서 맴돌았다. 당민의 말이 딱히 틀린 것은 아니다. 무공은 자파에서 손꼽히지만, 경험은 한참 부족한 둘이다.

구파일방의 의리를 생각하면 마냥 알아서 하라고 할 수는 없는 노릇이다.

양정과 소신니는 잠시 서로 마주했다.

"도우, 어찌하시겠소?"

"어찌기는요. 달리 갈 곳도 없는데. 백결호 선배라도 쫓아가야죠. 어영부영했다가는 사부님께 아주 치도곤을 당할 겁니다."

양정은 한숨 섞인 목소리로 대구하고는 백결호 뒤를 바로 쫓았다. 하기야 소신니도 크게 다른 처지가 아니다. 고개를 한 번 끄덕거리고는 바로 움직였다.

선장을 짚으며 나서자 매달린 고리가 흔들리며 짤랑, 맑은소리가 울렸다.

＊　　　＊　　　＊

당민과 이청, 그리고 백결호를 비롯한 아미, 청성의 두 제자가 당가타를 떠나고서 닷새가 흘렀다. 그 사이에 아무 소식도 없었다.

크게 가슴 졸일 일이지만, 그렇다고 마냥 허둥거릴 수는 없었다.

바깥에서 살필 수 있는 것이라도 마땅히 살펴야 했고, 그에 맞추어서 대비를 갖추어 나아갔다.

적어도 며칠의 시간은 있다. 그동안, 사천은 더욱 혼란을 거듭했다. 심지어 성도에서도 물러 나오는 사람도 많아지고 있었다.

이제는 사천련의 깃발을 새롭게 세운 당가타가 유일한 피난처로 여겨질 정도였다. 불과 서너 달 전에 비하자면, 당가타의 영역이 배 이상으로 불어난 듯했다.

그렇게 사람이 복작거리는 당가타에서, 누군가 당가를 향해서 걸어갔다.

꽤 먼 길을 서둘러서 달려온 모양이다. 걸친 피풍의에 먼지가 뽀얗게 쌓여 있었다. 그는 피풍의에 달린 두건을 깊이 눌러쓰고 있었다.

"휘유."

독문의 현판을 빤히 올려다보면서, 두건을 뒤로 넘겼다. 헝클어진 머리카락이 아주 엉망이었다.

"멀기도 하다."

한숨 섞인 목소리였다. 딱히 지친 것은 아니었다. 잔뜩 헝클어진 머리카락 사이로, 유독 흑백이 뚜렷한 눈동자가 어수선한 당가 주변을 둘러보았다.

외인이 가까이 왔건만, 어디의 누구도 사내에게 신경조차 쓰지 않았다.

주변이 원체 소란한 까닭이었다. 사람뿐만이 아니었다. 필요한 물류가 계속해서 들락거리는 판국이었다. 분명 당가의 앞마당이건만, 당가의 녹의가 드문드문 보일 지경이었다.

피풍의를 툭툭 털면서 독문당가의 정문을 넘었다.

느린 걸음으로, 좌우를 찬찬히 두리번거렸다. 어느 쪽으로 가야 할지. 붙잡고서 말 붙일 상대 하나 발견하지 못했다.

분주한 와중이다.

그렇다고 딱히 서두르지 않았다. 사뭇 느긋한 모습으로 주변을 살피며 거닐다가, 어느 곳을 똑바로 보았다.

"저기로군."

먼지 섞인 탁한 목소리였다. 더 두리번거리지 않았다. 입술을 슬쩍 깨물고서 성큼성큼 걸었다. 내외당의 구분도 전혀 신경 쓰지 않았다.

처음에는 분주한 마당이어서, 미처 외인의 등장을 눈치채지 못하였다면, 이제부터는 외인의 보신경이 실로 뛰어난 탓에 파악하지 못하였다.

당진령은 한숨을 흘리면서 백포를 걸쳤다. 앞치마를 단단히 묶고서, 얼굴을 가렸다. 그리고 굳게 닫아건 약고전 격리실로 향했다. 그러나 걸음이 참으로 무거웠다.

벌써 달포에 가까운 날이 흘렀지만, 상태가 호전된 사람은 아무도 없었다. 어떻게든 유지하는 데에 급급했다. 그나마도 위태하였으니.

수백 년 세월 동안 쌓아오고, 더욱 발전시켰다고 자부하는 당가의 의학이다. 그것이 이렇게나 부족하단 말인가. 아무리 마도의 수작이라고 하지만, 씁쓸할 따름이었다.

"에잇, 정신 차려야지!"

당진령은 애써 마음을 다잡았다. 정신 차린 이들은 없다지만, 그래도 다들 귀는 열려 있다. 자신이 시무룩하고, 싫은 소리를 하는 것이 절대 좋은 영향을 줄 리가 없다.

당진령은 힘주어서 문을 벌컥 열었다.

"자아, 여러분. 엇?"

억지로 밝은 목소리를 내던 당진령이 그만 주춤했다. 다른 사람이 있을 리가 없는 곳인데, 다른 사람이 우두커니 서 있었다.

검은 피풍의를 한쪽 팔에 걸치고서, 침상 가에 서 있었다. 이쪽을 돌아보지는 않았지만, 한눈에도 허가받지 않은 외인이 분명했다.

"누, 누구?"

잠시 의아했다. 그러다가 헛 번쩍 정신을 차렸다. 여기가 어디인가. 당가의 내실, 그곳에서도 가장 내밀한 곳으로, 금지라 할 만했다. 그런 곳에 외인이라니.

"누구냐!"

당진령은 한 호흡 늦었지만, 그래도 정신이 들기가 무섭게 공력을 끌어올렸다. 녹피장갑을 낀 두 손이 바로 허리 뒤로 돌아갔다.

"쉿!"

그러나 손을 쓸 수는 없었다. 언제 거리를 파고들었는지, 바로 귀 뒤에서 소리가 들렸다. 당진령은 입을 벌린 채, 딱 굳어버렸다.

'어, 언제?'

"마기에 당한 것은 여기에 있는 사람들이 전부요?"

'……'

당진령은 입을 열지 못했다. 혀가 굳어버렸다. 그렇다고 눈을 돌리지도 못했다.

"그런 모양이군."

외인은 씁쓸한 어조로 속삭였다. 그러던 차에 고통에 찬 신음이 왈칵 터져 나왔다.

"끄으! 으으윽!"

당진령은 소리에 눈을 번쩍 치떴다. 풍양자였다. 침상이 내려앉을 것처럼 격렬하게 들썩거렸다. 요동은 그렇게까지 길게 이어지지 않았다.

"흐어어!"

풍양자는 긴 숨을 토해냈다. 동시에 참을 수 없을 만큼 역한 악취가 일었다.

"흡!"

당진령은 똑똑히 보았다. 침상 아래로 떨어질 만큼 검은 물이 줄줄 흘렀다. 전신 모공이 다 열려서 체내에 맺힌 탁기를 일거에 쏟아낸 듯했다.

"휘유, 냄새 한 번 지독하다."

외인은 손을 휘휘 내저었다. 가벼운 손짓, 그러나 일어난 결과는 두려울 정도였다. 홀연 일어난 경풍이 삽시간에 격리실을 휩쓸어버렸다.

냄새를 전부 거두어 낼 수는 없었지만, 훨씬 흐려졌다.

그리고 외인은 당진령을 지나서 헐떡거리는 풍양자 옆에
섰다.

"어찌 살아 계시오?"

"허어, 허어, 아오, 죽는 줄 알았네."

"거, 오랜만이오."

"아니, 가만. 내가 산 게 아니라, 죽은 건가? 어찌 자네
를 보고 있는 거지?"

"쯧, 또 허튼소리 하시네. 이 가짜 도사."

"히히히."

풍양자는 기괴한 웃음을 흘리고는 느릿느릿 몸을 일으켰
다. 지친 눈을 두어 번 끔뻑이고서, 서 있는 외인을 다시 올
려다보았다.

제대로 먹지도 못하고 드러누워 있었던 것만 벌써 달포
가 훌쩍 넘었다. 피골이 상접하여서, 해골바가지라 해도 딱
히 틀린 말이 아니다. 그런 얼굴로 헤에 웃는 데, 평소 풍양
자의 경망스러운 웃음, 딱 그대로였다.

그리고 풍양자는 웃으며 말했다.

"무지 오랜만이야. 서천 권야."

"그러게나 말이오. 청성 가짜 도사."

서천의 권야, 그리고 천하육절의 권야이기도 한, 소명이
피식 웃으면서 대꾸했다.

제6장
서천 권야와 청성 가짜 도사

　음식 냄새가 가득했다. 텅 빈 그릇을 치우기가 무섭게
다음 요리가 계속 이어졌다.

　소명은 손 놓고서 물끄러미 앉아 있었다. 그저 걸신이
들린 사람처럼 먹고 또 먹어대는 풍양자의 게걸스러운 모
습을 가만히 지켜만 보았다.

　풍양자를 달래기 위해서, 요리는 급하게 나오고 있었다.
이름 높은 사천의 진미가 아니었다.

　지금 풍양자에게 필요한 것은 그저 양이 많은 것이다.
빠르게 먹고, 또 먹는다. 턱이 쉴 새가 없었다. 쌓이는 것

은 만두였고, 가장 많이 나오는 것은 볶아서 내오는 소채
였다.

그러기를 한참이다.

장정 대여섯이 배 터질 정도로 먹고도 남을 만한 분량이
사라졌다. 그리고 풍양자는 한껏 부풀어 오른 배를 부여잡
고서 한참 헐떡거렸다. 마치 해산(解産) 날이 머지않기라
도 한 것처럼 힘겨웠다.

한참 굶은 탓에, 얼굴이며, 팔다리는 홀쭉한데, 억지로
채워 넣어서 배만 뽈록하다. 참 기괴한 모습이었다. 편히
앉아 있을 수가 없어서, 풍양자는 야윈 두 팔을 뒤로 뻗어
서 몸을 지탱했다.

그러고는 고개를 뒤로 젖힌 채, 앓는 소리가 절로 흘렀
다.

"에고, 에고에고."

"그놈의 식탐하고는."

"무려 한 달 가까이 쫄쫄 굶었단 말이야. 뭐, 정신을 놓
은 것도 있지만."

"그러다 속이 놀라겠네."

"놀라라고 이 난리를 하는 게지."

풍양자는 몸을 가누기 어려워서, 한 손으로 등을 기대면
서 히죽 웃었다.

"이봐, 권야. 이게 얼마 만에 보는 거지?"

"한 육 년? 아니지 칠 년 정도인가?"

"흐흐흐, 세월 참. 서천의 권야가, 소림의 용문제자. 그리고 천하육절이시란 말이지."

"뭘, 그런 것 같고 그러나. 천산 변두리의 가짜 도사가 청성파 대사형 소리를 듣기도 하는데."

소명도 쓴웃음을 짓고서 대꾸했다. 두 사람의 인연은 머나먼 서천 땅에서 이어졌다. 그때에 풍양자는 도호(道號)를 받기 전이었다.

적하검선이 말년에 거둔 제자라고 하지만, 아직 청성파에서 관건의 예를 치르지 않았다. 그때에, 풍양자는 스승인 적하검선의 마수(魔手)를 피해서, 냅다 도망하였다.

말로는, 그러다가 딱 죽겠다 싶었다는 것이다.

아주 작정을 한 도망이어서, 어중간한 곳이 아니라, 험한 서천, 그것도 천산으로 달려가 숨어버렸다. 와중에 서천에서 그만 자객불원의 두 사람, 소명과 위지백을 만나서는 크게 얽혀들었으니.

얽혀든 일에는 지금 말하는 마도, 성마교가 관련되어 있었다.

"그러고 보니까. 위지 놈은? 아직도 자기 산장에서 혼자 놀고 있나?"

"아니, 중원에 있어. 내가 따로 부탁한 일이 있어서."

"흠, 그래. 그쪽도 마도 잡것들이 들쑤시고 다닌다지."

풍양자는 잔뜩 부른 배를 슬슬 어루만졌다. 그러면서 툭 던지듯이 말문을 열었다.

"마동이었어. 마동괴령."

"그 망할 것이 아직도 남아 있었단 말인가?"

소명은 대뜸 이맛살을 찌푸렸다. 성마교에서 부리는 인간병기 중 하나, 그것은 실혼, 괴뢰, 강시와는 또 다른 것이었다.

풍양자는 홍천교의 산채에서 마주한 마동을 떠올리면서 혀를 찼다.

"밖에 일행을 피신시켜야 한다는 생각으로 일단 자리를 피하려고 했는데. 아주 단단히 당해버렸지 뭐야."

"중독이 먼저였군."

"괜히 독문당가가 아니더라고."

독에 당할까, 그리 조심했는데, 어느 틈에 중독되었고, 이어서 마동의 마기가 파고들었다.

"후우, 호심기의 발동이 조금만 늦었다면, 어땠을지."

풍양자는 착잡하여서 고개를 흔들었다. 그러면서 입술을 지그시 깨물었다.

'미련한 놈.'

마도, 마인이라고 경고하였으면 알아서 물러났어야지.

풍양자는 없는 사제들을 아니 생각할 수가 없었다. 소명도 풍양자의 얼굴에 내린 그늘을 헤아렸는지, 입을 다물었다.

방 안이 문득 고요했다.

풍양자는 곧 눈에 힘을 주고는 낑낑거리면서 허리를 세웠다. 몸에 기운이 없기도 하지만, 원체 많이 먹은 탓에 배가 걸려서 힘들다.

"자아, 이제 운공 좀 할라니. 호법 좀 서달라고."

"호법은 개뿔. 여기가 어디 야산이야? 얼어 죽을."

"그래도 혹시 모르잖나."

"하여튼."

사람 귀찮게 하는 데에는 뭐가 있는 사람이다. 저것도 넉살이라 하면 좋을지. 소명은 쯧, 혀를 찼다. 위지백이 있었으면 허튼소리 한다고 칼 먼저 뽑았을 테지만.

소명은 방 밖으로 나섰다. 약곡전에 딸린 작은 객방이다. 아직 소식을 알리지 않은 모양인지, 주변에 다른 소요는 없었다.

방문을 등지고서 팔짱을 꼈다. 등 뒤에서는 서서히 기파가 일어나는 것이 선명했다. 풍양자가 발하는 기파가 차츰차츰 위력을 더해가면서 방을 흔들어대기 시작했다.

이제껏 짓눌려 있던 기맥을 단번에 틀어잡고, 기운을 바탕으로 쇠한 신체를 다시 이루어낸다. 도가의 기공 중에서도 가히 으뜸이라고 할 만했다.

내가공력이 하늘에 이르고, 신공이라고 할 정도의 법문요결(法文要訣)이 있다면, 이른바 탈태환골(奪胎換骨).

태를 달리하고, 골격을 다잡아내는 경지를 넘어선다고 한다. 지금 풍양자가 행하는 것은 그 정도라고까지 할 수는 없었지만, 흡사한 무리를 몸소 행하는 것이었다.

오래도록 단식하여서 신체를 피폐하게 하는 대신에 정신을 날카롭게 하고, 그때에 영단, 선약 등을 섭취하여서 일시에 경지를 높이는 것이다. 청성에서도 이와 흡사한 요결을 전하는데, 이제는 아는 사람도 드문 것이었다.

풍양자는 그것을 급하게 행하였다. 일단은 힘겹더라도 가장 빠르게 몸을 회복할 수 있는 요결이었다.

방 안에서 강렬한 기파가 한도 끝도 없이 거칠게 맴돌았다. 지붕이라도 내려앉을 것처럼 자꾸 들썩거렸다. 소명은 뒤를 흘깃 보았다가, 쯧 혀를 찼다.

"하여튼 요란하기는, 그때나, 지금이나. 뭐, 발전이 없어."

소명은 절레절레 고개를 흔들었다. 이 소란을 어떻게 가릴 수가 있을까. 하기야 애초에 그럴 생각도 없었다. 그저 어깨를 늘어뜨리고서 자리만 지킬 뿐이었다.

이내 사방이 어수선해지기 시작했다.

당장에 먼저 달려온 것은 격리실에서 마주했던 당가의 여인이었다. 직접 나서서, 끝도 없는 음식을 준비해 주기도 했다.

"오, 당씨 아가씨."

"대체, 대체 지금 무슨 일이 벌어지고 있는 겁니까?"

"일어나려고 아등바등하는 중이지요."

"풍양자께서는 지금 안정이 필요합니다. 섣불리 운공을 하였다가는……."

"그야, 뭐. 자기가 알아서 할 일이 아니겠습니까?"

소명은 싱긋 웃으면서 가벼이 대꾸했다. 여인, 당진령은 당장에 눈살을 일그러뜨렸다.

세상 해맑은 당진령이지만, 위중한 상태의 환자를 두고서는 그보다 엄격할 수가 없는 그녀다. 질끈 입술을 깨물고서, 홱 고개를 돌렸다.

바로 방문을 박찰 기세였다. 그렇지만 한 발을 내밀기가 무섭게 눈앞이 잠시 어질하더니, 방문이 아니라 들어선 길목을 마주하고 있었다.

"어엇!"

미처 깨닫기도 전에, 몸의 방향이 바뀌었다. 당진령은

놀란 눈으로 소명을 돌아보았다. 처음 자리에 그대로 선 채, 소명은 턱을 슬쩍 들어 보였다.

"너무 걱정하지 마시오. 사람이 그리 쉽게 죽는 것도 아니고."

"으윽! 사람의 생사가 걸린 일인데. 어찌 그렇게 쉽게 말씀을 하실 수가 있습니까."

"아는 처지이니 그렇지요. 당 아가씨. 비결이 있어서 저렇게 용을 쓰는데. 방해하지 않는 편이 좋지 않겠습니까."

"그 비결이라는 것이 오히려 원정을 상하게 할 수도 있으니, 그렇지요!"

당진령은 안타까움을 솔직히 담고서 다그쳤다. 무엇이든 그렇지만, 급한 것에는 탈이 있기 마련이다. 이른바, 비결이고, 비방이라고 하는 것에는 항시 그만한 위험이나, 부작용이 따르는 바였다.

하다못해, 한 번이라도 더 고민하고 할 일이다.

그러나 소명은 그저 담담한 미소만 지을 뿐이었다. 소명은 흘깃 고개를 돌렸다. 닫힌 방문이 덜컹덜컹하면서 위태하게 들썩거렸다.

풍양자가 전신으로 발하는 기파가 어느 정도에 올라서, 지금의 상태를 유지하고 있었다.

"도사이면서 또 무인이 아니겠소. 무인이라는 자가 무릎

행할 때가 코앞인데. 마냥 누워서 안정만 취하고 있을 수는 없지."

그리고 설사 위험한 길이라도, 이룰 수만 있다면 기꺼이 몸을 던지는 것이, 강호의 무인이 아니던가.

소명은 그러고는 너머를 향해서 눈을 돌렸다.

"그보다, 저기 오는 사람들이나 좀 진정시켜 주시구려. 오히려 저 사람들 때문에 피 토하고 죽겠구만."

"아!"

당진령은 바로 고개를 돌렸다. 아닌 게 아니라, 소명의 말이 끝나기가 무섭게 삼엄한 기운이 다급하게 몰려들었다. 나름 중지라고 할 수 있는 약곡전이었다. 여기서 기이한 기파가 마구 요동치는데, 어찌 사람이 몰려오지 않겠는가.

당진령은 급히 땅을 박찼다.

"멈추세요! 기운을 다스리세요!"

"아니, 진령아. 대체 무슨 일이 벌어지고 있는 게냐!"

서두르는 당진령의 모습에, 가장 선두에서 달려오던 당가의 고수 한 사람이 급히 물었다. 뒤로는 당가의 녹의가 펄럭이면서 내려섰다. 그뿐이 아니었다. 한쪽에는 청성의 도사들도 있었다.

약곡전에 청성의 대사형이 머무르고 있으니, 항시 촉각

을 곤두세우고 있었기 때문이었다.

"이것은, 이것은 대사형의?"

청성 검객 한 사람이 바로 고개를 치켜들었다. 청성내공이 지닌 독특한 기파를, 가까이 와서 감지한 것이다.

"선고, 이게 어떻게 된 일입니까? 대사형께서 어찌?"

"막 정신을 차리셨습니다. 그리고 중차대한 운공에 들어가셨으니, 여러분 모두 기세를 다스리세요."

"그렇지요, 그래야지요."

청성 도사들은 허둥거렸다. 당가인 또한 바로 수긍했지만, 눈가에 의혹이 솔직했다.

실상 가망이 없다고까지 여겨지고 있지 않았던가. 대체 어찌된 영문으로. 그런데 당가인은 당진령 뒤에 서 있는 외인의 모습을 퍼뜩 발견했다.

"아니, 저자는 누구……?"

"오랜만에 뵙겠습니다."

팔짱을 끼고 있던 소명은 당진령과 함께 들어서는 당가 고수를 알아보고는 바로 두 손을 맞잡았다.

당가 고수, 당거중은 짙은 눈썹을 한껏 모았다.

"응? 나를 알아?"

"하하, 못 알아보시는군요."

"아니, 아니. 가만."

당거중은 잠시 거리를 두고서, 우뚝 서 있는 소명의 위
아래를 찬찬히 살폈다.

미심쩍어서 눈살을 한껏 찌푸렸다가, 떠오르는 바가 있
어서 고개를 갸웃거렸다. 그러고는 다시금 눈을 힘껏 치떴
다.

"너, 소명. 소명이로구나. 대일의……."

"예, 저 소명입니다. 당 아저씨."

"하! 하하. 살아 있어. 살아 있었어. 아이구, 이 녀석."

당거중은 바로 다가서서 소명의 손을 덥석 움켜쥐었다.
그 옛적이 새삼 선명했다. 상화촌의 그 어린 녀석이 이렇
게 자랐다니.

헌앙하기 이를 데가 없다.

당거중은 실로 감격에 겨웠다가, 문득 떨떠름한 표정을
지었다. 소명을 보고 있으려니, 절로 당민과 이청에게로
생각이 미친 탓이었다.

"흐어어. 그것참."

"아민 녀석 때문에 그러십니까?"

"음, 그래. 뭐 어디서부터 얘기하면 좋을지 모르겠구
나."

"그렇지 않아도, 아민에게 소식을 받고 달려온 참입니
다."

"그 녀석이?"

당거중은 새삼 눈을 크게 떴다. 그제서야, 소명에 대한 의문이 들었다.

"그러고 보니. 네가 어찌 여기서."

"예전에도 그랬지만, 아저씨. 여전히 많이 늦으십니다."

소명은 히죽 웃었다.

청성파 도사들이 객방을 에워싸고서 가부좌를 취했다.

생사대적(生死大敵)이라도 마주할 사람처럼 진지하기 이를 데가 없었다.

해가 중천에 이르렀을 즈음에 시작한 풍양자의 운공은 꼬박 밤을 지새우고서, 동틀 무렵까지도 계속해서 이어지고 있었다.

그동안, 객방을 뒤흔드는 기파는 조금도 약해지지 않았다.

그리고 그 모습을 묵묵히 지켜보는 사람이 있었다. 당진령이었다. 가슴을 바짝 졸이는 모습이었다.

풍양자는 다른 것도 아니고, 독과 마기에 당하였다. 자신으로는 짐작 못 할 수법으로 이지를 회복하였다지만, 원기가 크게 상한 상태였다.

제대로 몸을 돌보지도 않고서, 저렇듯 급격한 변화를 일으키다니. 아무래도 불안하여서 가만히 있을 수가 없었다.

"후우……."

당진령은 한숨을 흘리다가 문득 눈살을 찌푸렸다. 괜찮다고 웃는 소명의 모습이 떠올랐다.

"세상에, 그 사람이 용문제자라니."

어디 단순한 용문제자이기만 한가. 천하의 고수, 가히 절대라고까지 할 수 있는 반열에 최연소의 나이로 오른 사람이다.

천하육절, 권야.

죄 풍문으로 들려온 탓에, 어디 전부 믿을 수가 있겠느냐만.

"흐음."

그래도 천하육절로 손꼽히는 것 하나만큼은 분명했다. 다른 사람도 아니고, 성질 고약한 만천옹이 직접 떠들고 다니고, 개방을 통해서 사방팔방으로 퍼뜨리고 있으니.

당진령은 퍼뜩 고개를 들었다. 방에서 일어나는 기파가 점점 약해지고 있었다.

드디어 변화가 일어날 모양이었다. 당진령뿐만이 아니었다. 에워싼 청성 도사들도 엉거주춤한 모습으로 객방을 돌아보았다.

모두의 눈가에 숨길 없는 긴장의 빛이 넘칠 정도로 흘렀다.

후으, 후으으으······
내뱉는 숨결이 괴롭다.
숨을 들이쉬고, 내뱉는 것이 이렇게 힘들 수가 있을까.
가슴뼈가 한껏 벌어졌다가, 다시 움츠러들었다. 폐부가 터
질 듯했다. 그와 함께 심장 또한 힘껏 뛰었다.
몸속에서 일어나는 일체의 변화를 모두 지켜보는 것과
동시에, 파고드는 공력의 흐름에 더욱 집중했다. 자칫 놓
치기라도 하면 돌이킬 수가 없다.
그리고 결국 막바지에 닿았다.
"크흐!"
마지막 숨과 함께, 검붉은 울혈이 왈칵 튀어나왔다. 앞
으로 고꾸라질 것처럼 한껏 움츠렸다.
그리 굳어 있기를 한참. 격한 오한이 온 것처럼 진저리
를 치면서 고개를 들었다.
굵은 땀방울이 비 오듯이 흘러서 후드득 떨어졌다. 고개
든 얼굴은 눈 아래가 우묵했다. 들창 사이로 드는 햇빛이
눈을 따갑게 찔렀다.
"날이 얼마나 흘렀나?"
아이고, 아이고. 앓는 소리를 흘리면서 천천히 몸을 세

웠다.

가부좌를 취하고서 한참이다. 몸 상태는 둘째치고 뻐근
하지 않을 수가 없다.

풍양자는 자리에서 일어나 자신의 몸을 하나, 하나 점검
해나갔다. 손발을 살피고, 팔다리를 살피고, 허리와 가슴
을 더듬었다.

최상이라고 할 수는 없었지만, 한 달 가까운 시간 동안
폐인으로 자리보전하고 있던 것을 생각하면 훌륭하다. 기
운이 새삼 돌아왔다.

청성의 기본인 청풍심법, 풍양자는 그것 하나로 육체를
다시 이루어냈다. 아예 태를 달리하는 환골탈태의 경지는
아니었지만, 쇠락한 육신을 되살리는 데에 성공한 것이다.

이것도 지독할 정도로 수련한 연골연신의 바탕이 남아
있기에 가능한 일이다.

"에고, 아야."

그래도 팔다리가 삐걱거린다.

풍양자는 팔다리를 휘저었다. 적당하게 되살린 근육이
꿈틀거렸다. 그리고 고약한 냄새가 그득한 땀을 젖은 옷으
로 대충 닦아내고는 뒤로 벗어던졌다.

"밖에 누구 있느냐?"

"대사형!"

"목소리를 들으니, 삼오로군."

"네!"

"가서 씻을 물이나 좀 챙겨 와라. 냄새가 고약해서 숨쉬기도 어렵다."

사제들은 풍양자의 외침에 즉각 뛰었다.

겨우 씻고 나온 풍양자의 모습은 사뭇 멀끔했다. 과거에 비하면 조금 야윈 듯하나, 피골이 상접하였던 모습에 비하면야 훨씬 사람 같다.

그것이 고작 하루, 이틀 만에 이루어낸 변화였다.

"그래, 어떻소?"

"음, 남은 마기나, 독은 없는 것 같군요. 다행입니다."

약곡전의 객방, 급하게 치우기는 했지만, 아직은 고약한 냄새가 흐리게 고여 있었다.

문이고, 창이고 죄 활짝 열어놓고서 풍양자는 당진령에게 진맥을 받았다.

당진령은 신중한 기색으로 거듭해서 맥을 살폈다. 한 치의 실수도 있어서는 안 되는 일이었다.

청성의 도가비방으로 몸을 되살렸다고 하지만, 그만큼 무리가 가는 일이다. 따로 원기를 보하는 약을 쓰고, 몇 차례인가 시침을 거듭한 참이었다.

당진령은 손을 거두고, 고개를 들었다.

"정말 다행입니다. 기맥도 그렇고, 근맥도 그렇고, 정말 좋아지셨습니다."

"하하."

안도하는 당진령이다. 풍양자는 시원하게 웃었다. 하지만 바로 당진령의 눈총이 날아들었다.

"아무리 그래도. 바로 그렇게 무작정 대법을 행하시다니요. 행여 마기나, 독이 남아서 발작하였다면 어쩔 뻔했습니까."

"하하, 이제부터는 덤으로 사는 것과 다름없는데. 뭘 아끼겠소."

"풍양자 선배!"

당진령은 저도 모르게 빽 소리쳤다. 배분은 물론이고, 나이도 한참 어린 당진령이다. 그러나 풍양자의 한 마디를 그만 넘겨 들을 수가 없었다.

"어찌 그런……."

"소양자가 당했다지. 삼검은 실종이고."

"……."

"그러니 어쩌겠소. 이제부터는 덤인 삶이야."

풍양자는 달리 불쾌하게 여기지 않았다. 그저 차분한 목소리로 말을 이어갔다. 갚아줄 것을 갚아주어야 하지 않겠

나. 그리고 풍양자는 고개를 돌렸다.

이맛살을 찌푸리고서, 소명이 휘휘 손을 흔들면서 방문 앞에 섰다.

"냄새 하고는."

"닦고 치웠는데도 이 모양이라네."

"몸은 어떤가? 멀쩡해 보이기는 하는데."

"한 십성 정도는."

"무리해서?"

"어, 약간 정도는?"

"쯧."

무슨 소리를 주고받는지. 당진령은 사이에서 두 사람을 번갈아 두리번거렸다. 마지막에 풍양자는 잠시 찔끔하여서 대꾸했다.

소명은 혀를 찼다.

"괜찮겠어?"

"어허, 예전의 십성이 아니야."

"그으래?"

풍양자가 새삼 허리를 세우면서 엄히 말했다. 눈썹을 바짝 모았다.

청성 대사형의 공력을 얕잡아 보는 것인가. 그러자 소명은 바로 말꼬리를 슬쩍 올렸다.

"그럼, 한번 받아보겠나?"

"……아, 암! 좋지! 좋아!"

풍양자는 턱을 세우고서 힘주어 대꾸했다. 분명 주저했다. 주저한 것이 분명한데, 억지로 힘을 내는 것이다. 그리고 쿵쿵, 힘주어 발소리를 내면서 밖으로 걸어 나갔다.

당진령은 만류할 듯이 입술을 떼었다가, 푹 한숨을 내뱉었다.

"에효. 모르겠다. 이제 나는."

어디 죽기야 할까.

당진령은 그냥 외면하듯 일어나서 침구를 하나하나 챙겨나갔다. 그리고 등 뒤에서 벼락이 떨어진 것처럼 굉음이 터졌다.

꽝!

기둥이 들썩거리고, 천장에서 고인 먼지가 부스스 떨어졌다. 마음을 다잡은 당진령은 이제 놀라지도 않는다. 어깨 위로 떨어진 먼지나 툭툭 털었다.

소명은 내지른 일권을 천천히 거두었다. 그리고 턱을 슬쩍 비틀었다.

"그 정도가 십성?"

"끄으…… 시, 십성."

풍양자는 쥐어짜는 듯한 신음을 흘리며 고개를 끄덕였다. 청성의, 그리고 자신의 자랑인 청풍령인의 보신경을 한껏 발휘했건만, 소명의 일권 앞에 그대로 휩쓸려 버렸다.

하늘의 벼락을 곧이곧대로 맞이한 듯하다.

풍양자는 허리를 잔뜩 굽힌 채, 어찌 두 다리로 버티고 서있기는 했다. 무릎이 후들거렸다. 그리고 눈앞의 돌바닥에는 풍양자가 주욱 밀려나면서 남긴 자국이 뚜렷하게 남아 있었다.

무려 석 장에 이르는 거리만큼이나 밀려났다.

끝에서 끝까지 밀려났을 정도였다. 피는 토하지 않았지만, 힘겹기는 더럽게 힘겹다. 풍양자는 한참 만에야 겨우 허리를 세웠다.

"권야, 너 힘 아꼈지?"

"당연한 거 아니냐. 일어나자마자 골로 보낼 일 있나. 어디."

소명은 심드렁하게 대꾸했다. 거둔 손에는 아직도 공력이 잔뜩 머물러 있었다. 어느 정도의 공력인지 물을까 했지만, 풍양자는 고개를 휘휘 내저었다.

'아니다. 묻지 말자. 괜히 나만 상처받는다.'

"크흠, 크흠. 어쨌든. 시험은 통과냐?"

"시험? 뭔 시험. 못 간다고 해도, 끌고 갈 생각인데."

"뭐잇? 그럼 왜 느닷없이 주먹질인데!"

"이봐 가짜 도사, 도사가 하겠다고 했잖아. 됐다고 하면 안 했지."

소명은 이제 와 무슨 소리냐는 듯이 퉁명스럽게 대꾸했다. 풍양자는 오만상을 쓰고서 잔뜩 이를 드러냈다.

그러거나 말거나.

소명은 엉거주춤한 풍양자를 보면서 말했다.

"바로 채비 갖추라고, 해 지기 전에는 당가타를 나설 생각이니까."

"끄응."

어디로 가느냐는 말은 없었다. 하기야 필요하지도 않았다. 풍양자는 앓는 소리를 흘리면서 간신히 허리를 세웠다. 운공할 시간은 줄 모양이다.

소명은 풍양자와 가볍게 손을 섞고서, 당가의 중지에서 당가주, 그리고 당거중, 두 사람을 마주했다.

"곧 출발하겠습니다."

"괜찮겠는가. 권야 공."

"아무렴요. 당민 녀석도 분명 무사할 겁니다."

그 녀석이 어떤 녀석인데.

당가주는 착잡한 심정을 감추지 않고서 고개를 끄덕였다. 그래야지, 그래야 하지. 그리고 슬쩍 고개를 돌렸다. 당거중이 원망 가득한 눈초리로 가주를 빤히 보고 있었다.

흘겨보는 것과 다르지 않은 눈초리였다.

"크흠, 그래. 우리 민이 녀석의 안위도 잘 부탁하네. 우리 당가를 위해서라도."

"거, 가주. 그 무슨 말씀을 그리."

"아니면. 자네가 어디 나를 가만히 놔두겠나."

"……."

당거중은 예의상이라도 마다하는 말을 해야 했을 테지만, 그냥 입술을 말아 물었다. 당가주는 마음 상하기보다는 입매를 슬쩍 들었다.

흐린 미소를 머금고서 소명에게 작은 주머니 하나를 내밀었다.

"받으시게, 권야."

"가주, 이것은?"

"본가의 피독주일세. 만독(萬毒)이라고까지는 할 수 없으나, 독고에서 털린 가문의 독은 모두 막을 수 있을 걸세."

"사양하지 않고, 잘 쓰겠습니다."

소명은 비단 주머니를 받아, 품에 잘 갈무리했다. 마다

할 일이 아니었다. 당가의 독은 그만큼 무서운 것이다. 그리고 소명의 눈길이 당거중에게로 향했다.

소명은 눈을 반짝였다.

당거중은 당가주의 옆에서 팔짱을 끼고 있다가, 그 눈빛에 잠시 어깨를 들썩였다.

"응? 뭐, 뭐냐? 왜 그런 눈이야?"

"뭐 없으세요?"

"뭐가?"

당거중은 큰 눈을 한 번 끔뻑거렸다. 그러자 소명은 고개를 살래살래 흔들었다.

"히야, 참. 가주께서는 이렇게 피독주씩이나 챙겨주셨는데. 너무하십니다. 당 아저씨."

"아니, 야 이놈아. 그, 그야."

당거중은 뒤늦게 소명의 의중을 알고서는 부쩍 당황했다. 그런데 옆에서 당가주도 고개를 끄덕였다.

"그렇지, 그렇지. 권야께서 참 좋은 지적을 하였구먼. 여봐, 거중. 사람이 그러면 쓰나."

"아니, 가주 형님까지."

당거중은 진정 굵은 식은땀을 흘렸다.

소명은 마냥 웃는 얼굴로 당가전을 나섰다. 뒤에서 당가주는 허허, 사람 좋은 웃음을 흘렸고, 당거중은 오만상을 썼다.

"가주 형님, 해도 너무 하십니다."

"내가 뭘 어찌하였다고."

"아니, 그래도 그렇지."

"왜, 아깝나?"

"그런 게 아닌 걸 아시지 않습니까."

"알지, 잘 알지."

당가주가 내어준 피독주는 쉽게 말하였지만, 남조류에서 보배로 여기는 기보 중 하나였다. 당거중 또한 그만한 것을 내어줄 수밖에 없었다.

그러나 어디 기보가 아까워서 그러겠는가.

당거중이 말한 것은 피독주가 남조류의 후인을 기를 적에 필수적인 기보이기 때문이었다. 저것을 권야에게 주었다는 것은 곧 남조류의 미래마저 맡겼다고 할 수 있었다.

당가주는 문득 고졸한 미소를 머금었다.

"권야가 직접 쓸 것 같은가. 저것은 그대로 아민에게 갈 것일세."

"아니, 그것을 어찌 아십니까."

"사람 참. 만독이 무용한 사람에게 무슨 피독주가 필요할 것이며, 금강불괴에 이른 사람에게 자네의 천망갑(天網

鉀)이 무슨 소용이 있겠나."

당가주는 별소리를 다 한다는 듯이 대꾸했다. 당거중은 부르르 몸을 떨었다.

괜한 소리를 할 리가 없다.

독군자라고 하는 당가주, 당성영이다. 그 말인즉슨, 자신도 미처 파악하지 못한 새에, 권야에게 시험을 하였다는 말이었다.

"아니, 어느 틈에."

소명은 어깨를 툭툭 가볍게 털었다. 입가에 맺힌 웃음은 그대로였지만, 쓴웃음에 가까웠다.

"원 참. 괜히 독문당가라고 하는 게 아니구만."

일거에 두 가지 암습을 가하다니.

공전무용이 자연스럽게 발동하여서 조금도 손해를 보지는 않았지만, 그저 쓴웃음이 절로 나왔다.

하나는 용독, 헤아리건대, 손톱 만큼에 불과한 독전(毒箭)이다. 그에 더하여서, 소명은 손을 펼쳤다. 솜털처럼 가는 세침 하나가 가지런히 놓여 있었다.

당가은침이다. 당민이 이것으로 백우라고 하는 수법을 펼치지 않았던가. 고작 하나에 불과했지만, 그래서 더욱 위험했다.

사각에서 빠르게 날아들었으니.

곤음수가 아니었으면, 아무리 소명이라도 고생했을 것이다. 소명은 세침을 조심스럽게 집어서는 옷깃에 살짝 꽂았다.

저기 풍양자가 멀끔한 모습으로 뒷짐을 지고 소명을 기다리고 있었다.

"뭐 이리 늦나?"

"아, 가짜 도사. 기껏 생각해서 일부러 느긋하게 왔구만."

"헹! 자네가? 행여나!"

풍양자는 싸늘하게 코웃음 쳤다.

*　　　*　　　*

소명과 풍양자, 두 사람은 홍천교의 산채라는 곳에 들어섰다. 우거진 수풀, 덩그러니 놓인 통나무 산채는 여전했다. 풍양자의 소란으로 박살 난 문도 그대로였다.

두 사람은 파편을 밟고 섰다.

풍양자는 눈매가 새삼 고약하게 일그러졌다. 항시 웃는 상이었던 것이 딱딱하게 굳어버리자, 그렇게 살벌할 수가 없었다.

텅 비어 있는 통나무 가옥들, 산채 마당, 그리고 산 바위에 면해 있는 창고까지. 정말 아무것도 없었다. 반기는 것은 쌓인 흙먼지가 고작이었다.

신중을 넘어, 긴장까지 한 채, 주변을 샅샅이 훑고서, 풍양자는 오만상을 썼다.

"아무것도 없네. 아무것도 없어. 마구니 것들이 싹 쓸어가 버린 모양이야."

"……."

넋두리처럼 내뱉었다. 그러나 소명은 대꾸하지 않았다. 무슨 생각에서인지, 산채 한복판에 서서, 주변을 찬찬히 둘러보았다.

찌푸린 얼굴이 새삼 심각했다.

한숨 쉬던 풍양자는 소명의 기색을 뒤늦게 보았다.

"뭔가 있나?"

"응. 이상한 게 있군."

"이상한 거라니?"

"있으면 안 될 것. 그리고 없어야 하는 데, 있는 것."

"도사는 난데, 왜 자네가 선문답을 하고 있나그래."

"그야, 자네는 가짜 도사니까."

소명은 어리둥절한 풍양자를 직시하면서 말했다. 바로 주먹을 덥석 움켜쥐었다. 그리고 바닥을 향해 냅다 일권을 날렸다.

"삿된 것은 사라져라!"

꿍!

내지른 일권의 경력은 바닥을 그냥 때리기만 한 것이 아니었다. 경력이 동심원을 그리면서 거듭 퍼져 나갔다. 지진이 올 듯이, 격하게 요동쳤다.

들썩거리는 통나무 가옥과 기울어진 산채의 담장이 그만 흩어졌다. 모두가 신기루인 것처럼 허망하게 흩어진 것이다. 그리고 드러난 것은 황폐한 산채의 모습이었다.

풍양자는 바로 눈을 치떴다.

"이런, 모두 환상이었던 건가?"

산채를 샅샅이 둘러보면서 조금도 눈치채지 못했다. 도가의 명문이라는, 청성파 도사로서 영 낯이 서지 않는다. 소명은 주먹을 거두었다. 허리를 세우면서 후, 입바람으로 흐트러진 머리카락을 넘겼다.

"그날, 꽤 격렬했던 모양이야."

"아."

다시 본 산채의 본모습은 어디고 할 것 없이 엉망이었다. 벽은 무너졌고, 지붕은 내려앉았다. 남긴 흔적에는 청성과 아미 무공의 기풍이 또렷했다.

바닥을 크게 할퀸 일검의 흔적이 특히 풍양자의 눈을 붙잡았다.

소양자가 펼친 검격이 분명했다. 오 척에 이르는 장검을 가볍게 부리면서 펼치는 칠십이파검결의 검흔이다.

도강언에 이르러서 거칠게 흐르는 장강의 물결 속에서 연마하고, 장강의 물결을 담아낸다는 칠십이파검이다. 소양자는 특히나, 오 척 장검으로 검결의 쾌속, 다변을 이루어내어서, 가히 대성을 이루었다고 할 수 있었다.

"이건 아미창법인가."

"음, 탕마창, 아미제일창이라고 하는 노선배가 같이 계셨지."

각종 무공을 펼쳐낸 흔적이 역력했다. 당가의 절편과 암기도 여기저기에 흩어져 있었다. 그런데 소명은 고개를 흔들었다.

"이상한데. 이쪽이 펼친 것은 있는데. 저쪽에는 없어. 그냥 몸으로 받아내기만 했다는 건가."

"마동이 그럴 리가 없는데. 사람 사지 찢어내는 걸 재미로 생각하는 괴물이 아닌가."

"마동이 전부가 아닐 수도 있겠지. 가짜 도사가 봤다는. 회색인형들."

두 사람은 새삼 드러난 각종 흔적을 헤아리다가 곧 입을 다물었다. 그날, 풍양자가 당한 날로 거슬러 올라갔다.

먼저 움직인 것은 소양자, 칠십이파검결의 검풍경인으로 시야를 확보했다. 그 뒤로 청성삼검이 뛰어들었다. 갖춘 것은 삼재진을 바탕으로 한 청풍검진이다.

세 방향에서 맴돌면서 일행을 지켰다. 그리고 아미파가 움직인다. 선두는 무엇보다 살기 넘친다. 허공을 박차면서 내지른 일천의 창격이 날카롭다. 그것 하나로 두터운 통나무 가옥이 그대로 내려앉았다. 뒤이어서 아미의 비구니가 창을 앞세웠다.

당가는 한 호흡이나마 늦었지만, 실로 시기적절하게 파고들었다. 당가의 암기는 목표를 거의 놓치지 않았다. 다만, 암기가 소용이 없었을 뿐이다.

이미 쏘아진 암기는 허망하게 바닥에 꽂혀 있거나, 뒹굴고 있었다. 던진 암기가 다시 튕겨난 것이다. 바위를 향해 던졌던 것처럼.

우모침, 비도, 비황석, 등등.

종류도 여럿이다. 바닥을 뒹굴어 흙먼지를 잔뜩 뒤집어쓴 채 버려져 있었다. 당문의 것이라면 상당한 값어치를 지녔을 뿐만 아니라, 다시 쓸 수가 있었으나, 누구도 손 댄 흔적이 없었다.

청성과 아미, 그리고 당가.

세 곳의 흔적을 모두 둘러본 끝에, 소명은 고개를 들었다. 특히 청성의 흔적을 집중해서 둘러보는 풍양자의 얼굴이 한껏 일그러져 있었다.

득라의 긴 소매 아래로, 풍양자는 두 주먹을 단단히 움켜쥐었다.

"어떤가?"

"소양자 녀석의 칠십이파검은 분명 힘을 다 발휘하였어. 이 흔적의 정도로 보건대, 일거에 칠십이식을 전력을 발휘했지, 금강동인이라도 분명 갈라버렸을 거야. 그리고 좌우로는 청성삼검, 세 녀석이 검진을 단단히 이루었지. 마도와는 상극이랄 수 있는 정진정의 검세야."

"꽤 힘을 발휘했는걸."

비록 몇 날이고 한참 흘러서, 남은 흔적이 흐렸다. 그래도 소명과 풍양자는 어지러운 발자국을 빠르게 헤아렸다. 검진을 이룬 세 검객의 발자국은 흐렸고, 소양자는 발끝만 살짝 남았을 뿐이었다.

여기 무거운 발자국은 전혀 다른 자들이다. 풍양자가 보았다는 회색괴인이 분명했다.

"음, 그런데. 여기서부터 진세가 흐트러졌어."

풍양자는 한 곳을 가리켰다.

"마동 놈이 움직였나? 아니, 아니야."

소명은 바로 고개를 흔들었다. 다른 변수가 생겼다. 마

동은 뚜렷하게 흔적을 남긴다. 그것은 감추고 싶다고 감출
수 있는 것이 아니다.

소명이 바로 뒤를 돌아보았다.

"뒤에서 당했다."

"뒤라고?"

"아미파, 그들 중에 손을 쓴 자가 있어."

"그런!"

헝클어진 검세가 바닥을 마구 할퀴었다. 그것이 청성삼
검이 이룬 검진을 뒤흔들었다. 소양자가 즉각 호응했지만,
한번 일어난 뒤틀림을 막을 수는 없었다.

회색괴인이 머릿수를 앞세워서 들이닥쳤다. 부랴부랴
검진을 다시 갖추려고 했지만, 때가 늦었다.

하나가 여기서 당했다. 다음은 저기서 당했다. 그리고
마지막이 소양자였다.

소양자는 마지막까지 버티어 냈다. 뒤까지 물러나서, 고
개를 치켜들었다. 헉, 헉, 몰아쉬는 숨결이 거칠었다.

누렇게 일어나는 먼지 사이에서 여럿의 그림자가 어른거
렸다. 당가는 먼저 당했다. 그들과는 상극인 자들이니, 다
른 도리가 없을 터였다.

독과 암기는 소용이 없다. 결국, 정종내력을 바탕으로
손을 쓰지 않으면 생채기 하나 남길 수가 없다. 독중기린

당기룡이 상당한 공력을 발휘하지만, 두서없이 짓누르는 괴인들 앞에는 다른 도리가 없었을 터였다.

정작 문제는 달리 있었다. 소양자는 있는 힘껏 입술을 깨물었다. 흩어지는 누런 먼지 사이에서, 소양자는 자신을 보면서 웃는 한 사람을 볼 수가 있었다.

살풋 머금은 미소.

노화가 들끓는다. 그럼에도 소양자는 대검을 곧게 세웠다.

지잉, 지잉.

검이 울었다. 청풍심결이 전신을 타고 휘돌았다. 어차피 물러날 생각은 추호도 없다. 소양자는 불현듯 입술을 모으고, 길고 긴 휘파람을 불었다.

휘이이이!

검명과 호응하면서 울어 젖힌 휘파람 소리는 다른 누구를 위해서가 아니었다. 밖에 있을 풍양자와 남은 당가인을 위해서였다.

물러나라는 뜻이다.

퍼뜩 자신을 향한 미소가 흔들렸다. 자신도 모르게 고개를 돌렸다. 소양자는 그때를 놓치지 않았다. 청성파의 오랜 절기 중 하나, 칠십이파검, 끝없이 몰아치는 장강의 물결을 닮은 검기의 파도가 세차게 몰아쳤다.

소명과 풍양자는 같이 서서 쩍쩍, 갈라진 바닥을 물끄러미 보았다. 실낱같이 예리한 검기가 사방을 휩쓸었다. 대부분은 흙먼지가 뒤덮었지만, 그래도 알아보기가 그리 어려운 일은 아니었다.

소양자는 칠십이파검의 검법을 끝까지 펼쳐내지는 못했다.

강제적으로 막혔다. 딱 끊어진 검법의 흔적 앞에서, 풍양자는 눈을 질끈 감았다.

'사제……'

그리고.

"진짜는 저기에 있네."

소명이 턱짓으로 너머를 가리켰다. 산 바위에 면한 창고가 있는 자리였다.

소양자의 흔적을 좇아서, 폐허를 가로지른 끝에 마주했다. 소양자는 한껏 물러났다가, 온 힘을 다해서 검세를 몰아쳤다. 그리고 여기 앞에서 끊어졌다.

다른 곳은 허물어진 모습을 가린 정도라면, 창고가 있는 곳은 그야말로 환상이었다. 그곳에는 입을 크게 벌린 동혈 하나가 덩그러니 놓여 있었다.

동혈은 한눈에도 수상했다. 입구부터 음산한 기운이 맴

돌았다.

소명과 풍양자는 지체하지 않았다. 조심할 것도 없었다.
즉각 동굴로 뛰어들었다. 묵묵히 들어서는데, 두 사람의
발소리가 벽을 타고 울렸다.

깊어질수록 어둠은 짙어갔다. 불빛은 따로 밝히지 않았
다. 그래도 두 사람은 다른 불편함 없이 움직였다.

울퉁불퉁한 바닥을 밟으면서 한참을 들어섰다.

동혈은 갈수록 넓어졌고, 음산한 기운은 더욱 짙어갔다.
이는 바람 소리가 머리 높이서 윙윙 울어댔다.

마구니가 웅크리고 있을 법한 공간이다.

깊이, 더욱 깊이 들어가기를 한참, 둘의 걸음이 딱 멈췄
다.

소명과 풍양자는 어깨를 맞닿고서 좌우를 빠르게 훑었
다. 더는 동혈이라고 할 수가 없었다. 땅 속 깊은 공동 속
에 들어선 것 같았다.

한 걸음을 두고서, 공간감이 전혀 달랐다.

풍양자가 살짝 고개를 꺾었다.

"호흡도, 온기도 없는데. 분명히 움직인단 말이지. 어떻
게 그럴 수 있지?"

"붙잡아서 살펴보지."

소명은 바로 손을 뻗었다. 덜컥 붙들리는 소리가 들렸다. 그리고 어둠 속에서 무언가가 강제적으로 끌려나왔다. 잿빛의 인영이다. 그것은 표정 없는 얼굴로 그저 버둥거렸다. 몸부림에는 이해할 수 없는 거력이 실려 있었다. 그러나 소명의 손을 뿌리칠 수는 없었다.

"어라, 이 얼굴은."

"아는 얼굴인가?"

"당가 녹음대 중의 한 명이 이런 모습이었는데."

"불을…… 밝혀봐야겠군."

치익, 화륵!

화섭자에 불을 당겼다. 심지가 빠르게 타들어 가더니, 노란 불꽃을 뿜었다. 그리고 동굴 속의 거대한 공동이 드러났다.

화섭자 끝에 타들어 가는 작은 불꽃으로는 이곳을 전부 밝히기에는 부족했다. 그래도 대강 살피는 데에는 충분했다.

당가의 앞마당만큼, 드넓은 공동이었다. 그곳에 우뚝 선 석주처럼 잿빛 인영이 무수하게 서 있었다.

풍양자가 목격했던 그것들이 분명했다.

그중에는 실종되었다고 알려진, 당가의 녹음대, 그리고 청성삼검의 모습조차 있었다.

풍양자는 삼검의 모습을 대번에 발견해 냈다.

"이럴 수가! 이게 대체 무슨 짓거리냐! 이게 대체!"

풍양자는 허겁지겁 그들 앞으로 달려가 울부짖었다. 넝마가 된 득라를 그대로 걸치고, 가슴의 동경이 화섭자의 흐린 빛을 받아서 반짝였다. 얼굴이고, 손이고, 옷자락 사이로 드러난 곳이 전부 잿빛으로 물들어 있었다.

그렇게 변하여서, 눈 감은 채, 우두커니 서 있을 뿐이었다. .

"으, 으으으."

빛없는 잿빛의 낯에서 신음이 잠시 흘렀다. 풍양자는 번쩍 정신을 차렸다.

"정신이 드느냐! 대사형이다. 대사형이 여기 왔어!"

"으, 으으."

"젠장, 물러나!"

소명이 버럭 소리쳤다. 아니, 소리보다 먼저 달려들었다. 풍양자의 뒷덜미를 덥석 붙잡는 것과 동시에 발길질을 날렸다.

쿠당탕!

꿈틀거리는 삼검이 전부 뒤엉켜서 뒤로 나가떨어졌다. 소명은 풍양자의 목 뒤를 붙잡고서 바로 물러났다.

풍양자가 서 있던 자리로 붉은 채찍이 날아들어, 바닥을 크게 할퀴었다. 돌바닥이 그대로 갈라졌다.

"크으. 아이고."

풍양자는 엉덩이를 그만 호되게 찧어서는 앓는 소리가 튀어나왔다. 눈살을 잔뜩 찡그리고서 고개를 치켜들었다.

공동의 다른 쪽에서 사람 그림자가 어른거렸다. 소명이 그쪽을 향해 화섭자를 내밀었다.

발소리가 가만히 울렸다. 그리고 불빛을 등진 채, 한 가녀린 인영이 모습을 드러냈다.

"어찌 외인이 들었나 하였더니. 청성의 도사였던가?"

흐린 불빛 사이로 드러난 것은 착 달라붙는 옷차림의 여인이었다. 산발한 머리카락이 일렁였다.

여인은 떨친 채찍을 느릿느릿 거두어서 도도하게 걸어 나왔다.

소명은 물끄러미 바라보다가, 한쪽으로 훌쩍 화섭자를 던졌다. 그러자 불꽃이 화르륵 타오르기 시작했다. 일어난 불길이 드넓은 공동을 에워싸고 빠르게 번져갔다.

공동 주변으로 기름이 흐르고 있었다. 사뭇 환하게 타오르면서 공동과 여인의 모습을 새삼 바로 볼 수 있었다.

여인은 하얀 머리를 산발하였고, 붉은 얼굴에 교교한 미소를 잔뜩 머금고 있었다.

드러난 두 눈은 핏발이 선 것처럼 붉었다.

"본 선자가 지키고 있는 마원동으로 들다니. 재주가 어지간한 모양이구나. 여기를 어떻게 찾았지? 환마공령(幻魔空靈)의 진세는 그렇게 쉽게 발견할 수 있는 것이 아닐 텐데."

소명과 풍양자는 대답 없이 입술을 비틀었다. 여인은 수장 길이에 이르는 긴 채찍을 둥글게 말아 쥐고서, 뾰족한 턱을 슬쩍 치켜들었다.

"너!"

풍양자가 불현듯 손가락을 치켜들면서 버럭 소리쳤다. 여인 뒤로 나타난 작은 그림자 때문이었다.

"저놈이군. 그 마동괴령."

소명은 고개를 흔들었다. 저 저주받은 마물이 아직도 남아 있을 줄이야.

마동을 옆에 두고서, 여인은 턱을 세웠다.

"마동까지 알아본다. 점점 기이하군. 그리 흔히 알아볼 수 있는 것이 아닐 텐데. 대관절 너희는 누구냐?"

"여기 많은 이들에게 대체 무슨 짓을 한 거냐!"

여인의 의아함 따위는 알 바가 아니었다. 풍양자는 이를 드러내며 버럭 노성을 터뜨렸다.

"후, 후후. 존체를 다시 이루고자 하는 대업의 일환이지. 말한다고 너희 같은 잡졸이 어찌 알아듣기야 하겠느냐."

여인은 높은 콧대를 세우고서, 교소를 흘렸다. 오만함이
가득하다.

"이, 이 요녀 따위가 감히······."

가는 눈에서 파란 전광이 튀었다.

풍양자는 좌우 손을 펼쳤다. 그곳에서부터 휘리릭, 바람
소리가 울리기 시작했다. 소명은 어이쿠, 한소리를 흘리면
서 냉큼 뒤로 물러섰다.

"저 요녀는 내가 맡는다!"

대답은 기다리지도 않았다. 좌우로 흔들리더니, 풍양자
의 모습이 마치 연기가 꺼지는 것처럼 푹하고 사라졌다.
삽시간에 몸을 날렸다.

바람의 영을 담아냈다는 청풍령인의 보신경, 그 진체를
작정하고 펼쳤다. 그것이 전부가 아니었다.

좌악! 좌악!

"하! 말코 주제에, 어디 감히!"

요녀는 붉은 채찍을 빠르게 떨쳤다. 채찍 끝이 마치 살
아 있는 것처럼 유려하게 움직였다. 휘감아 때리는 기가
무섭게 요동치면서 파고들었다.

그러나 풍양자의 신형을 번번이 놓쳤다. 허공을 꿰뚫었
을 뿐이었다.

기껏 닿았다고 해도, 결국에는 옷자락이나 겨우 찢었을 뿐이다. 그러면서 풍양자는 사방을 일거에 점했다.

"요녀! 사람들에게 무슨 짓을 한 거냐!"

"흥! 어차피 죽은 자들이다. 썩어 없어질 몸에 따로 쓰일 곳을 찾아주었으니. 이 또한 자비가 아니더냐!"

"이런 요악한!"

요녀는 까르륵 웃으면서 외쳤다. 심령을 뒤흔드는 마공 기력이 가득 실렸다. 그러나 이미 단단히 마음을 다잡은 풍양자였다.

청성의 호심기가 이미 전신을 에워싸고 있었다.

스스로 선자라고 하는 요녀는 수장 길이의 장편을 빠르게 휘저었다. 허공을 전부 에워쌌지만, 흩어지는 것은 풍양자의 신형뿐이었다.

풍양자는 한 호흡씩 빨랐다.

"이익! 쥐새끼 같은 놈. 그럼, 태워버리면 그만이다!"

여인은 싸늘하게 코웃음을 터뜨렸다. 채찍을 신경질적으로 던져버렸다. 채찍은 창처럼 곧게 날아서는 동굴 벽에 깊이 틀어박혔다.

그러고는 여인은 두 팔을 활짝 펼쳤다.

화르르륵!

여인의 손짓을 좇아서, 선홍의 불길이 무섭게 솟구쳤다.

그렇지만, 풍양자의 눈에는 조금도 흐림이 없었다. 가는 눈매에 맺힌 전광이 더욱 뚜렷해지기만 했다.

"홍혈 일족의 화염익(火焰翼) 따위!"

풍양자도 싸늘하게 내뱉었다. 그 또한 성마교의 오대혈족에 대해 모르지 않았다.

자객불원 두 사람과 얼마나 치열하였던가.

그리고 이미 심중에 살기가 일었다. 그리고 두 손에 맺힌 기이한 기류를 드디어 떨쳤다.

촤라라락!

날카롭기 이를 데 없는 바람 소리가 공동의 높은 천장을 한껏 뒤흔들었다.

소명은 온몸을 던져오는 마동을 똑바로 상대했다. 다른 명령은 필요하지 않았다. 요녀가 뛰어오르는 것과 동시에 마동도 땅을 박찼다.

"히히, 히히히히!"

마동괴령은 기괴한 웃음을 마구 터뜨리면서 빠르게 움직였다. 아이의 원령(怨靈)을 가둔 강시이다. 그야말로 무수한 사술을 동원해 인간병기로 만들어버린 괴물이다.

마도의 사악한 공력과 무공을 잔뜩 품기까지 했다.

눈앞의 마동괴령은 특히 마룡조를 장기로 삼아서, 조막

만 한 손이지만, 손가락 끝에는 짙은 묵광이 맺혀서 번뜩거렸다. 오므린 손끝이 사방을 할퀴었다. 여기에 소명의 곤음수도 물러남 없이 마주 뻗어 갔다.

쾅! 쾅! 쾅!

손과 손이 마주치는 데에, 벼락 치는 듯한 소리가 연이어 터졌다.

손끝에서 일어나는 날카로운 경풍이 살짝 스쳤다. 머리카락 몇 가닥이 흩어졌다. 그래도 소명은 눈 한 번 깜빡하지 않았다. 되레 마주 거리를 좁혀서, 두 손을 덥석 맞잡았다.

마룡조와 곤음수가 단단히 맞물렸다.

"키히? 히히히!"

마동은 고개를 갸웃거리고는 곧 낄낄거렸다. 얼굴에 들뜬 기색이 더욱 선명하게 떠올랐다. 이렇게 힘 겨루는 것은 마동이 제일 좋아하는 것이다.

이대로 마동은 상대를 그대로 찢어발긴다.

"아?"

하지만 상대는 소명이었다. 마동의 고개가 한쪽으로 기울었다. 힘껏, 있는 힘껏 손을 쓰지만, 상대의 손이 조금도 움직이지 않았다.

소명이 고요한 눈으로 마동을 내려다보았다.

"용은 다 썼느냐?"

"아하하."

마동은 입을 벌리고서, 그저 웃었다. 우득! 소명이 손을 비트는 순간, 강철 같았던 마동의 손목이 부러졌다. 그리고 짧은 두 팔이 전부 뒤틀렸다. 우두둑! 섬뜩한 소리 끝에, 힘없이 축 늘어졌다.

마동은 고통을 느끼지 못한다. 하지만 두려움은 알았다. 웃는 아이의 얼굴을 한 채, 주춤주춤 뒤로 물러났다.

"부디 내세에는 평안하기를."

소명은 짧게 중얼거렸다. 그리고 손가락을 튕겼다.

"아우아!"

마동은 다급히 몸을 돌렸다. 그대로 도망하려 했지만, 채 한 걸음을 제대로 내딛지 못했다. 미간에 작은 점이 튀었다. 그리고 몸이 앞으로 기울었다.

털썩.

작은 몸이 쓰러지는 소리는 그리 크지 않았다.

"으, 으아아악!"

불길이 세차다고 하여도, 더욱 세찬 바람 앞에서는 어찌할까. 더구나 검기를 잔뜩 머금은 바람이었다.

풍양자의 진정한 절기, 풍검백변의 검기. 바람 한 줄기,

한 줄기마다, 청풍검법의 검기를 잔뜩 머금었다.

풍양자는 색 없는 눈으로 고개를 돌렸다. 갈가리 찢겨 흔적조차 남기지 못한 요녀를 굳이 돌아보지도 않았다.

요녀에게는 남겨줄 경전의 문구 따위는 없다.

풍양자는 혼자 불길에 휩싸이는 마동의 시신 앞에서 우두커니 서 있는 소명에게로 다가갔다.

"요녀는."

"시체조차 남기지 못했지."

풍양자는 한층 창백한 얼굴로 대꾸했다. 그리고 맺힌 한숨을 길게 토해냈다. 망할 마도의 것들.

"여기 청성삼검은 있지만, 아미파 비구니들 모습은 없어."

"여기서 다른 곳으로 향했겠지."

"역시, 홍천교인가."

풍양자는 입술을 지그시 깨물었다. 그리고 이내 서글픈 눈으로 동혈을 빼곡하게 메운 채 서 있는 회색 인영들을 둘러보았다.

저들을 구명할 방도를 도무지 찾을 수가 없었다.

홍혈족의 요녀가 떠들어댄 것처럼 이미 죽은 자들이다.

슬픈 일이었다.

소명은 축 떨어진 풍양자의 어깨를 한 번 다독였다. 그리고 몸을 돌렸다. 동혈 밖으로 나가는 소명의 걸음 또한 무거울 따름이었다.

풍양자는 잠시 자리를 지켰다. 비록 수양이 깊지 않아서, 소명에게 가짜 도사라는 소리를 듣지만, 죽은 자들을 위한 진혼주 정도는 모르지 않았다.

풍양자는 지그시 눈을 감고 입술을 달싹였다. 넋을 기리는 진혼주가 공동 위로 맴돌았다.

소명과 풍양자는 벽을 무너뜨려서, 동혈을 막았다. 그것밖에 달리 할 수 있는 것이 없었다. 그리고 두 사람은 그대로 홍천교의 근거지가 되어 있는 민강 일대를 향해서 움직였다.

가는 내내, 누구도 입을 열지 않았다.

〈다음 권에 계속〉